The Stone o

세월의 돌

영원할 수 없는 안식의 땅

달크로이츠
지방(구신성령)
겨울 방
아스테리온 강
노른슨 지방
낫소
이름없는 산
님블
아세이유
아르장띠외
이진즈 숲
드라니아
대평원
세르무즈
이진즈 강
리에
멘느 강
앙글라제
엘자스
도크렌-시커
푸른 오라즈 강
마리뉴
위그티그

트뢰멜
노 르 마 크
지 방
이베카
서벗강
젤라드리안 숲
젤라벤
메르농 샘
이스나미르
카라드-리레
외링
햄넨
펜로즈
아르나
아 르 나 강
프레안데로강
로아킨강
칼리엔 다 아이에
아라스탄 호수
아라스타니아 숲
아라스마드 샘
아라스타니아 강
룬서스
데들란
쌍둥이 만
돌아오지
않는 바다
(동쪽 바다)
록서스
위트비 산맥
코로시츠
상텔로즈 숲
달크로즈
크로즈님 강
데르시델레 고원

[아룬드_Arund]

수레바퀴, 도는 것, 순환, 되풀이, 달력의 한 달

세월의 돌 세계의 달력 체계
; 14 아룬드(月) 달력

8월 '파비안느(Pabianne)'
9월 '환영주(Harsh Miosa)'
10월 '방랑자(Wanderer)'
11월 '점성술(Astrology)'
12월 '문자(Word)'
13월 '황금(Gold)'
14월 '노현자(Elder Sage)'
1월 '음유시인(Troubard)'
2월 '암흑(Darkness)'
3월 '아르나(Arna)'
4월 '타로핀(Tarophin)'
5월 '키티아(Kitia)'
6월 '인도자(Guardian)'
7월 '약초(Herb)'

차 례

The Stone of Days

세월의 돌 7

영원할 수 없는 안식의 땅

9장.

8월 '파비안느(Pabianne)'

3. 섬의 현자 · 10

4. 영원할 수 없는 안식의 땅 · 42

10장.

9월 '환영주(Harsh Miosa)'

1. 나무와 바람과 달빛의 마법 · 72

2. 나무 속의 숲 · 127

3. 세르네즈의 푸른 활 · 140

11장.

10월 '방랑자(Wanderer)'

1. 2백 년 전 그때처럼 · 174

2. 에제키엘의 화살 · 212

3. 라-메르이르 · 241

4. 괴물이 돌아온 세계 · 270

5. 드래곤의 산 · 298

9장.

8월 '파비안느(Pabianne)'

9월 '환영주(Harsh Miosa)'

10월 '방랑자(Wanderer)'

11월 '점성술(Astrology)'

12월 '문자(Word)'

13월 '황금(Gold)'

14월 '노현자 (Elder Sage)'

1월 '음유시인(Troubard)'

2월 '암흑(Darkness)'

3월 '아르나(Arna)'

4월 '타로핀(Tarophin)'

5월 '키티아(Kitia)'

6월 '인도자(Guardian)'

7월 '약초(Herb)'

3. 섬의 현자

죽은 자는 죽은 대로 있으며
일어나지 말지니라.
산 자는 산 대로 있으며
사멸되지 말지니라.

한 생명이 꺾어져 뜻밖의 죽음에 이르매
하늘이 흔들려 갈라지고 대지가 어긋나 뒤집어진다.
법칙과 질서가 바뀌고 우주가 첫머리를 되짚어가니
한 생명의 무게는 실로 모든 생명과도 같아라.
있음으로써 세계 자체를 있게 하는 바, 생명이여
그대가 눈을 감는 순간 전 존재는 암흑에 불과할 터

하나의 획을 그어 글자의 뜻을 바꿀 수 있음이니
세상의 모든 일어나고 연유하는 일이 이와 같아라.

죽은 자는 죽은 대로 있으며
일어나지 말지니라.
산 자는 산 대로 있으며
사멸되지 말지니라.

— 듀나리온의 제3경전
〈로이츠; 돌〉 108절

"포도다!"

유리카의 파리한 얼굴에 홍조가 떠올랐다. 목소리에 이슬 같은 생기가 어렸다.

"우와, 내가 얼마나 포도를 좋아했는데. 마지막으로 포도를 먹어 본 지 2백 년은 넘었을 거야!"

그러니까 이쪽 시대로 건너온 뒤로는 구경도 못해봤다는 말이구나. 2백 년 만의 포도라니, 죽었던 사람이라도 만나는 기분이겠는데.

과연 상큼한 향기가 잡목 숲 너머에서 흘러와 코를 자극했다. 야생 포도덤불이라도 있는 거겠지? 나야 포도에 특별히 열광하진 않지만 지금은 포도든 뭐든 먹을 게 부족하니 당연히 대환영이었다.

"얼른, 얼른."

유리카는 아이처럼 들떠서 내 손을 잡아끌었다. 오랜만에 그 손에 끌려가자니 기쁨과 서글픔이 뒤섞인 기분이었다. 내가 그런 모습을 얼마나 좋아하는지 유리카가 알지 모르겠다.

"와아!"

막 숲을 넘어서는 순간 나는 둥근 바위머리를 밟아 한 발짝 미끄러졌다. 그 덕택에 먼저 포도나무 사이로 뛰어든 유리카가 탐스런 포도송이를 감싸 쥐고 행복하게 웃는 모습을 볼 수 있었다. 이것도 내 행운이라면 행운일까?

우리만을 위해 오래 전부터 준비된 포도원인 것만 같았다. 비탈진 구릉에 늘어선 포도나무마다 잘 익은 열매가 보랏빛으로 빛나고 있었다. 그 사이에 선 유리카는 잠시나마 건강을 되찾은 듯 보였다.

아, 좋은 냄새야.

"이것 봐, 포도가 천지야. 게다가……."

유리카는 포도알 하나를 따서 입에 넣었다가 껍질과 씨앗을 뱉어내고, 마지막으로 손가락까지 쪽 빨고는 덧붙였다.

"아주 잘 익었어."

좋은 얘기야. 그렇지?

우리가 발견한 것은 야생 포도덤불이 아니라 누군가가 가꿔 놓은 포도원이었다. 팽팽하게 부푼 포도송이가 나무마다 얼마나 많이 달렸는지 내가 가꾼 것도 아닌데 가슴이 뿌듯할 정도였다. 게다가 그 향기란 뭐라 형언할 수가 없는, 독할 정도로 달콤한 것이었다.

"잘 익은 술 냄새 같아."

"포도주가 되었나?"

우리는 얼굴을 마주보았다. 포도원 주인에게 올해의 노고와 성취에 무한한 축하와 감사를 보내며, 자축 파티 한 번쯤은 여셔도 괜찮지 않겠느냐는 제안을 보내면서, 물론 기꺼이 승낙하는 답이 돌아올 것을 믿어 의심치 않으며…… 우리는 파티에 초대된 두 마리 노루처럼 포도 잎을, 아니 포도알을 경쟁적으로 따먹기 시작했다.

잠깐 만에 손가락이 보랏빛으로 얼룩졌다. 입가도, 뺨도, 소맷자락도 마찬가지였다. 입 안에 시고 단 침이 끊임없이 감돌았다. 호수로 들어온 이래 이렇게 신선한 음식을 먹는 것은 처음이어서 나와 유리카는 왕의 만찬이라도 맛보는 기분으로 들떴다.

껍질이 얇고 잘 떨어지지 않아서 흔히 통째로들 먹는다는 남방산 포도라 더욱 먹기 좋았다. 한쪽에는 익은 지 오래된 포도들이 벌어져 저절로 술맛을 냈다. 본래 포도 껍질에 효모가 있기 때문에 따지 않고 요령 좋게 놔두면 반쯤은 저절로 포도주가 된단다. 당분도 어차피 포도에서 나오는 거고.

"후식으로 포도주나 한 잔?"

우리는 술 냄새를 풍기기 시작한 포도를 하나 따먹고는 덜 숙성된 깔깔한 맛에 얼굴을 찌푸렸다가 곧 서로의 얼굴을 보고 웃기 시작했다.

"너, 입가가 장난 아냐!"

"넌 다른 줄 알아? 코끝에까지 묻었다."

"뺨이랑 손가락이랑 다 보라색이 된 게 누군데? 누가 보면 전염병에 걸린 줄 알겠어."

"그 전염병은 네가 퍼뜨린 거라고 생각할걸?"

즙을 닦아내려 했지만 손에 제일 많이 묻은 터라 오히려 엉뚱한 곳으로 번져갔다. 내 웃옷과 바지, 유리카의 치맛자락과 머리카락에도 보라색 얼룩이 졌다. 서로 닦아주려 해도 마찬가지였다. 그러는 내내 우리는 웃음을 그치지 못했다.

"아하하하……."

"푸하하……."

얼마나 먹었는지 온몸이 포도로 가득 찬 느낌이 든다. 하지만 포도송이는 별로 줄어든 것 같지 않았다. 노루 두 마리의 습격쯤은 대수롭지 않았던 모양이었다. 배도 부르고 지친 우리는 나무 아래에 주저앉았다.

어디선가 새 한 마리가 꾸르륵거리며 목을 울린다.

"이 섬엔 참 별난 게 다 있어."

유리카는 여기까지 오는 동안 목 없는 기사에 관한 이야기를 다 들었다. 들을 때는 고개를 끄덕거리기만 했지만 자신의 직분과도 무관하지 않다보니 줄곧 생각하고 있었던 모양이었다.

"그렇지?"

"기억에 사로잡힌 두 악령이라. 그 세월을 버텨낸 것도 놀랍지만 아무리 오래되었다 해도 저 정도로 강해진 악령은 내가 살던 세상에도 흔하지 않았는데."

유리카는 아까 주웠던 황금 방울을 주머니에서 꺼내 들여다보았다. 그 안에 비밀이 있으리라 생각하는 것처럼.

"섬이다 보니 오래 버틴 게 아닐까? 이 깊은 곳까지 구석구석 탐험한 사람도 없을 테고. 그들은 네가 살던 시대에도 있었을지 몰라."

"그럴지도."

배가 부르고 날씨는 따뜻했으며 주위에는 향기에 취한 풀벌레들이 붕붕거리며 날아다니고 있었다. 아련하게 내리는 햇빛 너머로 포도송이들이 보석처럼 빛났다. 보석이 열린 나무라면 멋지겠지. 루비로 된 사과, 마노빛 모과, 자수정을 깎아낸 포도.

"어쩌면 우리나라보다 오래된 악령들일 수도 있지 않을까?"

"고대 이스나미르 인이 아니냐는 얘기야? 하지만 오리안느는 고대 이스나미르 어를 못했어. 나하고 대화할 때 봤잖아."

"그렇지만 목 없는 기사는 아무 말도 안 했단 말이야."

"그럼 아무 말도 몰랐나 보지 뭐."

"……."

유리카가 일어나 다시 포도송이를 땄다. 이번엔 한 알씩 입에 넣고 굴렸다. 손을 뻗어 빼앗아 먹자니 그녀가 중얼거렸다.

"그러고 보니 이 포도, 꽤 빨리 익었잖아?"

"왜, 벌써 8월인걸. 한여름이잖아."

"여기가 남쪽도 아니고, 이런 포도는 늦여름을 넘겨야 제대로 여문단 말이야. 좀 일찍 열렸다 쳐도 이렇게 맛있게 익기란 쉬운 일이 아닌데."

"그야 좀 많이 일찍 열렸다고 생각하면……."

그렇게 말하다가 문득 스조렌 산맥에서 먹었던 구즈베리가 떠올라 나는 입을 다물고 말았다. 산지기들 집에서 먹었던 멜론도. 그것들 모두 계절에 맞지 않게 일찍 익었던 것이다.

유리카가 내 마음을 읽기라도 한 것처럼 나를 빤히 봤다.

"그렇지?"

계절이 빨라지고 있나?

잠시 더 생각해봤지만 다른 증거도 없다보니 답이 나올 리 없었다. 다음 계절이 조금 빨리 오는 일쯤이야 일어날 수도 있는 거지만…… 그때도 비슷한 생각을 했던 것 같은데? 그땐 답이 뭐라고 나왔지? 산지기들은 뭐랬더라?

나른한 기운이 몸에 퍼지자 복잡한 생각은 어느새 흐트러졌다. 우리는 서로의 등에 기대앉아 멍하니 하늘을 올려다보았다. 포도송이 사이로 조각난 하늘의 숫자를 세면서. 손과 다리는 풀 속에 파묻혀버렸다. 좋은 곳이야. 언제까지나 여름일 것만 같아.

무심코 시선을 돌려보니 포도즙이 묻은 유리카의 머리에 포도빛 내 머리카락이 엉켜 있었다. 대조적인 색깔에 피식 웃음이 나왔다. 우린 참 잘 만났어. 필요할 때 너를 위해 할 수 있는 일이 있어서 정말 다행이야.

"유리카, 너 푸른 굴조개호에서 시즈카를 만났을 때 나한테 했던 말 기억해?"

"무슨 말?"

마침 포도를 다 먹어서 나는 한 송이 더 따려고 몸을 일으켰다. 한 발짝 떨어진 곳에 유난히 탐스러운 포도송이가 달려 있었다. 손을 내밀었다. 빛을 머금은 찬란한 과일을 따려 했다. 유리카는 나를 올려다보고 있었다. 취할 듯한 포도향…….

그때 눈앞의 장면이 갑자기 비틀, 흔들렸다.

"유리카!"

장면이 아니었다. 배경은 그대로였다. 움직인 것은 유리카였다. 그녀 혼자 배경에서 빠져나와 어지러운 은빛 곡선들과 함께…….

휘익, 탁!

두 번째 화살이 날아와 포도나무 줄기를 꿰뚫었을 때 정신이 들었다. 휘청거리는 유리카를 눕히자 옆구리에 깊이 박힌 첫 화살이 보였다. 숨이 멎는 느낌이었다.

휘익!

다시 화살이 날아들어 방금 움직인 내 머리 위를 아슬아슬하게 스쳤다. 유리카의 몸에서 흐른 피가 검은 옷을 적시고 풀밭으로 번져갔다. 상처를 살필 틈도 없었다. 축 늘어진 그녀를 질질 끌다시피 하며 기어서 포도나무 뒤로 돌아갔다.

비명 한마디 지르지 못하고 쓰러진 유리카는 시체처럼 굳어져 의식이 없었다. 겉옷을 헤치고 상처를 보자 저절로 신음이 흘렀다.

"으윽……."

내 머리를 스쳐 떨어진 화살에 세 방향으로 갈라진 은촉이 달린 것이 보였다. 살을 깊이 찢어 치유조차 어렵게 하는 잔인한 무기다. 촉의 모양을 보니 유리카에게 박힌 화살을 뽑아낼 엄두가 나지 않았다. 그러나 내버려두면 움직일 때마다 상처가 상할 것이다. 어떻게든 뽑아내지 않으면 안 된다.

퍽!

이번엔 위협하려는 것처럼 날아든 화살이 포도송이를 관통했다. 송이의 반이 뚝 잘려 바닥에 떨어지고, 끊어진 포도알이 나뒹굴었다. 살갗을 드러낸 포도에서 타는 듯한 즙이 흘러내렸다.

나는 이를 악물었다. 한쪽 손으로 유리카의 몸을 잡고 다른 손으로 화살대를 잡았다. 손이 떨리는 것을 억눌렀다.

"제발…… 조금만 참아……."

화살이 살갗을 찢으며 빠져나왔으나 몸이 조금 흔들렸을 뿐, 유리카는 이미 고통을 느끼지 못하는 듯했다. 화살을 던지고 보니 손가락 세 개는 들어갈 만한 구멍이 뚫렸고 검붉은 피가 시시각각 뿜어 나왔다.

이미 제정신이 아닌 나는 그걸 손으로 막아보려는 것처럼 더듬거리다가 두 손을 벌겋게 적셨다. 고개를 저었다. 다시 저었다. 아니야, 이런 일은 없었어. 결코 없었어.

누군가가 이쪽으로 다가오는 소리가 들렸다. 길게 자란 풀대가 밟혀 넘어지며 가까워졌다. 이쪽에는 활 따위가 없다는 것을 알고 여유 있게 다가오는 발소리였다.

참을 수 없는 분노가 악마의 불꽃처럼 끓어올랐다. 유리카가 중독된 독은 마지막 발작 한 번이면 끝장이다. 몸이 약해질 대로 약해진 상황에서 쇼크라도 일으키게 된다면 여기까지 힘겹게 온 보람 따윈 사라지고 만다. 나는 또다시 잃고 말겠지. 어머니의 죽음을 막지 못했듯, 한 번 더 사랑하는 사람을 빼앗긴다고?

네가 누구라도 용서할 수 없다. 죽이고, 죽이고, 죽일 테다!

배낭에서 꺼낸 옷으로 상처를 막고 가죽 망토를 꺼내 유리카의 몸을 덮어 주었다. 검을 끌어당겨 잡았다. 발소리가 멎는 순간 나는 벌떡 일어섰다.

"너냐?"

대답은 필요 없었다. 적이 화살통과 활을 저만치 던져버리는 것이 눈에 들어왔다.

키가 크고 꽤 잘생긴, 스물서넛 정도 되어 보이는 젊은이다. 나르디처럼 반짝이는 금발에 전투로 단련된 몸의 소유자였다. 그런데 그가 가까이 왔을 때 나는 묘한 위화감을 느끼고 의아해졌다. 곧 이유를 깨달았다. 눈빛 탓이었다.

이 세상 사람이 아닌 것처럼 무심한 눈이다. 분노도, 승리감도, 흥분도 느껴지지 않았다. 죄의식도, 연민도, 자위도 없었다. 그건 사람이 사람을 보는 눈이 아니었다. 인간을 잡아먹는 이종족(異種族), 또는 맹수의 무감정한 눈이 주는 전율이 다가왔다.

"……."

검을 뽑아든 적은 한마디 말도 없이 검을 부딪쳐 왔다.

말이 통하지 않는 상대가 보이는 살기가 더욱 두려운 것일지도 모른다. 마음속에 평정 한 점 잃지 않고 상대의 목숨을 빼앗으려는 시도들.

결코 질 수 없는 나는 주의 깊게 검을 쳐냈다. 그랬다고 믿었다. 그런데…….

푸퍽!

적의 검은 어느새 내 어깨에 난 상처를 쑤시고 빠져나갔다. 아물어 가던 상처에서 새로운 피가 터졌다.

쩡! 쩌정!

다시 부딪쳐 왔다. 몸이 휘청거릴 정도로 강한 검이 연속타를 가해 왔다. 어금니를 악물었다. 악몽이 계속되고 있었다. 더운 대기를 가르고 무한히 부딪쳐 가는 짐승의 이처럼 번쩍이는 검날…….

푹!

다시 어깨 안쪽의 살점이 찢겨 나가고 목덜미와 뺨에 피가 튀었다. 눈을 부릅뜨고 검을 세워 쥐었다. 한 걸음 물러난 적이 저 앞에, 마치 자연의 일부분처럼 서 있었다. 머리 위 하늘처럼 아무 표정도 없는 푸른 눈을 하고서.

허리와 어깨, 다리에 네 군데나 상처를 입도록 털끝 하나 건드리지 못하는 싸움이 계속되었다. 그가 쥔 검이 버드나무 채찍처럼 유연한 소리를 내며 다가온다. 무엇으로 만든 검인지 모르겠다. 강철은 아닐 것이다. 그게 무엇이었든, 분노와 투지로 어깨를 들썩이는 나를 자신의 먹이로 삼고자 한 줄 한 줄 사나운 울림을 뻗어 온다.

좌악!

다시 왼팔에 길게 찢어진 상처를 입었다. 튀어 오르는 피가 어쩐지 존재하지 않는 것처럼 느껴졌다. 아마 대기가 너무 희기 때문일 것이다. 태양빛, 또는 그보다 찬란하게 빛나는 작은 달 때문일 것이다. 오해의 매듭을 잘라버리는 파비안느의 검이 대낮의 하늘에서 태양을 겨누고 있어서일 것이다.

적은 다시 한 발짝 물러났다. 춤추듯 가벼운 동작이었다. 아직도 방금 나타난 것처럼 깨끗한 모습 그대로다. 모든 것이 선명한 여름 정오에 내 피를 묻힌 검을 들고는 아무 죄도 없다는 것처럼 아름다운 모습으로 서서…….

"그대로는 안 돼!"

허공을 가른 내 검은 포도송이 하나를 부쉈을 뿐이다. 둥근 알들이 터지며 달콤한 액이 흩날렸다. 구릿빛 벌레가 날아들며 한순간 어지러운 반짝임을 남겼다. 달착지근한 냄새, 검을 쥔 손에서 배어난 땀과 유리카의 피 냄새가 섞여 몽롱하게 코끝을 떠돌았다.

"……전부가 아냐, 이게……."

다섯 호흡 안에 한 번은 반드시 그의 검을 맞는다. 그는 내가 어떤 방법으로 공격해 가든 거의 같은 박자를 되풀이했다. 그것으로 충분하다는 것인지, 아니면 그게 전부인 것인지 판단이 서지 않았다. 그러나 확실한 것은 매번 똑같은 다섯 박자조차 나는 한 번도 깨뜨리지 못했다는 거다.

푸욱!

이미 찌르고 난 검을 헛되이 피하려 몸을 돌렸을 때 눈앞이 한순간 핏빛 어린 보랏빛을 띠었다. 조금 후에 그것이 화살을 맞아 터진 포도송이라는 것을 알아보았다. 그건 죽음이었다. 끊어지고 떨어지고 짓이겨지는 죽음.

반대로 내 검은 수십 번 그랬던 것처럼 한 번의 동작으로 막힐 뿐이다. 발버둥 칠수록 조여드는 그물에 걸린 것 같다. 절박할수록 머릿속에 수없이 떠오르는 질문은 '왜' 였다. 왜 그는 우리를 죽이려 하는가?

"네가 죽이려 하지 않아도…… 그녀는 죽어……."

목소리를 쥐어짜 말해도 대답은 들을 수 없었다. 내 말을 알아듣지 못하는 것처럼, 또는 말을 할 줄 모르는 것처럼, 표정도 변하지 않고 공격해 올 뿐이다. 흘러내리는 땀과 피를 비웃듯 싸움은 점차 강도를 더해 악령처럼 덮쳐들었다.

손목, 팔꿈치, 어깨가 차례로 저려 오고 검을 가누기가 어려워졌다. 기력이 서서히 빠져나갔다. 마치 구멍 뚫린 포도주 부대가 된 것 같다. 그러나 맹세와 약속, 내 입으로 뱉은 말을 지키려 하는 의지만은 사라지지 않았다. 오래 전에 들었던 엘다렌의 이야기가 떠오른다. 난 그때부터 이 검에 어울리는 검법을 익혀야 했을지도 모른다. 그랬다면 이 순간 죽음의 문턱에 서 있지 않았을까?

적의 검이 뺨을 긋고 가는 것과 동시에 나는 소리 질렀다.

"하지만 네가 1초라도 그 생명을 줄인다면 지옥 끝까지 가서라도 죽일 테다!"

열기가 매운 맛처럼 몸을 휘돌았다. 여행의 끝일지도 모를 땅에서 나는 단 한순간을 사기 위해 기력을 짜내어 그를 몰아갔다. 석고 조각 같은 적에게 피를 흘리게 하고 싶다. 네가 인간이 아니라면 인간으로 만들어 주고 싶다. 동정심과 죄책감을 가진, 피가 흐르는 인간으로.

의지가 검에 불을 붙였다. 불꽃이 흩날리는 내 검과 그의 단단하고도 유연한 검이 맞부딪쳤다. 그 순간 귀를 찌르는 파공음이 주위를 울리고, 불꽃이 그의 검에 옮겨 붙으려는 것처럼 회오리를 일으키며 달려들었다. 불기둥이 치솟으면서 나는 정신을 잃을 듯한 열기에 사로잡혔다. 곧이어 불이 옮겨 붙기라도 한 것처럼 상대의 검도 타오르기 시작했다. 적의 얼굴에 처음으로 감정이 나타났다. 놀라움이었다.

이 모든 것이…… 아득한 옛 이야기의 한 부분인 것만 같아.

"살아 있다면, 산 사람답게……."

열기 때문에 흐른 눈물이 갈라진 입술의 상처를 녹였다. 피와 섞여 붉은 내가 되어 턱으로 흘렀다.

츠르르륵!

그의 검이 불길 속에서 검게 변했다. 그러나 아랑곳 않고 사신의 갈고리처럼 달려들더니 내 사슬 갑옷을 가르고 가슴에서 배에 이르는 상처를 냈다.

"크으윽……."

안타까웠다. 시간이 흐르는 것이. 유리카에게 돌아가고 싶다. 그 곁에 있어줘야 했다. 나를 찾고 있을지도 모른다. 어쩌면 마지막 발작을 일으켰을지도 모른다…….

내 눈에 미묘한 변화가 잡힌 것은 그때였다. 네가 인간이든 뭐든 살아 있는 자라면 너 역시…… 실수를 저지를 수 있겠지?

왼손을 미끄러뜨려 자루 끝을 잡았다. 적이 취할 다음 동작이 떠오르면서 지금껏 당하기만 했던 공격 방식의 규칙성이, 다섯 박자의 비밀이, 갑작스런 깨달음이 되어 머리를 쳤다. 저걸 깨뜨릴 방법이라면 일찍이 알고 있지 않았던가?

나는 내리쳐지는 그의 검을 피하고 잠시 흔들리다가 되돌아오는 검날 아래로 목과 어깨가 닿은 부분을 쳤다. 눈앞에 선한 것은 아버지가 볼제크 마이프허와의 결투를 끝낼 무렵 취하던 자세였다. 예상대로 뒤로 물러나는 것을 보며 내 검은 스스로도 놀랄 만큼 빠르게 방향을 바꾸어 그의 미간을 찔렀다. 모든 것은 가능했다. 그의 상체가 젖혀진다. 그 다음은…….

"멈추십시오!"

어디선가 목소리가 들린 것 같다. 아니, 모르겠다. 알아들을 수가 없다. 하늘 꼭대기나 벽 너머에서 들려오는 것처럼 너무 멀었기에.

푸왁!

내 검은 막아선 검날을 자르고 그의 가슴을 뚫으며 배를 갈랐다. 솟구친 피가 내 손에 끼얹어지는 것을 보며 나는 그의 몸에도 피가 흐르고 있었구나, 하는 생각을 하고 있었다.

쓰러지기 직전, 그의 몸이 잠시 멈췄다.

볼제크 마이프허의 모습과도 비슷했지만, 나는 아버지처럼 내장이 흘러내릴 정도의 치명상을 입히지는 못했다. 한 번 더 그의 얼굴에 표정이 떠올랐고, 나는 저도 모르게 그를 불렀다.

"너는……."

그는 내 목소리를 듣고 있지 않았다. 인간이 아닌 것 같던 눈에서 마지막으로 느껴진 빛은 평화였다. 그의 몸이 포도의 궁전, 풀의 융단에 붉은 얼룩을 그리며 무너졌다. 영영 죽지 않을 것 같던 푸른 눈이 감기고 부러진 검이 흙바닥에 떨어졌다.

마지막 기술을 위해서는 기회가 필요하다. 기회를 잡지 못하면 어떤 기술도 쓸모가 없다. 나는 한순간, 복잡한 그림 아래 처음 그려졌을 밑그림을 보듯 모든 동작의 바탕에 깔린 움직임을 발견했다. 그것이 기회였다. 마지막일지도 모른다고 생각했던 그 순간.

해와 달이 함께 빛나는 어지러운 오후였다. 피는 파비안느의 빛깔이었다. 끝난 건가? 목소리가 다시 들렸다.

"당신은……."

나는 돌아볼 수 없었다. 검에서 불꽃이 사그라지자 나는 갑자기 심하게 비틀거렸다. 몸이 부서져 흩어지려 했다. 몸을 감싼 껍질이 터진 것처럼, 주춧돌이 빠진 건물처럼, 홍수로 무너지는 둑처럼…….

눈앞의 광경이 뒤엉키는 것을 느꼈을 때 뺨은 이미 흙바닥에 닿아 있었다. 흙과 포도의 냄새를 맡자 이상하게 마음이 편안해졌다.

생전 처음 느낀 감각인데도 이게 무엇인지 알 것 같은 기분이 드는 까닭을 모르겠다. 어쩐지 내 몸이 먼저 알고 있었던 것만 같아. 맞아, 칼레시아드가 너무 오래 유지된 탓에 몸이 붕괴하고 있는 거야.

통어(統御)라고도 하는 보크리드를 익히지 못한 채 칼레시아드가 극한에 이른 결과였다. 나는 드디어 칼레시아드를 완성했다. 그 대가로 내 몸은 무너져간다.

"유리카……."

유리카가 어떻게 되었는지 보기 전에는 정신을 잃을 수 없었다. 나는 검을 놓아버리고 유리카를 눕혀 뒀던 쪽으로 다가갔다. 팔다리가 말을 듣지 않아 벌레처럼 버르적거리며 풀을 쥐어뜯고 한 발짝씩 몸을 당겼다. 긴 잎들이 상처를 헤집었지만 통증은 느껴지지 않았다. 보아야 했다. 유리카가 무사한지, 발작을 일으킨 건 아닌지, 내가 아직 그녀를 위해 할 수 있는 일이 있는지…….

사지를 잡아당기는 무거운 혼미를 뿌리치며 나아가는 동안 점차 앞이 보이지 않았다. 언뜻 밝은 빛을 느꼈는데 무엇이었는지 모르겠다. 몸에서 흘러내리는 것이 땀인지 피인지도, 소금빛 더위 속에서 시야를 흐리는 것이 눈물인지 안개인지도 알 수 없었다.

억지로 몸을 약간 일으켜 눈을 비비고 사방을 보려 했다. 뚝뚝 듣는 땀이 살갗을 지지는 쇳물처럼 느껴졌다. 저기 어렴풋하게 보이는 것이 유리카가 맞을까?

쿠르릉…….

하늘이 어두워졌다. 땀이 식더니 피부에 달라붙은 습기로 변했다.

이어 갑자기 쏟아진 비가 풀밭 사이로 도랑을 만들며 흘렀다. 나는 들판에 솟은 바위처럼 고개를 쳐들고 비를 맞았다. 빗줄기가 더러워진 몸을 씻어내며 흘러갔다. 비의 소음과 바람이 마음 깊은 곳에 새겨진 기억을 꺼내왔다.

몰아치는 시즈카 속에서 유리카는 말했다. 떠나지 않겠다고. 그건 약속이었다. 난 기억하고 있다. 나도 그 약속을 지킬 테다.

호수에 깃든 오리안느와 환영의 도시에 살던 목 없는 기사는 자신들의 기억만으로 삶이 멈춘 생명을 영원하게 만들었다. 그 대가로 영혼을 망가뜨리면서도. 그런 그들의 심정을, 선택을 알 수 있을 것만 같다. 견디기 어려운 외로움, 서서히 타락해가는 고통, 종말이 줄 안식에 대한 갈구, 그러나 그 모든 것과도 바꿀 수 없는 것은 기억이었다. 자신을 잃어가는 가운데도 결코 사라지지 않는 기억이 있다.

나를 기억해.

나를 기억해. 잊지 마.

악령이 되더라도, 잊고 싶지 않은 기억 쪽을 택하는 까닭.

이제 그걸 알 것만 같다.

여전히 비가 온다.

아무것도 보이지 않지만 느낄 수 있다. 내 혼이 어딘가에서 아직도 비를 맞고 있는 걸까?

어둠이 묵직한 담요처럼 내려앉아 있다. 그 속에서 나는 따뜻한 물에 잠긴 것처럼 아늑함을 느낀다. 어쩌면 그 물은 피일지도 모른다. 무엇이더라도 어쩔 수 없다. 난 전혀 움직일 수가 없다.

내게 무슨 일이 일어났지? 난 그를 죽였을까?

유리카는 살아 있을까? 나는?

내가 살던 세계는 잘 있는 건가?

붉은 불빛들이 떠돌아다닌다. 깜빡이는 듯도 하고 흔들리는 듯도 한 불빛들이 수백 개의 잠들지 않는 눈동자처럼 나를 지켜보고 있다. 그 시선이 닿는 몸 구석구석이 따끔거리는 것도 같고 기분 좋게 녹여 주는 것도 같다.

아직도 몸을 움직일 수가 없었다. 온몸의 관절이 빠진 것처럼 손가락 하나도 움직여지지 않았다. 내 몸이 아니라 죽은 동물의 가죽을 들쓰고 있는 기분이었다.

누가 날 이리로 데려왔지?

"당신에게는 존재하지 않을 세월을 나는 끈질기게 살아왔습니다."

느릿하고 신중한 목소리였다. 남자인 듯했지만 젊은이인지 늙은이인지 분간이 가지 않았다. 아니, 실은 사람이 아니라 허공이나 불꽃, 공기 같은 것이 말하고 있는 듯했다.

"그건 아주 길었지요. 그러나 그 세월 따위는 존재하지 않았다는 것처럼 당신은 조금도 변하지 않았군요……."

바람이 불어오자 붉은 점들이 한꺼번에 흔들렸다.

"세월을 비껴 온 기분은 어떻습니까?"

수백, 수천, 수만 개의 타일이 맞춰졌다가 떨어진다. 살아 있는 동안은 느낄 수도, 셀 수도 없는 시간의 격자가 하나씩 세워지고 있었다. 세월을 이루는 무늬들…….

그 속에는 인간의 짧은 생애로는 존재를 느낄 수 없는 모서리가 있다. 모서리가 접히는 것은 언제나 그 사람의 삶이 끝난 뒤다. 접는 사람은 내가 아닌 다른 사람이다. 시간의 격자는, 스스로의 죽음을 넘어 눈을 뜰 수 있는 사람이 있을 때만 비로소 자신의 모습을 보인다.

"난 세월을 비껴 오지 않았어."

내가 갈구하던 목소리였다. 맑게 끊어지는 울림을 들으며 내가 동굴 속에 누워 있음을 깨달았다.

"꿈을 꾸었습니까?"

"길고, 이해되지도 않고, 기억할 수조차 없는 그런 꿈이었지."

낮지만 규칙적인 숨소리가 귀를 비집고 들어왔다. 무언가가 살아 있었다. 이끼와 풀과 비의 냄새, 돌과 연기와 불의 냄새가 났다.

"당신에게 그 세월은 고통이었던가요?"

나는 2백 년을 살아오지 않았지만 내 눈앞에서 시간의 바퀴가, 아룬드가 무거운 소리를 내며 돌아가는 것이 보였다. 두 번 경험하기 어려울 시간이었다. 나는 내 이전에도, 이후에도 수백, 수천, 수만 겹의 시간이 존재하는 것을 느꼈다.

그리고 손이 와 닿았다.

뺨을 쓰다듬는 손에서 온기가 느껴졌다. 나는 그 손을 잡을 기력이 없었다. 그저 은총처럼 느낄 뿐이다.

깨달음이 다가왔다. 내가 알던 지식들이 재가 되어 씻겨나가고, 가장 깊은 곳에 잃을 수 없는 것이 남아있음을 알았다.

그것은 기도였다. 영원히 계속될 기원이었다. 감긴 내 눈앞에 질기게 맺어진 생명의 줄이 보였다. 그녀와 나 사이에 억겁의 시간에 걸쳐 연결되어 있던 무엇인가가 보였다.

너와 나는 얼마나 오랜 시간을 알았던 것일까. 결코 이번 생만은 아니었어…….

"나를 기다리는 사람이 있어서 고통스럽지 않았어."

눈물이 흘렀다.

관자놀이와 뺨을 타고 걷잡을 수 없는 눈물이 흘러내렸다. 그녀의 손가락이 되풀이해서 눈가를 닦아내고 눈꺼풀을 덮어주었다. 따뜻하다. 무한히 긴 세월 동안 늘 그랬던 것처럼.

풀이 서걱대며 물결처럼 누웠다 일어섰다 했다. 동굴 너머로 멀리 보이는 들판까지 사람이라고는 우리뿐이었다.

"아침 비가 금방 말랐군요. 풀 소리를 들어보세요."

"파비안느는 물을 용서하지 않으니까."

둘이 이야기하는 동안 나는 내 옆자리에 잠든 남자의 얼굴을 지켜보았다. 그날 포도원에서 싸웠던 바로 그 상대다. 그날로부터 이레가 흘렀다고 했다. 나는 기억할 수 없지만 스노이, 그가 그렇게 말했다.

"만날 거라고 확신하진 못했어요."

내가 말하자 '스노이'가 나를 돌아보며 대답했다.

"그렇지만 당신은 마지막 순간을 버리지 않고 왔지요……."

그는 말끝을 끄는 버릇이 있었다. 말끝을 단호하게 끊는 유리카와는 대조적이다. 나는 그의 갸름한 얼굴과 마른 몸, 갈대빛 머리카락을 바라보았다. 인간 남자와는 묘하게 다른 느낌이다. 직접 옷감을 짜서 지었다는 단순한 녹색 겉옷도 어딘가 모르게 인간의 것과는 다르다. 남자치고는 길게 길러 허리까지 닿은 머리가 천천히 나부끼고 있었다.

"저도 그 긴 세월을 넘어 어린 시절의 추억인 줄로만 알았던 봄의 공주를 다시 만난 것이 믿어지지 않습니다……."

그의 이름은 스노이안 데바키라고 했다. 그는 내가 죽일 뻔했던 상대와 아주 비슷한 얼굴을 하고 있었다. 하지만 그런 외모로는 상상할 수 없을 정도로 나이가 많았다. 그럼에도 불구하고 유리카의 진짜 나이보다는 여덟 살이나 어렸다.

"나가서 좀 걸었으면 좋겠다."

"아직 안 돼. 나보다 상태가 안 좋다는 걸 알면서."

어린애 타이르듯 말하는 유리카는 줄곧 그랬듯 내 손을 잡고 있었다. 여간해서는 놓으려 하지 않았다. 나 역시 말 잘 듣는 아이가 된 것처럼 고개를 끄덕이고 동굴 너머 풀의 물결을 바라보았다. 오늘은 바람이 많이 분다. 날씨가 좋다. 빛도 대기도 좋은 때다.

"너한테 그런 소릴 듣고 있자니…… 사실은 꿈만 같다."

유리카가 웃음을 터뜨렸다. 그래, 그녀는 건강하다. 이제 죽지 않는다.

엘다렌과 유리카가 '찾기만 한다면' 이라고 자신 있게 말했듯 스노이안은 초월적인 의술의 소유자였다. 그런 그가 유리카가 2백 년 전에 보았던 꼬마라고 했다. 세월이 흐르는 동안 유리카보다 나이든 얼굴을 갖게 됐을 뿐. 시간 속에선 온갖 일이 벌어진다.

칼레시아드를 견디다 못해 뒤틀려버린 내 몸의 균형을 되찾아준 사람도 스노이안이었다. 하지만 깨진 항아리를 맞춰 놓은 것과 마찬가지여서 반드시 충분한 요양이 필요하다고 했다.

사실을 말하자면 유리카는 오르코시즈 해독을 위해 그 옛날의 꼬마를 믿고 찾아온 것은 아니었다. 엘다렌도 몰랐을 것이다. 유리카와 엘다렌이 말한 진짜 현자, 다시 말해 스노이안의 아버지인 스노이켈이 죽은 것은 10여 년 전이었다.

스노이켈이 살아 있었더라면 내가 스노이안의 동생 스노이엘을 저렇게 만드는 오해는 생기지 않았을 것이다. 스노이켈의 죽음은 정체불명의 침입자가 이들 형제에게 남긴 치명적인 상처였다. 스노이안의 의술과 스노이켈 본인의 강력한 마법으로도, 7백 년이 넘은 그의 생명을 한순간도 더 연장시킬 수 없었다.

아버지가 죽은 후 스노이엘은 침입자를 단 한 가지 방법으로만 대우하기로 결정했다. 우리가 당한 바로 그 대우 말이다. 살인에 일말의 죄책감조차 느끼지 않는 그로서는 어려운 일도 아니었다.

스노이엘은 아버지와 형을 제하고는 이성을 가진 종족과 대화한 일이 없다고 했다. 이 섬에서 태어났고 이 섬에서만 살아온 까닭이다. 내가 그와 싸우며 느꼈던 감정이 완전히 틀렸던 것은 아니었다. 인간을 잡아먹지는 않지만, 인간에게 동정심조차 느낄 수 없을 정도로 인간을 모르고 살았다. 그에게 인간은 다른 짐승과 크게 다를 바가 없었을 것이다.

형제가 살아온 동굴은 야트막한 비탈 중턱에 있었다. 나와 스노이엘이 검을 겨루던 포도원과도 멀지 않다고 했다. 포도원은 물론 이들이 가꾼 것이었다. 내가 동굴에서 살기가 힘들지 않으냐고 묻자 스노이안은 날씨가 좋을 때 나와서 지내는 집이 비탈 꼭대기에 있다면서 몸이 낫거든 보여준다며 웃었다. 그곳에서 가축도 키우고 채소밭도 가꾸고 있다고 했다.

"밭이 그런 곳에 있으면 폭풍이나 비 같은 게 수시로 망쳐 놓을 텐데요?"

내가 묻자 스노이안은 아무렇지도 않게 답했다.

"그러면 또다시 만들면 됩니다."

세월의 힘일까? 날마다 힘써 보살핀 것이 망가져도 수고를 아까워하지 않고 다시 처음부터 할 수 있는 마음은? 집이 무너져도 다시 지으면 되고, 망쳐진 밭은 또 가꾸면 된다고 생각하는 인간이 몇이나 될까?

그렇게 생각하자 문득 질문이 튀어나왔다.

"오래 사는 기분이란 어떻죠?"

풀밭에 물결을 만들던 바람이 한 가닥 불어와 동굴 속에 풀 냄새가 물씬해졌다. 젊은, 아니 어린, 아니 어떤 인간 늙은이보다도 나이든 스노이안 데바키는 자신이 살아온 2백 년은 그리 긴 세월이 아니라고 답했다.

"스노이켈은 엘프에게 주어진 천 년의 세월을 다 누리진 못했지만 7백여 년을 살다가 갔어. 아들들이 그만큼 살려면 아직도 멀었는걸."

유리카의 말이 맞지만 나는 그 세월을 다 볼 수 없다. 내게 엘프의 피 같은 것은 섞여 있지 않으니까.

"반나마 섞인 엘프의 피가 제게 어느 정도의 세월을 선사할지는 모르겠습니다……."

스노이켈은 엘프였지만 형제를 낳은 어머니는 인간이었다고 했다. 따라서 그들은 완전한 엘프는 아니었다.

"어머니를 기억할 수 있어요?"

내 질문이 조금 무례했을지도 모른다. 그러나 스노이안은 웃었다. 마지막으로 인간과 대화한지 백여 년이 흘렀다지만 그의 생활 방식은 우리와 크게 다르지 않았다. 언어와 습관, 예의에 이르기까지. 다만 동생만큼은 아닐지 몰라도, 그 역시 눈빛만은 낯설었다.

"아직은 생각납니다. 그러나 잊게 되겠지요."

스노이안은 몸을 일으켜 물주전자를 가져오더니 덧붙였다.

"그러나 잊을 수 있을 정도로 제 수명이 길지 않을 수도 있지요."

스노이안은 자신의 수명을 모른다. 그의 이야기에 따르면 엘프와 인간의 피가 섞인 자들에게는 정해진 수명이 없었다. 인간보다 더 일찍 죽는 자들로부터, 엘프보다 긴 세월을 누리는 자들까지 있는 것이다.

스노이안의 겉모습은 아직도 스물 중반 남짓한 젊은이일 뿐이다. 언제까지? 엘프도 죽을 때에는 쭈글쭈글한 얼굴을 갖게 되는지 나는 모른다.

스노이안과 스노이엘을 엘프라고 불러도 좋을지 모르겠지만, 어쨌든 내가 만난 엘프는 그들이 처음이었다. 외모만 보자면 인간과 별나게 다르지는 않다. 인간에게 있을 법한 머리며 피부 빛깔, 인간이 그렇듯 다양한 얼굴, 주로 마른 몸집이라고 하지만 반드시 그런 것만도 아니라는 그들. 그러나 인간의 피가 반 섞였는데도 스노이안과 스노이엘에게는 낯섦, 거리감, 시간을 초월한 눈빛, 그리고 풀과 바람의 냄새가 있었다. 어디서 온 것일까? 그들의 피를 거슬러 올라가면 인간이 아닌 다른 조상을 찾을 수 있을 것만 같다.

나무…….

그랬다. 그들 안에는 말없는 나무가 있었다.

스노이안이 컵에 물을 따르더니 내가 먹을 약, 그리고 유리카가 먹을 약을 나란히 놓고 말했다.

"시간이 됐습니다. 약을 드셔야지요."

스노이안은 훌륭할 뿐만 아니라 꼼꼼한 의사이기도 했다. 동생이 나를 공격하여 거의 죽일 뻔했고, 나 또한 그 동생을 죽일 뻔했지만 어느 쪽에도 개의치 않았다. 이백열 살 된 온화한 젊은이인 그는 세상의 희로애락에서 한 발짝 떨어져 놀라지도, 화내지도, 기뻐하지도, 슬퍼하지도 않는다. 그런 마음은 오래 산다고 생겨나는 건 아닐 것이다. 나는 현자라는 말에 14월의 노현자처럼 흰 수염을 기른 노인을 떠올렸지만 그는 내 부족한 머리로 상상했던 현자보다 훨씬 특별한 사람이었다.

내가 컵에 약을 타 넣는 것을 보며 스노이안의 얼굴에 부드러운 미소가 떠올랐다. 어머니가 아이를 보는 것 같은 얼굴을 보자 부끄러운 마음이 불쑥 솟았다. 그가 용서하든 안 하든 나는 그의 동생을 죽이려 했으니 말이다.

"스노이안은 아버지를 참 닮았어. 그때 그 귀여운 꼬마가 겨우 2백 년 동안 이렇게 똑같아지리라곤 생각도 못 했는데."

유리카는 백 년도 못 사는 인간인 주제에 그렇게 말하더니 약을 마시고는 어깨를 부르르 떨며 인상을 찌푸렸다. 기침에 섞여 겨우 목소리가 흘러나왔다.

"큭, 스노이, 너무 써."

스노이안은 그가 즐겨 앉는 동굴 한구석에 솟은 바위에 앉아 가만히 웃고 있었다.

"쓴 약이 몸을 빨리 보하는 법이지요, 봄의 공주님……."

온화하지만 엄한 의사이기도 한 스노이안이 약을 마신 뒤 물로 입을 헹구는 것조차 금했기 때문에 유리카는 한동안 헛구역질까지 하며 고생했다. 내 약은 그 정도로 심하진 않다. 시큼한 것 같기도 한 묘한 맛이다. 솔직히 약간 상한 것처럼 느껴지는 맛이었다.

스노이안이 치료한 세 환자 중 스노이엘만이 아직 깨어나지 못했다. 며칠은 더 잠을 자야 할 거라고 했다. 유리카가 2백 년 전에는 없던 동생이 언제 태어났느냐고 묻자 스노이안은 동생의 나이가 예순 정도밖에 안 됐다고 말해 나를 놀라게 만들었다.

"그럼 어머니가 다르군요?"

"네, 물론……."

나는 머뭇거리다가 다시 물었다.

"동생…… 분은 얼마나 오래 검술을 익히신 거죠?"

스노이엘 이야기를 하자니 조심스러웠다. 그러나 답하는 스노이안의 목소리는 침착했다.

"50년 정도는 되겠지요. 일생 한 가지 익힌 재주인 검술로 나름대로 입신에 이르렀다고 여길 테지만, 제가 보기에는 아직 어린아이 놀음에 불과합니다. 조상님들에 미치자면 그 몇 배의 세월이 필요할 것입니다. 그건 이번에 파비안 님과 대결한 결과를 보아도 알 수 있지요……."

대꾸하기 어려웠다. 스노이엘은 나 따위는 비교도 되지 않을 만큼 뛰어난 검사였다. 스노이안은 동생을 냉정한 기준으로 평가했지만 그건 엘프의 관점일 뿐, 내 관점이 될 순 없었다.

분명한 건 나는 운이 좋았다는 거다. 스노이안과는 다른 의미로 부동심에 가깝던, 감정에 휩쓸리지 않는 검을 가졌던 스노이엘을 당할 재주 따윈 내게 없었다. 60년이라면 우리 아버지보다도 오래 익힌 검술이다. 마지막 순간 내게 그의 검이 흐르는 방향이 보였던 건 하필 내가 배워둔 한 가지 요령과 일치했기 때문일 뿐이었다. 그리고 내가 너무 절박했기 때문이기도 할 것이다.

스노이안이 들판 쪽을 돌아보더니 말했다.

"비가 다시 오는군요."

처음엔 먼발치였지만 비는 금세 들판을 건너왔다. 동굴 입구에 은빛 발이 드리워졌다. 파비안느 아룬드에 이렇게나 비가 잦다니 별난 일이다. 벌써 방랑자 아룬드라도 된 것 같잖아. 이것도 계절이 빨라져서 그런 걸까?

유리카는 잠을 청하는지 눈을 감고 있었다. 부를까 하다가 그만두었다. 아직은 우리 모두 휴식이 필요했다.

"두 분 모두 이레 정도는 더 쉬셔야 합니다. 제가 가진 기술은 마법이 아니라 의술이기 때문에 휴식이 몸의 조화를 되찾아주지 않으면 회복도 되지 않습니다."

스노이안은 줄곧 자신이 마법사가 아니라고 했지만 유리카는 그 말을 믿으려 하지 않았다. 스노이안의 할아버지와 아버지가 모두 대단한 마법사였는데 두 형제 중 한 명도 마법을 모른다는 것이 말이 되느냐는 것이었다. 스노이안은 유리카의 고집스런 주장에 그저 웃을 뿐이었다.

과연 스노이안이 마법을 모른다는 것은 사실이 아니었다. 우리가 호숫가에서 타고 온 배 이야기를 했을 때 그는 약간 망설이며 매끈한 뺨에 처음으로 보는 홍조를 띠었다. 젊은이다운 얼굴에 어울리는 표정은 그때가 처음이었다.

"아버지께서 걸어 놓으신 마법입니다. 저는 유지밖에 못합니다."

유리카가 문득 눈을 뜨더니 털 이불 밖으로 손을 내어 뭔가를 흔들었다. 어쩐지 섬뜩한 느낌이 드는 소리에 돌아보니 유리카가 쥔 것은 황금 방울이었다.

"그럼 이것도 스노이켈이 내버려두고 잊어버린 거고?"

스노이안은 방울을 건네받아 유심히 들여다보더니 말했다.

"아버지께선 이 섬으로 들어오실 때 섬 전체에 마법을 거셨지요. 그러기 위해 섬 구석구석에 봉헌물을 바쳤고, 마법 걸린 물건들도 숨겨두었습니다. 그런 물건들의 힘이 일종의 보호벽이 되어주었기 때문에 마법이 사라진 이 시대에도 저와 제 동생은 약간의 마법을 누리며 살 수 있었지요. 두 분이 타고 오신 배는 몇몇 친구들을 위해 남겨 둔 것이었습니다. 그들 중 누군가가 혹시라도 방문하고자 할지 모르니 손님을 소홀하게 대접한 일이 없는 저희 집안의 전통을 지켜야 한다고 생각했지요. 아버지께서 돌아가신 후 저도 한동안 그 배의 존재를 잊고 있었습니다. 그러나 이 방울은……."

비를 뚫고 들어온 한 줄기 햇빛이 닿자 방울이 날카로운 반사광을 냈다.

"할아버지의 물건입니다."

"할아버지라면, 아스트라한이 건 마법이 그 안에?"

유리카의 놀란 목소리가 빗소리를 뚫고 울렸다.

"그렇다면 보통 물건이 아니잖아?"

아스트라한 데바키는 스노이켈의 아버지이자 이들 형제의 할아버지였다. 그리고 수백 년 동안 세 엘프 일족을 통틀어 가장 위대한 마법사였다고 했다.

"환각을 증폭시키는 물건인 것 같습니다. 저와 아버지가 이곳에 들어온 때보다 훨씬 오래 전에 할아버지께서 이곳에서 홀로 사신 일이 있었습니다. 제가 모르는 물건인 것을 보면 그 당시 할아버지께서 만드셨던 것 같군요. 당시만 해도 마법이 있던 시대이니 환각의 장벽은 침입자를 막는 효율적인 대비책이었을 겁니다."

"할아버지의 물건이라는 것을 어떻게 알죠?"

내가 묻자 스노이안은 방울을 만지작거리면서 대답했다.

"가까운 가족의 마력이 든 물건은 알아볼 수 있습니다……."

아스트라한은 에제키엘을 도왔기 때문에 유리카도 잘 기억하고 있었다. 내가 상상했던 현자의 모습 그대로 엄숙한 노인이었던 아스트라한에게 유리카는 제멋대로 반말을 하고 짓궂게 굴었지만 또한 굉장히 귀여움을 받았다고 스노이안은 말했다.

"저로선 신기하게만 보이는 누나였지요. 그분은 제게는 너무나 어려운 어른이었는데 말입니다……."

그러나 이백열 살이 된 스노이안 데바키는 결코 누군가를 두려워할 것처럼 보이지 않았다. 그의 부드러움 속에는 어떤 두려움, 어떤 악을 만난다 해도 의연하게 대처할 것 같은 강인한 모습도 숨겨져 있었다.

아스트라한 데바키는 에제키엘이 태어나기 전에 대륙 최고의 마법사였고, 에제키엘이 죽은 후에 또다시 대륙 최고의 마법사가 되었다고 한다. 천 년 간 쌓아온 마법을 한 인간 젊은이가 고작 수십 년 만에 능가했다는 이야기가 놀라웠다. 에제키엘에게 그런 천분이 주어졌던 것도 그에게 위대한 임무가 예비되어 있었기 때문일까?

갓 스물의 앳된 젊은이 에제키엘은 천 년의 벽을 뛰어넘어 아스트라한과 친구가 되었다. 그리고 그의 아들 스노이켈과도 친구가 되었다. 몇 년이 흐른 후 에제키엘과 함께 다녔던 봄의 공주를 당시 열 살 먹은 아이였던 스노이안은 또렷이 기억하고 있었다. 그래서 포도원에서 위기의 순간이 닥쳤을 때 유리카의 얼굴을 제때 알아볼 수 있었다.

그래서…… 우리는 이렇게 살아 있다.

스노이안은 2백 년의 세월이 흘렀는데도 유리카의 얼굴을 정확히 기억하는 이유에 대해 가볍게 웃으며 답했다.

"제가 그 아름다운 누나를 좀 좋아했었나 봅니다."

유리카는 웃었으나 나는 얼굴이 붉어지고 말았다. 또래 소녀처럼 보이는 유리카가 품고 있을 세월이 실감되었기 때문이다. 그런 그녀를 좋아한다는 것을 스노이안 앞에서 보이기가 어쩐지 무안하다는 생각이 들었다.

"그러나 봄의 공주께선 잠들었다가 깨어나시길 잘 하셨군요."

스노이안이 한 말의 의미를 우리 둘 다 모르지 않았다.

4. 영원할 수 없는 안식의 땅

우리는 사흘을 더 쉬었다.

스노이안이 말한 이레가 되지는 않았지만 파비안느 아룬드 16일 아침, 유리카는 스노이안이 아침을 먹으라고 부르지도 않았는데 일어나 앉았다.

"무작정 쉬고 있을 때가 아니야."

스노이안은 아침을 들기 전에 속을 깨우는 쓴 약을 가져다주곤 했는데 그걸 먹는 것이 하루의 일과 중 가장 고역이었다. 그것만 뺀다면 나날은 몹시 평화로웠다. 모든 것이 멀리 있었고, 심지어 잊힌 듯했다. 시간은 더딘 듯 빠르게 흐르고, 가지 않는 듯 화살처럼 날아갔다. 하루가 한 해처럼 길었으나 사흘은 몇 분처럼 사그라져 갔다.

스노이안의 얼굴에 세월의 흔적이 없는 것이 그 때문일까? 유리카는 인간과 엘프의 피가 섞인 경우 비록 수명은 길지만 노인의 모습으로 오래 살아가는 경우가 많다고 했다. 그러나 스노이안은 젊은이의 모습 그대로 변화가 없었다. 동생과도 두어 살 정도 터울로 보일 뿐이었다. 실은 백사십 살이나 차이가 나는데도 말이다.

"동생 분은 언제 깨어나는 거죠?"

"그대들이 떠난 뒤입니다."

스노이안이 동생을 치료하면서 일부러 오래 자도록 손을 썼다는 사실을 뒤늦게 알았다. 스노이엘은 자신의 금빛 머리카락을 베개 삼아 끝없는 휴식을 취하고 있었다. 나와 마주치면 불편한 일이 벌어질까 염려한 것일까.

"쉬어야 할 때는 쉬어야지요."

스노이안은 약을 가져오다가 유리카의 말을 들은 듯 그렇게 말했다. 유리카는 약그릇을 받아들었지만 마시기 전에 고개를 흔들었다.

"시간이 너무 없어. 저, 파비안……."

"크윽, 왜?"

둘이 이야기하는 동안 약을 마셔버린 나는 쓴맛에 몸을 떨며 대꾸했다. 약 맛이 날마다 더 써져서, 스노이안이 동생의 일을 이 쓴맛으로 보복하는 것이 아닌지 근거 없는 의심이 떠오를 지경이다. 유리카도 약을 단숨에 마시긴 했지만 역시나 어깨를 움츠리며 눈을 꽉 감았다.

"으윽, 정말 쓰다니까."

잠시 후 간신히 입안의 쓴 기운을 삼킨 유리카가 몸을 당겨 내 쪽으로 왔다.

"처음 만날 때부터 지금까지, 내가 서둘렀던 이유를 말해줄게."

한 해가 저물지도 않았는데 그간 우리는 두 번이나 대륙을 가로질렀다. 고향에서 스조렌 산맥까지, 달크로즈를 거쳐 이곳까지. 유리카는 늘 여행을 재촉했다. 나는 어느새 익숙해졌지만 이유를 깊이 생각해 본 일은 없었다.

"엘프와 드워프를 한시라도 빨리 되살려야 하니까 그랬던 거잖아."

"그것도 맞지만, 그뿐이 아냐."

스노이안은 웬일인지 아침 준비를 하러 가지 않고 전용 의자인 돌부리에 앉아 우리를 바라보고 있었다.

"기한이 얼마 남지 않았어."

"기한이라고?"

나는 잠시 생각한 후 당황해서 입을 벌렸다.

"잠깐, 그게 시간제한이 있는 거였어? 기한을 넘기면 종족들을 되살릴 수가 없는 거야? 그게 대체 언젠데?"

"정확한 날짜가 있는 건 아냐. 하지만 문자 아룬드를 넘길 수 없다는 것만은 알고 있어."

문자 아룬드라고? 그럼 석 달밖에 남지 않았잖아!

"지금까지 보석을 하나 찾았을 뿐인데, 넉 달 안에 다른 두 개의 보석을 찾아내야 된다는 거야?"

유리카가 고개를 끄덕였다.

"마지막 보석까지 찾아내어 아룬드나얀을 완성하고, 그걸 갖고 재생의 의식을 치를 장소로 가야 해. 그곳에서 의식을 치르고 나면 우리의 임무는 완성되는 거야."

"그 장소가 어딘데?"

"대륙의 남쪽, 하르마탄 섬."

하르마탄 섬까지 가려면 우리는 한 번 더 대륙을 종단해야 했다. 환영주, 방랑자, 점성술 아룬드를 거쳐 마침내 문자 아룬드까지, 길게 잡아야 넉 달이다. 상상할수록 조바심이 났다.

"대체 왜 그때까지로 정해진 건데?"

"그건 우리가 정한 게 아냐."

"그럼 누가 정했는데?"

"세계가. 우리가 뜻을 읽을 수는 있어도 결코 왜냐고 물어볼 수 없는 세계가."

그건 예언의 영역일까? 에제키엘은 세계의 뜻을 읽었기 때문에 그때를 유리카에게 알려줬던 걸까? 유리카와 엘다렌이 깨어날 때를 정한 사람도 에제키엘이라면 그 역시 임무가 가능한 기간을 가늠해 보았을 것이다. 에제키엘이 가능하다고 판단했다면 난 그걸 믿고 나아가면 되는 걸까?

다만 지금의 생활을 접어야 한다고 생각하자 아쉬움이 밀려왔다. 아무것도 없어보여도 모든 것이 갖춰진 이곳에서 보낸 며칠은 잊을 수 없는 안식의 시간이었다. 어느 저녁 즈음엔 이런 세월이 영원하더라도 괜찮겠다고 생각하기도 했던 것이다.

문득 갓 구운 빵 냄새가 코끝을 간질였다. 스노이안의 보호를 받으며 이곳에서 지내는 기분은 저 빵 냄새를 닮았다. 언제까지나 아무 일도 없을 것만 같은 세상에서 어제 같은 하루하루를 살아가는 삶. 스노이안에게 그런 시간은 수백 년, 어쩌면 천 년이 될 수도 있을 것이다.

스노이안이 몸을 일으켜 약그릇들을 포개어 들고 동굴 안쪽의 부엌으로 갔다. 이 동굴은 양쪽에 입구가 뚫려 있어 연기가 뒤로도 빠지기 때문에 안쪽에서 취사를 해도 괜찮았다.

스노이안은 곧 빵이 든 바구니와 따뜻한 수프 그릇을 가져왔다. 이 빵을 수프에 찍어 먹고 그가 짜온 포도즙과 절벽 위의 농장에서 가져온 달걀을 하나씩 먹는 것이 아침의 전부였다. 스노이안은 그것조차 잘 먹지 않았다. 그의 말로는 엘프는 음식을 많이 먹지 않아도 된다고 했다. 엘프는 자연을 바라보고 풀 냄새를 맡는 것만으로 몸에 생기를 얻는다는 믿기지 않는 이야기가 정말일지도 모르겠다.

스노이안은 아침마다 혼자 절벽 위로 올라가 채소밭과 가축을 살피고 오곤 했다. 가축이라 해봐야 닭과 양 두어 마리에 불과하지만 어쨌든 달걀을 가져오고 양젖도 가끔 짜 온다. 비가 와도 우의 하나 들쓰지 않고 그냥 밖으로 나갔다. 자연의 변화는 엘프들에게 그리 영향을 끼치지 않는다고 했다. 과연 그는 비도, 바람도 개의치 않았고 추위도, 더위도 별로 느끼지 않았다. 오늘은 이른 비가 내렸는지 그의 머리카락이 약간 젖어 있었다.

빵 바구니 앞에 다가와 앉으며 유리카가 물었다.

"스노이, 우리가 떠날 수 있을 정도로 회복되긴 한 거야?"

"파비안 님은 몸의 균형이 돌아오긴 했지만 한동안은 칼레시아드를 자제하셔야 합니다. 보크리드를 익힌다 하더라도 역시 자제하는 편이 좋습니다. 그리고 봄의 공주께선……."

스노이안은 유리카의 이름을 부르지 않고 '봄의 공주' 라는 호칭만을 썼다. 2백 년 전의 이름은 스노이안의 입에서 자신이 지닌 세월의 무게만큼 자연스러웠다.

"독은 모두 제거됐습니다. 그러나 그 동안 독이 몸 구석구석을 파고들었기 때문에 몹시 쇠약해지셨습니다. 다 나은 것 같다고 느끼시겠지만 실은 다른 병에 걸리기가 쉬운데, 만약 그런 일이 벌어진다면 치명적인 상황이 올 겁니다."

유리카는 경고를 듣는 둥 마는 둥 하더니 불쑥 말했다.

"맛있어."

돌아보니 유리카는 빵을 한 조각 떼어서 혀끝으로 맛을 보는 중이었다. 스노이안은 웃었다.

"제 요리 솜씨를 평하실 생각이십니까?"

"아니."

유리카는 고개를 흔들더니 빙그레 웃었다.

"이 빵을 더 못 먹게 될 게 아쉬워서."

유리카는 이미 결정을 내린 것이다. 그러나 나는 의사의 소견을 다 듣고도 선뜻 결심하기가 힘들었다. 여길 떠나면 다시 모험이 시작될 것이다. 어떤 일이 우리 앞에 있을지 모른다. 우리가, 특히 유리카가 그 몸으로 버틸 수 있을까? 서둘렀다가 일을 그르치는 건 아닐까?

그러고 보니 달크로즈의 반란 사건은 어떻게 되었을까? 우리가 돌아가면 모든 일이 일단락되어 있긴 한 걸까?

식사를 하는 동안 늘 보던 그대로 들판에 아침이 찾아왔다. 지평선을 적신 붉은 기운이 이윽고 동굴 발치를 따뜻하게 데웠다. 내 목구멍에서 수프에 적신 빵이 넘어가는 소리가 한 번 크게 울렸을 때, 스노이안이 입을 열었다.

"엘다렌 님과 의논을 해보시겠습니까?"

나는 후딱 몸을 돌려 스노이안을 보았다. 그는 젖은 머리를 마른 천으로 감싸고 누르는 중이었다.

"엘다렌이 여길 왔어요?"

먹을 때 소리를 내지 않는 유리카가 키득, 웃으며 수프 삼키는 소리를 냈을 때에야 내가 잘못 생각했다는 것을 알았다.

"그냥 대화를 한다는 뜻이야. 엘다가 어떻게 갑자기 여길 오겠어?"

물론 '그냥 대화'는 아니다. 마법이 아니고서 어떻게 멀리 있는 사람과 대화를 하겠어? 이곳에는 물론 마법이 남아 있다. 하지만 엘다렌이 있는 바깥세상에는 마법이 없을 텐데 그래도 괜찮은 건가?

그렇게 묻자 스노이안은 뜻밖의 대답을 했다.

"세상에 마법이 조금씩 돌아오고 있습니다. 봄의 공주께서 말씀하신 대로 에제키엘의 약속의 보석들이 하나씩 풀려나고 있어서인 것 같습니다. 저는 나가보지 않아 모르지만 천문과 공기를 통해 느낄 수는 있으니까요……."

유리카가 고개를 끄덕이더니 장난스럽게 불평했다.

"이곳에 남은 마법 때문에 악령을 둘이나 만나 고생한 걸 생각하면 반드시 반가운 일인지는 모르겠지만 말이야."

우스운 일이지만 스노이안은 목 없는 기사와 호수의 오리안느에 대해 전혀 모르고 있었다. 우리가 다 처리한 셈이 됐으니 이제 와선 아무래도 좋겠지만 말이다. 스노이안도 평소 이웃에 관심 좀 갖고 살지. 그랬으면 나도 그 고생을 안 해도 됐을걸.

황금 방울은 선조의 것이라 스노이안이 다시 보관하기로 했다. 잘된 일이다. 솔직히 나는 그 방울이 두려웠다. 그 정도로 강한 마법이 든 물건이 이제 겨우 마법이 돌아오려 하는 세상에 나갔다가 무슨 일이 벌어질지 알겠어?

"마법으로 엘다렌을 불러 이야기할 수 있단 거죠?"

"될 거라고 생각합니다만, 해보지 않으면 알 수 없지요……."

나는 잠깐이나마 스노이안과 지내면서 그가 어떤 식으로 말하는지 알게 되었다. 스노이안 데바키가 저런 식으로 말하는 일은 십중팔구 성공한다. 그렇지 않으면 결코 저렇게 말하지 않는다.

"그렇지만 당신은 마법을 모른다고……."

유리카가 내 말을 가로막았다.

"해보는 거지 뭐. 난 스노이를 믿어. 그 집안 사람들은 허튼 소리를 하는 법이 없었지."

점심 즈음 '마음의 전송' 을 할 장소가 마련되었다.

세상에 돌아온 마법이라면 나도 기억나는 것이 몇 가지 있었다. 가장 먼저 떠오르는 건 스조렌 산맥의 산지기 집에서 유리카와 나우케 산지기가 함께 시전했던 '마법 시선' 이다. 푸른 굴조개호의 뱃전에서 유리카가 만들었던 하얀 빛도 생각난다. 잊고 있다가 유리카가 말해줘서 생각났지만 이베카 시의 여관에서 잠긴 문을 열었던 일도 있었고.

아룬드나얀과 네 보석에 마법이 묶여 있다는 이야기는 정말일 것이다. 그렇지만 어떻게 그런 거대한 힘을 목걸이 하나에 넣을 수 있는지 상상이 되는 건 아니었다. 내가 그걸 이해하려면 마법이 돌아온 세계를 겪어 봐야 할까.

스노이안은 동굴에 저장해 둔 장작더미에서 고리버들나무로 된 것을 따로 골라 입구 쪽에 둥글게 쌓았다. 그 다음 널찍한 흰 그릇에 물을 가득 떠서 그 앞에 놓았다. 다음은 불인데, 불씨를 옮겨오면 안 되고 새로 피워야 해서 나도 스노이안을 도왔다. 장작이 잘 손질되어 있어서인지 일은 쉽게 끝났다.

장작에 불이 오르자 스노이안은 그릇 앞에 앉았다. 유리카와 나도 그의 양쪽에 앉았다. 불은 연기도 별로 내지 않고 얌전하게 탔다.

"해 봅시다."

이런 준비가 필요한 건 우리가 세 사람이고 마법의 시전자는 한 사람 뿐이기 때문이었다. 스노이안이 혼자 엘다렌과 대화를 나눌 작정이었다면 동굴 벽에 기댄 채로도 손쉽게 마음을 날려 보냈을 것이다. 필요한 것은 상대에 대한 약간의 정보뿐이다.

그러나 상대에 대한 정보를 제공하는 건 또한 스노이안이 아니라 우리였다. 스노이안은 눈을 감고 한 손을 그릇에 담갔다. 다른 한 손은 유리카의 손을 잡았다. 정보를 얻으려는 것이다.

"이 순간 엘다렌이 어디 있을지 생각해 봐."

함께 눈을 감은 유리카가 내게 말했다. 나는 혼자 눈을 뜬 채 엘다렌이 지금쯤 달크로즈 성에 있으리라는 생각을 했다. 스노이안이 달크로즈를 본 일이 있는지 모르겠다. 아무래도 아닐 가능성이 큰 것 같아 나는 집중해서 성의 풍경을 떠올렸다. 흰 벽과 테라스, 푸른 깃발들, 레클로슈의 보호석, 부챗살처럼, 또는 접시들처럼 펼쳐진 탁상지와 시가지, 내 검과 같은 글자가 새겨져 있던 돌기둥들…….

그때 내 눈은 너울거리는 불꽃을 보고 있었다. 제멋대로 춤추는 장난꾸러기 같은 불이었다. 손을 폈다가 오므리고, 빙글 돌다가 풀어진 머리를 가다듬어 올리는 불…….

그 속에서 희미한 영상이 떠올랐다.

「유리냐?」

거대한 도끼가 먼저 보이고 이어 덥수룩한 수염과 튼튼한 팔다리, 붉은 눈매가 떠올랐다. 불의 움직임에 따라 일렁이긴 했지만 분명 대지와 연결된 엄격한 드워프의 모습이었다. 혹시라도 다치거나 하진 않았을까 걱정하던 마음이 깨끗이 날아가며 나는 기쁨에 차 외쳤다.

"엘다렌!"

엘다렌은 움찔 놀라더니 다시 두리번거리며 말했다.

「파비안?」

시선을 돌리는 방향을 보면 우리 목소리는 들려도 모습은 보이지 않는 모양이었다. 처음 유리카냐고 물었던 건 이런 마법을 보낼 사람이 그녀밖에 없다고 생각해서였을 것이다. 내가 소리를 질러서 괜히 놀랐겠는데.

"엘다, 잘 있었어? 별일 없어 보이네?"

「내게야 별일이 있을 까닭이 있는가.」

엘다렌은 금세 놀라움을 접고 우리 목소리에 귀를 기울이는 모습이었다. 자신에게는 별일이 있을 까닭이 없다는 말에서 답을 기다리는 기분이 느껴졌다. 얼마나 걱정하고 있었을까. 얼른 기쁜 소식을 알려 줘야지.

이어 엘다렌에게는 낯설 목소리가 울렸다.

"세월의 무게가 더한 현명함의 빛이여. 쉬지 않고 도는 아룬드가 가져다 준 재회를 축복하며 인사를 보냅니다. 대지의 심장이 낳은 굳건한 이들의 지배자, 붉은 눈빛의 모나드의 방랑자시여."

불꽃 속으로 보이는 엘다렌의 얼굴에 의아한 빛이 떠올랐다. 너무 또렷해서 기분이 이상할 정도였다. 엘다렌의 목소리는 처음 만났던 동굴에서 그랬듯 사방을 쇠북처럼 울렸다.

「누구요, 2백 년 전의 인사를 아는 자는.」

"스노이안 데바키입니다. 스노이켈 데바키와 체칠린 로알로미의 아들이며 천년의 은둔자 아스트라한 데바키의 손자인 부족한 솜씨의 치유자입니다.”

엘다렌은 잠시 대답하지 않았다. 그 이름들이 주는 세월의 무게가 가볍지 않았을 것이다. 그러나 그는 곧 말했다.

「반가운 이가 아닌가. 그대의 어린 시절을 기억하고 있다. 나의 친우, 스노이켈은 어떻게 지내는가.」

“아버지께선 자연의 혼이 되셨습니다.”

엘다렌은 다시 사이를 두고 대답했다.

「엘프로서 나쁜 결말은 아니로군.」

친구의 죽음을 놓고 저렇게 말할 수 있는 것도 자연에 가까운 종족들만의 독특한 유대감이었다. 나로선 이해하기 힘들지만.

「그렇다면 유리가 잘 있는 것은 그대 덕택이로군.」

유리카가 대화에 끼어든 것은 그때였다. 어느새 감았던 눈도 뜨고 있었다.

“응, 엘다. 난 이제 건강해. 파비안이 많이 다쳤지만 역시 스노이가 잘 돌보아 주었어. 곧 출발할 수 있을 거야. 어쨌든 인사는 그만들 하고 용건을 말해야 할 때인 것 같은데."

달크로즈를 탈출해 여기까지 오는 동안 하루하루 타들어가던 내 심정을 유리카가 몰랐을 리 없었다. 그러나 지난 일이 된 고통 따위로 누구도 더 걱정시키고 싶지 않다는 것처럼 그녀의 어조는 강렬하고 밝았다.

「다행이다.」

엘다렌의 짧은 한마디에 담긴 안도와 기쁨을 나 역시 모르지 않았다. 유리카를 건강하게 데려가겠다는 약속을 지킨 나 자신에게 처음으로 미약한 만족감이 솟아올랐다.

"그 쪽은 어때요? 주아니는 무사해요?"

「주아니는 옆에 있지만 목소리를 전해 줄 길은 없겠군. 아주 잘 있다.」

마법을 보낸 건 이쪽이라 엘다렌 쪽에서 주아니를 대화에 참여시킬 방법은 없었다. 엘다렌은 잠깐 가만히 있더니 말했다.

「유리카가 건강하게 되어서 기쁘다고, 그리고 파비안에겐 아무 일 없느냐고 묻는군.」

"아무 일 없진 않지만 말할 필요도 없을 정도로 작은 일이니 걱정할 필요는 하나도 없다고 하세요!"

내 목소리도 들떴다. 오랫동안 마음 졸이던 일들이 다 잘 되었다는 것을 서로 확인하는 것만큼 기쁜 일은 없었다.

「그것 참 잘 되었군. 그러면 곧 돌아와 출발할 수 있는 건가?」

유리카가 말했다.

"그 의논을 해보려고 불렀어. 우리가 달크로즈까지 가면 바로 나올 수가 없을 테니 시간이 많이 걸릴 것 같아. 그러니까 날짜를 정해서 상텔로즈에서 만나면 어떨까 싶은데."

「나쁘지 않은 생각이다. 이쪽은 언제라도 출발할 수 있다.」

유리카가 고개를 끄덕이더니 내 쪽을 보았다. 출발 의사를 묻는 것이다. 조금 전까지 망설이고 있었으면서 나는 고개를 끄덕여 보였다. 이렇게 서두를 정도로 중대한 임무를 막연한 걱정만으로 미룰 수는 없었다.

"나르디는 괜찮죠? 다른 사람들은 어때요?"

엘다렌이 말하는 품으로 보아 걱정할 필요는 없는 것 같지만, 그래도 분명하게 듣고 싶은 마음에 물어보았다. 그런데 엘다렌의 목소리가 끊어졌다. 불길 너머로 보이는 얼굴에서 석연치 않은 기색이 느껴졌다.

"무슨 일이라도 있었어요? 누가 잘못되기라도 했어요?"

「나르디는 잘 있다. 부상을 입었지만 거의 나았으니 관계없다. 네 아버지도 무사하다.」

유리카도 물었다.
"공주님은?"

「잔-이슬로즈 공주라면 아직 본국으로 돌아가지 못했다는 것을 제하고는 아무 일 없다.」

엘다렌의 목소리에서 마브릴 왕가에 대한 적대감을 찾기란 쉽지 않은 일이다. 거기까지는 좋았는데, 이어진 말을 들으며 나와 유리카는 충격으로 멍해졌다.

「수도에서는 큰일들이 있었다. 가장 큰 일이라면 역시 이그논 국왕이 서거하고 태자 나르디엔 루아 듀플리시아드가 즉위한 일이겠지.」

"자, 잠깐…… 즈, 즉위요?"
나르디가 우리나라의 국왕이라고?
태자가 언젠가 국왕이 되는 것은 당연한 일일지도 모른다. 언젠가는, 미래에는 물론…… 그렇겠지만 그게 지금이라는 말은 좀…… 그러니까, 누구든 여행 중 만난 친구가 갑자기 태자 전하로 밝혀져서 그 사실에 간신히 적응하려는 참인데, 이젠 국왕 폐하라는 소리를 들으면 결코 제정신일 순 없을 거다!

우리가 말문이 막힌 사이에도 엘다렌의 이야기가 이어졌다. 그가 이렇게 많이 말할 정도면 달크로즈에선 사람들이 평생토록 되풀이해서 얘기해도 모자랄 일들이 벌어졌던 게 틀림없었다.

「이그논 국왕은 나르디가 부상을 당한 후 반란군과의 마지막 전투를 직접 지휘하여 승리로 이끌었지만 중상을 입어 수도 수복 사흘 만에 숨을 거뒀다. 나아지는 듯하다가 갑자기 악화되는 바람에 나르디가 부왕의 축복을 받을 수 있었던 것조차 천행이었다. 사람들은 나이보다 노쇠했던 국왕이 마지막 생명을 태워 전투를 치른 것이 죽음을 앞당겼다고들 했다.」

"결국 반란의 결과가 그런 식으로…… 아니, 그러고 보면 반란은 왜 일어났던 건가요?"

처음부터 궁금했던 일이었다. 귀족의 자식들이 대체 왜 보장된 지위를 버리고 반란을 일으켰을까? 뭘 기대했기에 그 반란을 계획한 하르얀에게 동조했던 걸까?

「네 동생은 무모하긴 해도 상당한 자였더군. 작위를 물려받을 가망이 없는 둘째나 셋째들을 수년간 공들여 끌어들여서 일종의 소년 비밀결사를 만들었던 모양이다. 물론 그들에게도 이번 반란은 계획 밖이었다. 본래는 성인이 될 때까지 천천히 입지를 굳힌 다음 궁정 반란을 일으킬 심산이었을 테지. 그러나 본의 아니게 태자가 탄 배를 공격하는 바람에 궁지에 몰렸던 것이다. 택할 길은 하나뿐이었겠지.」

성벽을 사이에 두고 하르얀을 만났을 때 느꼈지만 그 녀석이 가진 것도 일종의 카리스마였다. 아버지의 것과는 달랐지만…… 어쩌면 아버지의 카리스마가 뒤틀려 변형된 것 같기도 하다. 어쩌면 녀석은 그토록 원했던 대로 나보다 더 아버지를 닮았을지도 모르겠다.

「이그논 국왕을 시해한 자가 누구인지는 밝혀지지 않았지만, 이로 인해 반란군에게 내려질 처분은 명확해졌다.」

엘다렌은 사실만 나열할 뿐 감정을 담지 않았건만 나는 묘한 싸늘함을 느끼고 몸을 움츠렸다. 이제 내가 물을 안부는 하나뿐이었다.

"하르…… 얀은?"

아까보다 훨씬 긴 침묵이 흘렀다.

아버지와 나르디가 무사하다면, 잔-이슬로즈 공주 역시 잘 있다면, 그들과 맞서 싸웠을 하르얀과 추종자들은 어찌 되었겠는가.

바람이 현자의 동굴을 통과해 흘러갔다. 석벽을 긁는 소리가 어디선가 울리고 사라졌다. 내 마음속을 긁어내는 것처럼.

「반역자의 처리에는 효수(梟首)라는 오래된 방법이 있다.」

유리카도 스노이안도 입을 다물었다. 바람조차 입을 다물어 버렸다.

내 입에서 낮은 한숨이 새어나왔다. 언젠가 나누리라 생각한 말들은 입안에서 맴돌다 끝나버렸다. 다시 한 번 만나 하르얀이 원한 것이 무엇이었는지 듣고 싶었는데. 왜 나를 죽일 만큼 미워했는지, 왜 무모하게 자신을 파괴하려 했는지, 무엇이 그를 그리 급히 달리게 했는지 모두 듣고 나서…….

왜 너는 내가 원하는 것은 단 하나도 해주지 않는 거지? 죽는 순간까지도?

"그는 당신의 혈육이로군요."

스노이안이 말했다. 내 고개가 느리게 내려갔다. 저만치 스노이안의 손이 담긴 물그릇이 보였다. 수면이 가늘게 떨리고 있었다. 차례로 일어나는 파문이 내 감정과 비슷하다는 생각이 들었다. 자연을 자신 속에 받아들이듯 스노이안은 내 감정을 복제해 보여주었다. 한 개의 파문에 하나의 이야기가 담겨 있었다.

나를 파멸시키려 했던 적의 죽음을 슬퍼할 까닭은 없었다. 내 친구들을 없애려 했던 하르얀을 동정할 이유 따윈 조금도 없었다. 그러나 이해 없이 가버린 존재는 끝까지 마음에 남는 건지도 모르겠다. 나를 괴롭히는 것만이 목적이었던 것처럼, 아무것도 모르던 내가 그를 미워하도록 하고, 저주하도록 하고, 그러고서 오해를 풀 기회조차 주지 않고 가버렸다.

전해 내려오는 동화처럼 슬플 것 없는 이야기다. 검푸른 머리를 가진 아이가 둘 있었어. 하나는 다른 하나를 미워하고 죽이려 했지만, 결국 스스로를 죽이고 말았지.

"다른 녀석들도…… 마찬가진가요?"

「네가 아는 붉은 머리를 포함해 열일곱 개의 머리가 달크로즈의 흰 성벽에 달린 새 장식이 되었다.」

티무르 리안센도 결국 죽었구나.

문득 베르나르트가 했던 말이 떠올랐다. 돌아가 봤자 어차피 무덤 앞에 줄을 설 뿐이라고 했지. 그 말은 틀렸다. 그들은 무덤에 들어가지도 못했다. 앞으로도 들어가지 못할 것이다. 효수된 머리는 까마귀와 태양의 쓰디쓴 식량이 될 뿐이다.

그러고 보니 베르나르트는 어떻게 되었을까?

"엘다렌, 혹시…… 반란군 편에 섰던 클루이펠트 경이라는 기사를 아시는지……."

「알다마다.」

그리 기대하지 않았는데 뜻밖에도 즉각 대답이 울렸다.

「죽이기엔 아까운 자였다. 나르디엔 국왕도 그자를 사로잡으면 죽이지 않을 작정이었다고 하더군. 허나 뜻대로 되지는 못했다. 나르디엔 국왕이 부상당해 전선에 나서지 못했던 마지막 전투에서 사로잡혀 미처 소식이 닿기도 전에 처형되었다고 한다.」

베르나르트도 살아남지 못했다. 세상이 살려두지 않은 소년들을 데리고 땅 밑으로 가 버렸다. 내 소지품 속에는 아직도 그가 준 인장 반지가 있었다. 역적의 집안이 됐으니 그 반지를 돌려받을 사람은 아무도 없을 것이다.

고개를 흔드는데 눈물이 한 줄기 떨어졌다. 닦아냈다. 더듬더듬 말이 흘러나왔다.

"네…… 네, 그래요, 다른 이야기를 합시다. 다들 죽었군요. 그럴 줄 알았어요. 적이었으니까. 우리도 할 일을 해야죠. 남은 보석들을 찾아야 하고, 시간은 없고, 또……."

말할수록 머릿속이 아득해졌다. 이런 목소리 따윈 안 들려주는 것만 못했다.

"저, 유리…… 엘다렌과 마저 얘기를 해 줄래? 난 잠깐만……."

자리에서 일어나 동굴 밖으로 나갔다. 갑자기 흰 빛이 쏟아져 앞이 잘 보이지 않았다. 몇 걸음 더 걷다가 눈을 가렸던 손을 떼고 하늘을 올려다보았다.

희다.

내 머릿속처럼 하얗게 표백된 세상이었다. 나는 빛 속에서 장님처럼 손을 내젓다 말고 멈춰 섰다. 세상의 질서가 닿지 않는 땅, 마법이 흘러나가지 않는 섬. 나는 이곳에서 세상 끝에 살 법한 이를 만나 세상의 것이 아닌 안식을 얻었다.

그러나 이제 돌아가야 할 때다.

"내가 바꿀 수 없는 것들……."

이 땅에도 내 것인 고통은 찾아온다. 세상 끝까지 와도 버릴 수 없는 마음이 있는 한 나는 여기서 영원히 행복할 수는 없어. 나는 천년을 사는 엘프가 아니고 애증 가운데 수십 년을 보내는 인간에 불과하다. 짧은 삶 속에 영원한 안식은 없지만 격동하는 감정은 있다. 빠르게 겪고, 그만큼 빠르게 사라져 갈 우리.

충만하게 살아갈 수밖에 없다. 내 것인 감정을 어느 것도 버리지 않고서.

"밝아……."

여름이 마지막 생명을 내뿜고 있었다. 들판은 열기로 너울거렸다. 열병 환자처럼 들뜬 얼굴에 뜨거운 땀이 흘렀다. 쇳물처럼 눈꺼풀을 채우고 뺨을 태우며 떨어졌다.

"다시 그 땅으로 돌아갈 때야."

짧은 안식은 끝났다.

꿈.

꿈속에서조차 동생은 말하지 않는다.

나는 내 숨소리에 맞춰 눈을 떴다 감았다 했다. 눈앞의 동생은 핏발 선 눈동자를 똑바로 뜨고 나를 보고 있었다. 나는 그를 불렀다. 하르얀.

그는 대답하지 않는다. 입술을 움직이지만 목소리가 들리지 않는다. 계속해서 뭐라고 말하는데 전혀 들을 수 없다.

답답한 마음에 다시 불렀다. 하르얀, 말해. 난 네게 듣고 싶은 이야기가 많았어.

듣고 나서 용서할 수 없더라도, 다시 싸워야 하더라도, 내 손으로 죽이게 되더라도, 나는 이야기를 듣고 싶다. 녀석을 때려서라도, 칼을 들이대서라도 입을 열게 하고 싶다.

사실은 풀밭에서 녀석과 등을 맞대고 앉아 흘러가는 구름을 올려다보며 실제로는 여리디 여린 그 목소리로 변명을 듣고 싶다.

너 벙어리야? 왜 말을 안 해? 왜 항상 그래? 왜 내게만 말하지 않는 거야?

돌아오는 것은 침묵뿐이었다. 화가 치밀어 눈물이 나려 했다. 이건 뭐야. 너와 나 사이를 막고 있는 안개는 뭐야. 왜 이렇게까지 방해하는 거야. 내가 네게서 들을 수 있는 것은 기괴한 소음밖에 없는 거야?

그ㅇㅇㅇㅇ…….

이윽고 녀석은 짐승처럼 으르렁대는 소리를 냈다. 그랬다. 내게는 짐승이나 마찬가지였다. 그와 나는 말이 통하지 않았다. 같은 언어를 갖고도. 대화가 되지 않는 상대는 괴물이다. 너는 괴물이다. 괴물인 채로 죽어버렸다.

잠시 후 시야가 넓어지면서 눈앞에 있던 하르얀이 점차 멀어졌다. 잠깐 만에 그는 까마득히 먼 곳에 솟은 산꼭대기에서 나를 내려다보는 얼굴이 되었다.

그리고 나는 그것이 성벽이라는 사실을 깨달았다. 하얀 성, 달크로즈의 성벽.

이상스럽게도 녀석의 얼굴이 한결 잘 보였다. 그는 눈을 감지 않았다. 하지만 아래를 내려다볼 뿐 나를 보지 않았다. 이 순간조차도. 그 옆에 달린 각양각색의 머리들이 보였다. 핏자국이 말라붙은 흔적이 성벽에 길게 번져 있었다.

왜 저 아름다운 성벽을 고통스러운 머리들로 장식하는 걸까. 한결같이 후회, 슬픔, 공포, 원한에 찬 저 얼굴들로.

점차 얼굴들은 뼈와 가죽만 남은 것으로 변해 갔다. 그리고 멀어져 갔다.

넌 한 번이라도 나와 이야기하고 싶었던 적이 있었니? 내게 하려 했던 말이 있었어? 내게 들리지는 않았지만 내게 했던 말이 있었니?

이건 다 누구의 잘못일까…….

"넌 이 땅을 떠나지 않는 편이 어울려."

우리는 섬의 남쪽 기슭에 나와 서 있었다. 유리카가 스노이안의 손을 잡았다. 떠나기로 하고서 그녀는 스노이안에게 함께 세상에 나가지 않겠느냐고 제안했었다. 어느새 어른의 모습이 된 옛 꼬마와 또다시 헤어지는 것은 아쉬웠고, 비록 안식을 깨더라도 그 능력이 세상을 위해 쓰이기를 바랐다.

이어 내가 잡았을 때, 나는 스노이안의 마르고 긴 손이 나뭇가지 같다는 느낌을 받았다. 나무의 자손인 엘프에게서 절반의 피를 이어받은 그는 유리카에게 남은 세월도 자신의 뿌리 곁에서 살아가겠노라고 답했다.

"고마웠고요…… 고마워요."

나는 동굴에 아직도 누워 있을 스노이엘을 생각했다. 우리가 가고 나면 그도 깨어날 것이고, 말수 적은 형에게 짤막한 이야기만을 듣게 되겠지.

"봄의 공주께 드리는 선물입니다."

스노이안이 품에서 꺼낸 것은 편지였다. 봉랍의 색이 바랜 것을 보니 최근에 봉한 것은 아닌 듯했다. 유리카가 선뜻 받아들고 살펴보더니 눈을 동그랗게 떴다.

"스노이켈이?"

"네. '순결한 봉인자' 께서 떠나신 후, 세 분이 잠들어 계신 2백 년 동안의 세상을 전해줘야 하겠노라며 편지를 쓰기 시작하셨습니다. 그렇게 적으신 편지가 천여 통이었지요."

나는 입을 딱 벌렸다. 천여 통이라고? 두 달에 한 통쯤은 될 텐데 그걸 2백 년 가까이 했다고?

"그럼 다른 편지들은요?"

내가 묻자 스노이안이 고개를 저었다.

"편지를 2백 년간 보관하기 위해 아버지께선 따로 봉인을 마련해 두셨습니다. 그런데 갑자기 돌아가시는 바람에 제게 봉인을 여닫는 방법을 전해 주지 못하셨습니다. 그래서 마지막 날 쓰셨던 이 한 통만이 제 손에 있을 따름입니다."

"아……."

마음을 전한다는 것은 상상 이상으로 어렵다. 2백 년 동안 쓴 천여

통의 편지는 어딘가에 기약 없이 잠들어 있을 것이다. 스노이켈이 살아오기라도 하지 않는 한 찾아낼 방법은 없겠지. 보내려 한 사람의 손에 닿은 건 기껏 10년 전에 쓴 한 통 뿐이었다.

내가 뭐라 할 말을 찾지 못하는 동안 유리카는 봉랍을 뜯고 편지를 꺼냈다. 다 읽고서, 침묵했다. 나는 편지를 보여 달라고 하지 않았다. 그건 2백 년 전의 세상을 힘껏 살았던 자들만의 것이었다. 편지가 봉해져 있던 것을 보면 스노이안도 읽어보지 않았을는지 모른다.

이윽고 유리카는 섬 쪽을 돌아보며 허공을 향해 말했다.

"고마워."

엘프에게는 따로 무덤이 없었다. 그렇기 때문에 이 섬 전체가 그의 무덤이기도 했다. 아무도 대답하지 않았지만 잠시 후 유리카는 미소를 지었다.

"파나힐."

스노이안이 부르자 작은 배가 거울 같은 수면을 미끄러져 다가와 멎었다.

타고 온 배를 둔 곳과 이쪽 기슭이 너무 멀어서 스노이안이 빌려주기로 한 배였다. 정확히는 스노이켈의 배다. 스노이안은 섬에 들어오던 날 이후로는 저 배를 탄 적이 없었다. 스노이켈만이 그 많은 편지를 쓰기 위해 저 배를 타고 세상을 드나들었다고 했다. 그런 배를 타고 우리는 세상으로 돌아갈 것이다.

떠나기 전에 섬의 이름을 물어보았지만 스노이안은 자신도 모른다며 고개를 저었다. 나는 오래 전 유리카와 나르디에게 들었던, 천공의

일곱 별자리 가운데 '시간의 강' 속에 있다는 '모든 섬'을 떠올렸지만 입 밖에 내지는 않았다.

유리카의 입에서 연원이 오랜, 그리고 미래에도 계속될 말이 떨어졌다.

"짧은 격랑 가운데 긴 안식, 작별의 인사는 덧없고 재회는 화살처럼 찾아온다."

스노이안이 자신의 말로 답했다.

"비록 다르게 태어난 종족이라 하더라도, 이해의 빛은 길고도 깊어라."

배가 움직이기 시작했다.

노를 저을 필요는 없었다. 배에 걸린 마법이 우리를 원하는 기슭까지 데려다 줄 것이다. 우리가 갈 곳은 상텔로즈 숲의 북쪽에 있는 코로시츠라는 마을이다. 환영주 아룬드 9일에 그곳에서 엘다렌과 만나기로 했다.

섬이 멀어졌다. 바위 기슭에 선 스노이안이 사라지고 나무와 숲, 절벽과 그 안에 잠든 그의 동생, 보이지는 않지만 커튼처럼 드리워져 있을 마법의 장벽과 거대한 고사리 숲, 원혼들이 사라져 고요한 안식의 땅이 사라져 갔다.

저녁 빛 속에서 섬은 그림자에 삼켜지더니, 지워져 버렸다.

배의 움직임은 경쾌했다. 작은 배는 젊은 현자의 마지막 선물인 마법을 받아들여 살아 있는 고기처럼 재빠르게 호수 위를 나아갔다.

"축하해."

유리카가 내 쪽으로 몸을 굽히더니 뺨에 미풍처럼 가벼운 키스를 했다. 전에 한 번 들었을 뿐이지만 그녀는 잊지 않았다. 온갖 일을 겪은 지금도 기억하고 있었다. 나는 고개를 끄덕였다. 말하려는 것을 모두 알고 있는 서로의 눈을 들여다보았다. 배는 쉼 없이 미끄러져 가고 있었다.

오늘은 내 생일이다.

10장.

9월 '환영주(Harsh Miosa)'

10월 '방랑자(Wanderer)'

11월 '점성술(Astrology)'

12월 '문자(Word)'

13월 '황금(Gold)'

14월 '노현자 (Elder Sage)'

1월 '음유시인(Troubard)'

2월 '암흑(Darkness)'

3월 '아르나(Arna)'

4월 '타로핀(Tarophin)'

5월 '키티아(Kitia)'

6월 '인도자(Guardian)'

7월 '약초(Herb)'

8월 '파비안느(Pabianne)'

9월 '환영주(Harsh Miosa)'

환영주(幻影酒) 하쉬 미오사의 별 '미오사니(Miosani)'가 지배하는 아룬드. 저물기 시작한 태양 아래 끈적거리는 더위가 기승을 부리는 때이다. 그대는 환영의 힘을 빌려 오래 간직한 술처럼 무르익은 예지의 말을 써나갈 수 있으리라.

하쉬 미오사는 이스나에와 같은 영적 존재들과의 대화를 주재하는 고귀한 제사술이며 '미혹의 술'이라는 이름이 뜻하는 바대로 환영을 불러일으키는 힘을 가지고 있다. 영의 힘을 빌린 예언과 봉헌 제사, 드물게는 최면에도 사용되는 이 술을 처음 빚은 자는 '푸른 지팡이'로도 알려진 고대 이스나미르의 방랑 예언자 하갈드라고 전해진다. 그러나 그에 대한 다른 전설은 남아 있는 것이 없다.
하쉬 미오사는 고대로부터 전해진 마법의 약 중 가장 강하고 직접적인 효능을 가졌다고 알려져 있다. 그런 만큼 잘 제어되지 않으면 고통, 광란, 심하면 죽음까지 불러일으킬 수 있어서 고대에도 사용이 엄격히 통제되었다고 한다. 오늘날에는 환영주의 힘을 제어할 중요한 비전들마저 소실되어버린 까닭에 미래를 점치거나 과거를 읽고, 먼 곳을 보고, 가사 상태를 일으키거나 가사 상태에 빠진 사람의 마음을 알아내는 정도의 비법이 알려져 있을 뿐이다. 그러나 고대에는 원하는 꿈을 꾸게 하고, 병을 치유하고, 사람의 마음을 조종하고, 심지어 죽은 사람을 살려내는 일에도 환영주가 쓰였다고 한다.
환영주 하쉬 미오사의 재료를 때와 조건에 맞추어 구하고 정확한 비율로 빚어내는 것은 매우 까다로운 일이다. 잘못 만들어진 환영주는 치명적인 독이 될 수 있어 엘라비다나 마브릴 족의 나라에서는 민간 양조를 금지하고 있다. 그러나 시골 마을에는 전통적으로 이어진 제조법을 전수하는 사람들이 일부 남아 있다고 한다. 미오사니 별의 가호 아래 캐낸 약초 리미니와 향료 레 민, 몇 가지 향기로운 과일들이 주요 재료이나 이들의 조성법이나 다른 재료는 비밀에 싸여 있다.
환영주 아룬드는 늦여름의 마지막 아룬드이며 하쉬 미오사뿐 아니라 다른 술들도 익는 시기이다. 술을 담그는 마을에서는 술통의 봉인을 뜯는 날 작은 잔치들이 열린다. 여름이 뿜어낸 열기가 대지와 공기에 가득하여 '술을 마시고 길에서 잠들어도 좋은 달'이라고도 불린다. 취하되 그 안에서 지혜를 보라.
"환영의 뒤를 따르니, 고뇌는 잊히고 대가는 빠르다"라는 경구로 요약되는 것처럼 환영이란 예언이면서 저주이고, 행복과 위험을 동시에 보여주는 불안한 축복이다. 환영주는 뜻을 품었으면서도 잘못된 길로 들어섬, 다가올 재앙을 내다보고도 불안정한 행복을 취하려 함, 알 수 없는 힘의 인도로 위기에서 벗어남, 과거나 유년기를 도피처로 삼음, 근원을 알 수 없는 힘에 미혹됨, 신비롭다고만 생각하던 대상에 가까이 가게 됨 등을 암시한다. 이 아룬드를 암시하는 색은 하쉬 미오사의 빛깔과 같은 노르스름한 주황이다.

— 점성술사들이 달력에 적는 각 아룬드의 의미,
그중 아홉 번째.

1. 나무와 바람과 달빛의 마법

"마법이에요!"

탄복한 소녀가 양손을 맞잡으며 말했다.

"아닙니다. 달빛을 받은 나무가 마술을 부린 겁니다. 저 나무들은 천성이 게으르거든요. 상냥한 숙녀인 달이 먼저 밤의 놀이를 준비하고 초대의 눈짓을 보내야만 간신히 기지개를 켜고 오랜 졸음을 털어냅니다."

— 엘라비다 족 구전 설화
〈육각 수정 반지와 통곡하는 나무〉 중에서

매끈한 거목들이 하늘 꼭대기까지 자라 지붕을 엮어 놓았다. 일부러 맞춘 듯 줄지어 선 나무들이 가득한 상텔로즈 숲은 아름답고 어쩌고 하는 것보다 좋은 목재를 얻기에 제격인 것처럼 보였다. 숲 입구에서 느낀 첫 감상은 '천년만년 써도 땔감이 줄지 않겠는데' 였다.

"안 그래?"

고대 이스나미르 어인 상텔로즈의 뜻은 '천연의 보석' 이었지만 2백년 전에서 오신 분이 둘이나 되는 우리 일행에도 '땔감' 이라는 말을 고대 이스나미르 어로 적절히 바꿀 수 있는 사람은 없었다. 땔감은 목재 같은 말과는 어감이 전혀 다르지. 난 좋을 대로 '천연의 땔감' 이라고 불러야겠어.

일행은 넷이었다. 엘다렌을 만나기 전의 숫자로 돌아간 셈이다. 나르디는 물론 우리 곁에 없었다. 전처럼 사소한 이유로 사라진 것이 결코 아니다. 아니, 예전의 이유가 사소했는지 기억도 안 나지만 어쨌든 지금에 비하면 아무것도 아니었을 게 틀림없다.

"폐하께서는 오늘도 안녕하시겠지?"

요즘 우리에겐 이런 질문이 유행이었다.

"아마도, 틀림없이."

대답이야 아무렇게나 하면 된다. 대답이 중요한 게 아니니까. 저런 질문을 하는 기분이 얼마나 희한한지 겪어보지 않고는 누구도 모를걸.

하긴, 폐하라면 옆에도 한 분 계시다. 드워프 족은 '폐하' 같은 격식 차린 호칭은 잘 쓰지 않는다고 하지만 어쨌든 그도 왕이긴 하잖아.

"우리 곁의 폐하도 안녕하시잖니."

엘다렌은 도끼를 멘 채 숲을 살펴보고 있었다. 오늘 내로 숲을 다 베기로 작정한 나무꾼 같아 보였지만 농담이라도 그런 소릴 하면 안 된다. 엘다렌은 이름만큼…… 아, 아니 엘프들만큼 숲을 아꼈고, 그의 도끼는 나무를 베는 데 쓰는 물건도 아니었다.

하지만 유리카는 그런 거 신경 안 쓰지.

"엘다, 뭘 그렇게 봐? 사냥할 목재 물색해?"

상텔로즈는 나뿐 아니라 누가 봐도 그럴싸한 목재 산지였는지 북쪽 경계에는 나무꾼 마을이 수십 군데나 됐다. 물론 나무를 베려면 왕가의 허가가 필요했다. 그 허가서를 갖고 있는 나무꾼들은 일종의 길드를 맺고 벌채 량을 조절하고 있어서 어중이떠중이가 나무를 베어가는 데 아주 민감했다.

그러니 커다란 도끼를 들고 어슬렁댔다가는 '목재 사냥꾼' 으로 오인되기 딱 알맞았다. 자칫 지목되었다가는 근처 나무꾼 마을에서 도끼 들고 쫓아오는 사람들을 피해 걸음아 날 살려라 도망쳐야 하기 십상이다. 목재 사냥꾼이란 허가 없이 나무를 베는 사람들을 가리키는 말로서 나무꾼의 반대말, 나무꾼의 원수란다. 그러니 저런 농담은 사실 함부로 할 것이 못 되었다.

"나무꾼 길드라는 대륙에서 유일무이한 조직이 있는 곳이라고. 뭔가 해보기도 전에 귀찮은 일부터 실컷 당하는 수가 있어."

진지하게 말해 봤지만 유리카는 신경도 쓰지 않았다.

"엘다라면 목재 아니라 나무꾼 사냥도 실컷 하고 남을걸."

주아니도 끼어들었다. 참, 주아니는 '전설적인 모험가 일행' 이라는 주제에 여전히 심취해 있다는 걸 말해둬야겠다.

"우리가 사냥할 건 보석이라면서? 그러니까 우린 보석 사냥꾼이지. 아니면 보물 사냥꾼도 있잖아. 그 편이 훨씬 멋진데. 이야기에도 보면……."

유리카가 짓궂게 키득거리더니 말을 받았다.

"아냐. 우리가 사냥해야 할 건 엘프야. 그러니까 우린 엘프 사냥꾼이지."

결국 엘다렌이 입을 열었다.

"떠들고만 있을 테냐. 한시가 급하다."

졸지에 사냥 대상이 되어버린 엘프 미카의 모습을 나는 상상력을 동원해 떠올려 보았다. 물론 난 엘프를 본 적이 없다. 그렇지만 스노이안과 스노이엘에게도 엘프의 피가 반은 섞여 있다고 했으니 그들과 비슷하지 않을까?

옛 이야기에 보면 엘프는 인간과 비교도 되지 않을 정도로 아름답다고 했는데 사실 스노이안은 천상의 아름다움이라든가 하는 말과는 거리가 멀었다. 평범한 젊은이 같은 모습에 단정하고 침착했을 뿐이다. 하지만 그 역시 선이 고운 얼굴이었던 건 사실이었다. 그러나 외모 따위를 떠나 나무를 어머니로, 바람을 아버지로 삼아 태어났을 것 같은 스노이안의 눈매에서 느껴진 것이 '천상의 아름다움'은 아닐지 몰라도 인간의 냄새는 아니었다.

어쨌든 그 이름도 멋진 '엘프를 사냥하는 모험가' 일행은 상텔로즈 숲에 발을 들여놓았다. 비가 막 그쳐서인지 대기가 투명했다. 일행과 재회한 지 이틀째인 환영주 아룬드 11일의 일이었다.

"만나 보면 안다."

미카가 어떤 엘프냐고 물을 때마다 엘다렌의 대답은 한결같았다. 유리카는 그저 웃을 뿐이다. 그래도 본명 정도는 말해주었다.

"미칼리스 마르나치야. 하얀 부리 엘프의 수장. 내 기억이 맞는다면 현재 칠백아홉 살쯤. 물론 아마도."

그 말대로라면 미칼리스라는 엘프는 내가 여행하며 만났던 온갖 종족들의 비상식적 나이 가운데 최고령을 차지할 것 같다. 생일이 지났으니 주아니가 예순여섯, 암흑 아룬드의 생일은 한 해의 마지막에 계산하니까 유리카는 이백열여덟이고, 엘다렌은 삼백은 넘었다고 하고, 켈라드리안의 거인 호그돈도 그 정도, 아라스탄 호수의 하프엘프 스노이안은 이백 열 살, 페어리 여왕 에졸린이야 엄청나게 나이가 많았을 테지만 정확한 나이를 알 길이 없으니까.

칠백 살이라, 스노이안의 죽은 아버지와 비슷한 나이겠는걸.

그렇게 나이를 따지다 보니 고작 열아홉 살 먹은 나는 갓 태어난 아기라도 된 것 같아 기분이 이상해졌다. 이건 뭐 겉모습하고 공통점이라도 있어야 말이지. 주아니만 해도 내 나이 세 배가 넘다니, 할머니 할아버지들과 놀아야 하는 불쌍한 소년 같으니라고. 젠장, 나르디가 보고 싶어지네.

"그런데 엘프족의 수장이라고?"

"응. 엘프 세 종족에 대해 얘기한 적 있지? 그루터기 엘프, 하얀 부리 엘프, 무지개 껍질 엘프 말이야."

"응……."

나는 건성으로 대답하며 생각했다. 에제키엘은 최소한 왕족 급이 아니면 동료로 취급을 안 했나 보군. 하긴 내 입장도 마찬가지잖아. 나르디까지 그럴 줄이야 누가 알았겠느냐고.

나는 웃옷 주머니를 들여다보며 말했다

"주아니, 너도 혹시 너네 동네에 가면 공주나 뭐 그런 거 아니냐? 아니면 왕비의 이종사촌 동생의 오촌당숙의 소꿉동무라거나……."

불행히도 영문 모르는 주아니는 아무것도 아니었고, 내가 소외감에 사로잡혀 있는 동안 주아니는 오랜만에 족장 어머니의 무서움을 떠올리는 바람에 막 들려고 했던 식후의 낮잠을 깨끗이 망치고 말았다.

"그건 그렇고 이런 방법으로 정말 괜찮은 거야?"

"잔소리 말고 좀 잠자코 따라해 봐."

이 넓은 숲에서 잠든 엘프와 그의 보석을 찾기 위해 우리가 택한 방법은 솔직히 문제가 많았다. 나는 멋쟁이 검을 뽑아들고 어슬렁어슬렁 걷고 있었는데 이거야말로 나무꾼들과 마주쳤다가는 목재 사냥꾼으로 몰리기 딱 알맞았다. 유리카의 주장으로는 엘다렌의 붉은 보석, 아니 '모나드의 눈' 을 찾았을 때도 이 검이 반응했다는 건데 그거만 달랑 믿고 이렇게 헤매는 건 지나치게 막연한 대책이 아닐런가 모르겠다. 이럴 바엔 수도를 떠나기 전에 아버지한테 '프랑드의 별' 을 어떻게 찾았는지 물어나 둘걸.

물론 두 번째 대책이 없는 것은 아니었다. 그러나 그 대책도 좀…….

"엘다렌은 자기 고향에서도 길을 잘 몰랐던 거 같은데."

어쨌든 엘다렌은 누구의 의견으로도 길을 잘 찾는 드워프는 아니니 말이다. 엘다렌은 내 말을 들었는지 못 들었는지 묵묵히 앞장서 걷고 있었다. 저 자신 있는 걸음이 길을 알아서 그런 거라면 좋겠는데.

"더 들어가야 하는 건 틀림없으니까 그렇게 투덜댈 건 없어. 어느 정도 가보고 그 다음에 생각하자고."

그렇게 무작정 들어간 숲에서 우리는 그럭저럭 저녁을 맞고 말았다. 나는 고개를 젖히고 나무들 사이로 조그맣게 보이는 하늘을 관찰하고는 말했다.

"날이라도 맑아서 천만다행이군."

심각할 거 뭐 있냐는 것처럼 동료들은 느긋하게 야영 준비에 착수했다. 크로즈님 강의 지류를 발견해 근처에 자리를 잡고, 오는 도중 사냥한 야생 오리를 유리카가 손질했다. 불을 피울 준비를 하던 엘다렌은 배낭에서 꺼낸 그만의 특별한 보물, 즉 솥을 내게 덥석 안겨주었다.

"물 떠오라고요?"

"……."

대답 같은 건 기대하지도 않았다. 나는 솥을 들고 강가로 갔다.

강은 이즈음에서 강폭이 넓어져 작은 호수를 이뤘고 흐름도 완만했다. 깊이는 오히려 얕았다. 나는 장화를 벗고 바지를 걷은 다음 솥으로 단번에 물을 뜰 만한 곳을 찾아 걸어 들어갔다. 차가운 물이 발가락 사이로 기분 좋게 스며들었다. 흙에서도 김이 오른다는 환영주 아룬드답게 땅이 푹푹 익는데 한나절 넘게 걸었으니 장화에서 꺼낸 발은 후끈후끈하게 달아 있었다.

"주아니, 너도 덥지?"

물속에 솥을 내려놓은 다음 주아니를 들여다보며 의사를 타진했다. 주아니는 목욕하는 것이 간단하기 때문에 우리 사이엔 이미 요령이 있었다.

"응."

주머니에서 꺼낸 주아니는 더위를 타지 않는 체질에도 불구하고 꽤 땀을 흘린 모양이었다. 나는 솔개가 병아리를 잡아챌 때처럼 주아니의 등을 잡고서 구령을 붙였다.

"그럼 준비, 하나, 둘, 셋!"

퐁당!

손이 물에 담기도록 팔을 한 번 저으면 된다. 그걸로 끝이었다. 골풀옷은 물에 잘 젖지도 않을뿐더러 로아에는 물속에 있으면 금세 체온이 내려가 버린다. 그들에게 수영이란 개념조차 없는 얘기였다.

"그만 노닥거리고 얼른 물 안 떠올래!"

유리카가 어머니가 잔소리할 때처럼 소리치자 머리에서 물이 뚝뚝 떨어지는 주아니와 나는 마주보고 피식 웃었다.

굳이 정한 것은 아니었지만 저녁 준비는 엘다렌 차지였다. 그는 대강 먹고 치우기보다 시간을 두고 먹을 만한 요리를 하는 편이었기 때문에 야영을 하는 날 저녁이면 특히 좋았다. 다만 그는 처음 보았던 날 느낀 대로 결코 설거지는 하지 않았다.

"예전에 함께 여행할 땐 설거지를 누가 했냐?"

엘다렌이 만든 오리 스튜를 파하잔에서 나르디가 주운 은 숟가락으로 느긋하게 떠먹다 말고 문득 물어봤다. 엘다렌은 솥이 필요한 요리를 즐겨 만들었기 때문에 그에게 식사 준비를 맡기면 설거지가 항상 큰일이었다.

유리카의 대답이 뜻밖이었다.

"응, 너 에즈가 얼마나 설거지 잘 하는지 모르지?"

나는 미간을 찌푸리며 되물었다.

"마법으로?"

"무슨 소리야. 진정한 마법사라면 마법을 그런 데 쓰진 않는다고. 게다가 에즈는 부지런하게 손발을 놀리는 사람이었거든. 책상물림 마법사 계열은 아니었어. 뭐 하긴, 나도 처음에 에즈의 설거지 솜씨를 보고 혹시 식당에서 자란 건 아닌가 의심했다니까."

설거지를 하는 대마법사라.

내가 과거 에제키엘에 대해 가졌던 인상은 여행하는 동안 남김없이 깨질 모양이다. 그럭저럭 친근감은 더해졌지만 존경심이나 신비로움이라는 측면에서는 좀…….

유리카가 내 표정을 보다가 숟가락을 한 번 빨고는 덧붙였다.

"에즈는 설거지를 끝내고 나면 기분이 좋아져서 '반짝이는 그릇, 찬란한 숟가락, 하루의 만족' 이라고 말하곤 했지. 모르긴 해도 어느 식당에 붙어 있었던 표어가 아닐까 싶어."

"그, 그만둬. 가치관에 혼란이 온다."

배부른 주아니가 기분 좋게 누워 있다가 불쑥 생각났는지 말했다.

"그럼 우리가 찾으러 가는 엘프는 뭘 했어?"

유리카가 검지를 세워 보였다.

"말할 것도 없잖아. 당연히 사냥이었지. 미카의 활은 멧돼지라도 한 방에 잡을 만큼 엄청났다고. 사냥할 짐승이 있는 곳에서라면 저녁거리 걱정 같은 건 해본 일이 없어."

"활? 아아, 엘프는 활을 쓰지?"

내가 이야기책에서 읽은 걸 생각해 내고 아는 체 했지만 유리카는 고개를 저었다.

"책에 반쯤 거짓말로 써놓은 얘기를 믿으면 안 되지. 미카의 활은 그런 책들에 그려 놓은 것처럼 어린아이들이 갖고 놀 만한 활이 아니야. 기억 안 나? 미카의 별명이 '세르네즈의 푸른 활' 이잖아."

나는 그게 뭘, 하는 얼굴로 대답했다.

"뭐, 크든 작든 활이 다 활이지."

"그런 정도가 아니라니까. 하여간 보면 알아."

유리카는 숟가락을 놓고 몸을 일으키더니 나를 보았다.

"자, 그럼 대마법사의 뒤를 이어 설거지는 네가 하는 거겠지?"

뭐, 뭐라고?

갑자기 억울해진 나는 머리를 써서 덧붙였다.

"야, 그럼 넌 예전에 뭘 한 거야? 너도 한 일이 있었을 거 아냐?"

"나?"

유리카는 그릇을 주섬주섬 포개어 설거지하러 들고 가기 좋게 만들어 놓더니 대꾸했다.

"작업 총감독."

상황은 피장파장이 되어 유리카는 총감독의 의무를 다하기 위해 내가 설거지하는 모습을 따라와 지켜보게 되었다. 나는 이런 자잘한 일은 그냥 안 넘어가는 성미라서 말이다.

"에제키엘은 뭘 입고 다녔어?"

솥을 헹구면서 내가 묻자 장화를 벗고 바위에 걸터앉아 있던 유리카가 잠시 생각하더니 대꾸했다.

"뭐, 너하고 다를 것 없는 차림이었어. 에즈는 마법뿐 아니라 검도 썼기 때문에 로브 같은 옷은 별로였거든."

"그럼 대마법사께선 어떻게 옷을 최소한도로 적시면서 설거지를 하셨는지, 혹시 남기신 비법 같은 거 없냐?"

내가 벌써 소매를 반 넘게 적신 채 투덜거리자 유리카가 웃음을 터뜨렸다.

"파비안, 대마법사라면 자기 옷소매를 재빨리 말릴 방법 정도는 갖고 있는 법이라고."

"……그래서 설거지를 직접 하셨군."

잠시 후 유리카가 불쑥 말했다.

"나, 옷소매를 빨리 말릴 방법은 없어도 그게 전혀 신경 쓰이지 않게 하는 방법은 아는데."

가뜩이나 소매 뿐 아니라 옷 곳곳이 젖어서 신경 쓰이던 참이라 나는 귀가 솔깃해서 대꾸했다.

"뭔데? 해봐."

유리카는 슬그머니 바위에서 일어나더니 짓궂은 눈빛을 보냈다.

"이렇게!"

나는 유리카가 끼얹은 물을 흠뻑 뒤집어썼다. 이어 정신 차릴 겨를도 없이 계속된 물세례로 머리부터 발끝까지 젖어 버렸다. 유리카가 장난스럽게 코를 찡그리더니 소리쳤다.

"이제 하나도 신경 안 쓰이지?"

나는 고개를 흔들어 물을 떨어내고 대꾸했다.

"아아니!"

혼자 젖었는데 어떻게 신경이 안 쓰이겠어?

나는 휘적휘적 바위로 다가가 깜짝 놀라는 유리카의 손을 잡아 아래로 끌어당겼다. 그녀는 한 번 휘청하더니 중심을 잡을 겨를도 없이 물에 빠져 버렸다.

"앗, 차가워!"

나는 상의까지 적신 유리카가 중심을 잡도록 도와주면서 속삭였다.

"이제 신경이 안 쓰이려고 해."

"어휴, 이 점원 근성. 하여간 손해는 안 보려고……."

손을 들어 얼굴을 씻어내는가 했는데 어느새 유리카는 잽싸게 내 어깨를 잡아 물속으로 눌러버렸다.

"푸!"

나는 물속에 주저앉고 말았다. 목까지 잠기고 나니 젖은 것은 둘째 치고 시원하긴 하다. 더운 스튜를 먹느라 달아올랐던 몸이 상쾌하게 식었다. 그렇지만 역시 당하고만 있을 내가 아니다. 앉은 채로 유리카의 손을 덥석 잡아당겼다.

"아앗!"

유리카는 얼결에 내 몸 위로 넘어져버렸다. 둘의 몸이 한순간 물에 잠기며 둥실 떴다. 물속에서 눈을 뜨니 눈을 꼭 감은 그녀의 얼굴이 보였다. 머리카락이 막 지려는 햇빛을 받아 반짝이는 수초처럼 너울거렸다. 나는 일으켜 줄 작정으로 그녀의 손을 끌어당겨 잡았다.

그때 유리카가 눈을 뜨더니 나를 바라보았다.

"……."

흐르는 강의 소리와 둘이 내뿜는 숨소리가 번갈아 들려왔다. 수면에서 부서진 햇빛이 빛나는 가루처럼 천천히 떨어지고 있었다. 숨결이 방울져 시야를 흐리는 가운데 나는 뭐라 말하기 어려운 기분에 사로잡혀 유리카를 끌어안고 말았다.

호흡이 모자랐지만 다른 까닭으로 더욱 숨이 막혔다. 물속의 몸짓은 불안정하게 허공을 나는 것도 같았고, 부드러운 천에 싸인 듯도 했고, 흰 커튼 뒤에 숨어 있는 듯도 했다. 그런 별것 아닌 것으로도 사람의 마음은 곧잘 달라지곤 한다. 평소 생각도 못했던 대담함이 솟아났다. 나는 유리카의 허리를 끌어당겨 내 몸과 밀착시켰다.

"……."

유리카의 입가에 재미있어하는 미소가 어렸다. 서로의 머리카락이 춤추며 얽혀들었다. 나는 한때 잃어버릴 뻔했다가 되찾은 그녀를 더 이상 숨을 참을 수 없을 때까지 꼭 안고 있었다.

그렇게 긴 시간은 아니었다.

"푸하!"

색깔과 소리, 공기로 가득한 세상으로 솟아올랐을 때 신선한 호흡만큼이나 벅찬 감정이 가슴 속에 차올랐다. 둘의 머리에서 투명한 물이 뚝뚝 떨어졌다. 젖은 몸에 감기는 공기는 차가우면서도 상쾌한 냄새가 났다.

여름, 숲의 여름이야.

"파비안, 너……."

유리카가 키득키득 웃으며 뭔가 말하려 하는 순간 나는 갑자기 몹시 무안해졌다. 손을 내저으려다가 그냥 몸을 돌려 기슭으로 도망쳐 나왔다. 뒤에서 그녀가 무슨 표정을 하고 바라보는지 알 길은 없었지만 얼굴이 화끈해서 돌아볼 수가 없었다.

"파비안!"

유리카가 불렀지만 그래도 돌아보지 않았다. 생각해 보니 솥도 내버려둔 채 그냥 왔다. 저만치 엘다렌이 멀뚱한 표정으로 바라보는 모습이 보였다. 나란 녀석은 도대체 왜 이러지.

옛말에 미오사니 별을 보면 술을 마시고 싶어진다고 했다.

"그 얘기가 정말인가 봐."

그럴 필요까진 없는데 나는 아직도 유리카의 시선을 괜히 외면했다. 엘다렌이 피운 모닥불이 저만치서 타닥거리며 탔다. 날씨가 날씨니만큼 우리는 불에서 좀 떨어진 곳에 자리를 폈다.

유리카는 그냥 해보는 말이 아니라 정말로 술을 마시고 싶은 모양이었다. 누운 채 담요는 덮지도 않고서 나뭇잎 사이로 보이는 별을 빤히 보고 있었다.

"안 그래, 엘다?"

유리카가 몸을 돌리며 물었지만 저만치 누운 엘다렌은 으음, 하는 신음소리를 냈을 뿐이다. 주아니는 아까부터 세상모르고 자고 있었다. 한창 엘프 사냥하는 꿈을 꾸고 있을 거야. 뭐로 사냥하고 있을까. 그물? 채집망?

내가 제풀에 피식 웃자 유리카의 목소리가 들렸다.

"왜 웃니?"

"아아, 그냥."

유리카는 잠이 안 오는 모양이다. 이야기를 하고 싶은 것 같아서 나는 누웠던 몸을 반쯤 일으켰다.

"무슨 술을 마시고 싶은데?"

"음, 하쉬 미오사라면 좋겠지만 꿈도 못 꿀 일이고 그냥 좋은 과일주라면 좋겠어. 포도주도 좋고, 사과술도 좋고, 딸기술도 좋고……."

'좋다' 라는 말이 잔뜩 들어갔으니 그건 좋은 말일 것이다. 좋은 술 얘기를 하는 좋은 말. 나도 한잔 한다면 더 재미있는 얘기를 할 수 있을 것도 같은데.

하늘 꼭대기로 올라간 미오사니 별을 보니 류지아가 헤렐에게 대접하던 술이 떠올랐다. 나중에 유리카가 그 술, 하쉬 미오사가 어떤 것인지 설명해 주었다. 그땐 그게 얼마나 귀한 건지, 무슨 용도인지도 잘 몰랐지만.

"오랜만에 숲에서 자니까 켈라드리안 생각이 나."

주아니의 목소리가 나서 나는 벌써부터 잔다고 생각했던 내 생각을 떠올리며 헛웃음을 흘렸다. 유리카가 대답했다.

"많이 다른 숲이지. 켈라드리안은 엘프와 페어리, 지금은 이스나에의 고향인 '영원한 어머니, 영원한 처녀' 지만 상텔로즈는 그냥 큰 숲일 뿐인걸."

내가 덧붙였다.

"전설에는 안 나오는 전설적인 목재 산지지."

"켈라드리안에서 유리카가 옛날 얘기 해주던 생각난다. 파비안, 기억 나?"

"어, 뭐였더라?"

"어떤 여자가 자기 이름을 도시에 붙였잖아. 그래서……."

듣다 보니 나도 곧 생각났다. 이베카 시의 이름에 얽힌 이야기였지? 연인에게 이름을 남기려고 도시의 이름까지 바꾸어버렸지만 결국 봉인된 연인은 돌아오지 않았고…… 뭐, 뭐, 뭐라고?

나는 후닥닥 몸을 돌려 유리카를 봤다. 그녀가 무슨 말을 했기 때문이 아니었다. 나는 갑자기 깨달은 사실에 당황해 말까지 더듬었다.

"야…… 이베카가 미칼리스의 연인이었던 거야?"

이베카 이야기는 오랫동안 잊고 있었기 때문에 그녀의 연인을 봉인한 사람이 에제키엘이라는 것, 그리고 그 연인은 에제키엘과 함께 떠난 동료였다는 사실을 까맣게 잊고 있었다. 그러니 이베카가 그토록 기다린 남자는…….

"맞아. 몇백 년을 함께한 연인을 버리고 가버린 하얀 부리 엘프가 바로 미칼리스 마르나치야였어."

이베카 민스치야와 미칼리스 마르나치야…….

유리카가 일어나 앉더니 무릎을 세워 껴안고 숲가를 바라보았다. 하얗게 빛나는 머리가 동그랗게 구부린 등을 덮고 있었다. 2백 년 전의 소녀의 머릿속에는 온갖 아픈 이야기가 들어 있다. 세월이 가도 사라지지 않고 하나하나 발소리 죽여 따라온다.

"넌 그럼 이베카를 만나봤어?"

나는 주아니를 손바닥 위에 올리고 눈짓을 나눈 다음 유리카 쪽으로 담요를 구기면서 다가갔다. 머리카락 속에서 유리카의 고개가 조금 끄덕여졌다.

"어떤 엘프였어?"

"한 번 봤을 뿐이야. 에즈랑 같이 켈라드리안으로 미카를 찾아갔던 때였어. 말수가 적고, 침착하고 현명한…… 아냐, 현명하진 못했지. 그런 바보 같은 선택을 했잖아. 갈색 머리에 호리호리하게 말랐고 목소리가 아름다웠어. 그리고 마법사였지. 그녀의 마력 깃든 노랫소리에는 나무와 샘과 바람도 귀를 기울인다고 했어. 뭐랄까, 이베카는…… 화관을 쓴 월계수 같은 여자였지."

월계수 같은 여자라. 얼른 인상이 떠오르지는 않았다.

"엘프는 갈색 머리가 많은가?"

"그루터기 엘프는 거의 갈색 머리야. 봤잖아. 스노이안의 머리도 그루터기 엘프의 피에서 온 거야. 그들의 모습은 껍질이 매끈한 나무 같은 느낌을 줘. 옛 전설에서는 커다란 참나무에서 시작된 일족이라고도 하니까……."

손바닥 위에 누워 별을 보던 주아니가 물었다.

"그럼 미칼리스라는 엘프를 만나면 그가 이베카의 일을 물을까?"

"아마…… 아니, 결코 그렇지 않겠지."

방금 전과 달리 딱딱해진 목소리였다. 나는 스조렌의 동굴 속에서 잠결에 들었던 이야기를 떠올렸다. '불쌍한 숙녀를 죽게 한' 미카, 그를 만나면 그녀의 이야기를 꺼내지 말라던 엘다렌의 말도.

유리카는 고개를 홰홰 젓더니 다시 말했다.

"우리 쪽에서도 이베카 이야기는 꺼내지 않는 편이 좋아. 미카를 처음 본 모습 그대로 두고 싶다면 말이지."

"처음 본 모습이라니?"

"미카는 진짜 기분이 어떻든 겉으로는 늘 쾌활하고 자신만만하고 행복해 보이거든."

겉으로라…….

이베카를 떠날 때 미칼리스는 어떤 기분이었을까. 아마 중대한 일을 하러 떠났을 테지. 종족의 위기를 알고 그걸 되돌리려 했을 거야. 에제키엘과 함께 여행하고…… 그리고 돌아오지 않았어. 다시 만날 수 없는 연인을 두고 2백 년의 잠을 청하며 눈을 감을 때 그는 무슨 생각을 했을까.

"그런데 유리, 궁금한 게 있어."

"뭔데?"

유리카는 고개를 들었지만 나를 보는 대신 잠든 듯 움직이지 않는 엘다렌의 뒷모습을 바라보고 있었다.

"너는 어떻게 이베카의 이야기를 안 거야? 너도 미칼리스처럼 2백 년을 잠들었는데 그새 이베카가 자기 이름으로 그런 일을 꾸몄다는 걸 어떻게 알았어?"

그제야 고개를 돌린 유리카는 웃고 있었다. 으음?

"내가 봉인에서 깨어나서 네 아버지를 따라왔다고 얘기했지?"

"그랬지."

"그게…… 좀 길었어."

유리카는 팔을 풀고 일어나더니 맨발로 담요 위를 걸어서 엘다렌에게 갔다. 그 앞에 쪼그리고 앉아 등을 탁 쳤다.

"그만 자는 척하고 일어나. 오늘은 할 이야기가 많을 것 같아."

"미카 녀석 이야기라면 굳이 할 것도 없지 않느냐."

엘다렌은 일어나지는 않았지만 졸린 기색이 없는 목소리로 대꾸해 왔다.

"뭐, 누워서 듣고 싶으면 좋을 대로 해."

유리카는 엘다렌의 등이 바위라도 되는 것처럼 편안히 기대앉았다.

"네 아버지는 '프랑드의 별'을 찾은 후 너를 만나기 전까지 여기저기 돌아다니셨어. 뭔가를 찾기라도 하는 것처럼 북부 도시들을 샅샅이 들르시더라. 이베카에도 갔기 때문에 당연히 나도 거기까지 갔고, 이베카 이야기도 얻어듣게 됐어. 사람들이 모르는 이야기는 내가 더 잘 아니까 금방 짐작이 갔고. 네가 티무르에게 갇혔을 때 금방 찾아갔던 것도 그 도시를 잘 알고 있었기 때문이야."

"그래? 근데 아버지는 무얼 하러 거기까지 가셨을까?"

"음…… 모르긴 해도 티무르가 하르얀의 심복이었으니 그때부터 이미 네 동생의 행동이 이상하다는 걸 알고 살펴보러 간 것이 아닐까? 뭐, 어디까지나 추측이지만 말이야."

"글쎄다……."

"아니면 나르디를 찾고 있었던 걸지도 모르지."

"나르디를?"

"너, 나르디를 처음 만났을 때 걔가 사람들 틈에 숨으려 하고 있었댔잖아. 왕가에서 그만 왕자가 돌아오길 바랐다면 누구든 찾아다녔다 해도 이상할 건 없지."

그러고 보면 내가 나르디를 만난 곳도 이베카 시였다. 게다가 아버지와 기사들은 나와 어머니 말고도 '어느 고귀한 분'을 찾고 있다고 했었다. 그러니 나르디를 찾으려 했다는 추측도 신빙성이 없는 건 아니었다. 그 말고 다른 이유가 있을 수도 있겠지만…….

내가 고개를 끄덕거리자 유리카가 씁쓸한 목소리로 말했다.

"이베카는 생각보다 일찍 죽었더라. 엘프니까 어쩌면 지금까지도 살 수 있었을 텐데 그러지 못했어. 봉인될 당시에 미카가 오백 살쯤이었는데 이베카도 비슷했을 거야. 그런데 미카가 봉인되고 30년도 지나지 않아 죽었더라고. 혼자 지내기에는 그것도 길었던 걸까. 이베카는 미카처럼 매정하지 못해서……."

"미카가 매정했던 게 아니다."

엘다렌이 불쑥 말하자 유리카의 어조가 날카로워졌다.

"그럼. 매정하기는커녕 지극히 훌륭한 엘프였지. 세상일의 경중을 너무 잘 알아서 희생을 택할 때도 망설임조차 없었을 정도로 고귀하셨으니까. 그게 자신의 희생이든 연인의 희생이든 간에. 수백 년을 함께 한 이베카를 떠나면서 한 번 뒤돌아보지도 않았어."

유리카는 미칼리스를 데리고 켈라드리안을 떠나던 당시를 기억하고 있을 것이다. 그래, 그런 순간 돌아보지 않는 사람들도 있다. 아마 나는 그러지 못할 테지만.

엘다렌이 여전히 돌아누운 채 말했다.

"유리, 너도 미카의 마음을 모르지 않으면서 왜 그렇게 말하느냐."

어둠 속에서 유리카가 입술을 깨무는 것이 보였다. 이어 목소리가 나왔을 때 나는 그녀가 무엇을, 왜 원망하는지 알 것 같다는 생각이 들었다.

"알지! 너무 잘 알아서…… 더 용서가 안 되는 거야. 미카가 우리와 여행하면서 얼마나 되풀이해서 이베카를 생각하고 그리워했는지 우린 다 알고 있었어. 그런데 어떻게, 심장이라는 것이 있으면, 그토록 사랑하던 사람의 곁을 떠나며 단 한 번도 돌아보지 않을 수 있지? 2백 년의 봉인을 택하면서 이별의 말 한마디 남기지 않을 수 있을까? 떠나면서 미카가 이베카에게 했던 말, 난 들었어. 잊어버리라고……. 고통은 혼자 다 짊어지겠다고? 어떻게 그런 이기적인 발상을 할 수가 있어? 남의 마음은 조금도 몰라주고!"

유리카는 치미는 감정을 삼키려는 것처럼 입을 꾹 다물었다. 그러나 나는 유리카가 미칼리스를 미워하지 않는다는 걸 알 수 있었다. 오히려 멋대로 이름을 줄여 부르는 저 엄숙한 동료들, 에즈와 엘다와 미카를 그녀가 얼마나 아끼는지 잘 안다. 그녀가 마음 아파하는 것은 자신과 너무 다른 미칼리스와 이베카의 방식이고, 그런 방식이 저들에게 주었을 상처를 알기 때문에 그들을 대신해 화를 낸다는 것도.

그래 달라고 하지도 않았는데, 앞으로도 그럴 리 없었는데, 멋대로 자신의 소중한 것을 희생해버리는 친구는 고마운 만큼이나 원망스럽기도 한 것이다.

"그래, 다 지난 일이니까."

감정을 겨우 삼킨 유리카의 목소리가 약간 잠긴 듯했다. 나는 손바닥 위에 누운 주아니처럼 고개를 들고 하늘을 올려다보았다. 술의 별이 머리 꼭대기에 뜬 날씨 좋은 여름밤이었다. 일곱 별자리 중 하나라는 술병인지 물병인지 모를 별자리의 주둥이에서 보석처럼 떨어진 물방울 하나가 바로 미오사니 별이다. 정말이야. 미오사니를 보고 있으면 술을 마시고 싶어져. 미칼리스와 이베카의 이야기를 듣고 있으니 한결 더 마시고 싶어지는걸.

"주아니, 그게 정말이야?"

따가운 해가 내리쬔 뒷머리가 뜨겁다. 손을 대어 보니 달걀이라도 익힐 수 있을 듯했다. 물이나 한 바가지 뒤집어썼으면.

"그냥 그런 것 같다고. 확실한 건 아냐."

엘다렌은 말없이 뒷머리를 긁었다. 유리카는 내 손바닥 위의 주아니를 바라보고 있더니 풀썩 주저앉으며 말했다.

"아아, 어찌되었든 일단 앉아서 얘길 하자. 어차피 생각할 거라면 앉아서 하자고."

그래서 우리는 나무 사이 좁은 빈터에 아무렇게나 널브러져 앉아 한마디 말도 하지 않고 쉬었다. 어디선가 앵앵거리는 벌의 날갯짓 소리가 한가로이 울린다. 바닥도 시원하지는 않았다. 환영주 아룬드는 술을 마시고 길바닥에 누워 잠들어도 좋다는 때잖아. 올해 들어 가장 심한 더위 같아, 오늘.

"머리를 잘라 버릴까보다."

유리카가 머리카락을 손가락에 감아 이리저리 돌려보며 불만스럽게 중얼거렸다. 대꾸를 안 할 수 없는 얘기라 한마디 했다.

"환영주 아룬드가 끝나자마자 후회하게 될 걸."

손수건을 꺼내 이마와 뒷덜미를 닦았다. 나르디가 애마를 길들이라며 빌려주었던 그 손수건이다. 나르디의 얼굴을 보지 못한지 벌써 오래되었다. 그 녀석이 여기 있다면 뭔가 기운 차릴 얘기를 해 줄 텐데.

"유리, 이슬라 공주가 준 빗 있잖아. 그걸로 올려 보면 어때?"

잊고 있었던 물건을 문득 떠올린 것도 나르디와 함께 달크로즈가 생각났기 때문일 것이다. 유리카도 아, 하는 표정이 되었다.

"좀 줘봐."

배낭 속을 한참 뒤져서야 찾아냈다. 진주와 조개들이 정교하게 엉겨 붙은 모양의 장식 빗 한 쌍이다. 유리카는 머리카락을 교묘하게 감아올리더니 빗 두 개로 딱 고정시켰다.

"아, 잘 됐는데."

한결 시원해진 목에 손으로 부채질을 하면서 유리카의 달아오른 얼굴에 미소가 떠올랐다. 머리를 완전히 올린 모습은 처음 봤다. 나는 가만히 보다가 피식 웃었다.

"예쁘긴 한데 나이 들어 보인다."

"제아무리 들어 보인들 이백열여덟 살로야 보이겠니?"

"내 머리가 너처럼 하얗게 세려면 2백 년으로도 모자라."

유리카가 입을 비죽 내밀어 보였다. 말은 그렇게 했지만 머리를 틀어 올린 유리카의 모습은 새로웠다. 성숙해 보이는 것도 같고, 귀부인 같은 느낌도 있고. 여자들은 머리 모양 하나로 저렇게 달라 보이는구나.

"어쨌든 얘기를 다시 들어보지."

엘다렌이 흠흠, 하며 얘기를 되돌렸다. 주아니는 내려와 풀 사이를 돌아다니고 있었지만 엘다렌의 말을 듣고 폴짝 뛰어 작은 돌멩이 위에 올라앉더니 우리를 올려다보았다.

"어쩌면 더운 땅에서 올라오는 아지랑이 때문이었는지도 몰라. 그럴지도 모르지만, 그렇지만, 어쨌든 그렇게 보였단 거야. 이상하게 갈라진 공간인데 그냥 볼 때보다 곁눈으로 볼 때 더 잘 보여. 저게 뭐지, 그러면서 제대로 보려고 하면 어딘지 못 찾겠고, 아무 생각 안 하고 있으면 다시 슬쩍 보이는 거야."

숲을 걷는 동안 몇 번인가 눈앞의 풍경이 어딘가 이지러져 보였다는 거다. 단추를 밀려 잠근 옷처럼, 잘못 재단해서 꿰매버린 옷처럼. 그걸 뭐라고 부르면 좋을까. 휘어짐? 어긋남? 쪼개짐? 어느 쪽도 적당한 것 같지는 않았지만 직접 보지 못한 나로선 달리 마땅한 말도 없었다.

"그것 참, 그런 일이 있을 수 있는 거야?"

마법에 무지한 나는 투덜댔지만 엘다렌과 유리카는 그 말을 심각하게 받아들였다. 로아에는 인간, 엘프, 드워프보다 더 자연에 가까운 종족이고 주아니가 종종 내 이해 범위를 뛰어넘는 재주를 보인다는 건 나도 안다. 그렇지만 나도 뭘 말하는 건지는 알아야 되잖아? 눈앞의 공간이 갈라져 보인다고? 어떤 모양인지 상상이 안 되는데.

내 표정을 본 유리카가 말했다.

"글쎄, 그리 복잡하게 생각할 필요는 없어. 그림 한 장을 반으로 잘랐다고 생각해 봐. 그런 다음 두 조각을 살짝 어긋나게 맞춰 놓으면 어떻게 보일까?"

"어…… 뭐, 어긋나게 놨으니 어긋나게 보이겠지?"

유리카는 낮게 한숨을 내쉬었다.

"그럼 두 조각을 하나는 바닥에 놓고 다른 하나는 높이 들되 위에서 내려다보면 그림이 이어져 보이게 위치를 잡았다고 생각해 봐. 그걸 위에서 내려다본들 나란히 붙은 그림으로 보일까? 그럴 리 없지. 우린 그 사이의 빈 공간을 느끼고 뭔가 어색하다고 생각할 거야."

나는 잠깐 생각한 다음 대꾸했다.

"그건 알겠는데 문제는 이게 그림 얘기가 아니란 거지. 공간을 그림처럼 멋대로 자를 순 없잖아?"

"꼭 그런 것만도 아니다."

엘다렌이 불쑥 말하더니 주위를 휘둘러보았다. 동굴에서라면 드워프의 눈썰미도 대단한 데가 있지만 여긴 숲이었다. 엘프도 아닌 그의 눈에 수상한 것이 쉽게 띌 리 없었다. 그러나 엘다렌은 누구보다도 주아니의 말을 신용하는 눈치였다.

"그럼 뭐, 잠깐 쉬면서 찾아보든가요. 걸어 다니는 것보다 가만히 있으면 아무래도 더 잘 보이겠죠. 그런 것이 정말로 있다면 말이지만……."

엘다렌은 신중하게 눈을 몇 번 껌뻑이며 생각하더니 자리에 앉았다. 우리가 따라 앉자 그가 말했다.

"엘프들은 예로부터 이런 눈속임을 즐겼지."

"눈속임이요?"

그게 눈속임으로 가능한 일이야? 아니지, 그럼 그냥 눈속임에 불과하다고?

유리카가 고개를 흔들었다.

"눈속임은 아냐. 공간이 구부러져서 보이지 않는 다른 공간이 숨어 있을 가능성은 어디서든 있어. 흔히 '결계' 라고 말하는 것이지. 우린 아무 생각 없이 걷다가 그 결계 위를 통과할 수도 있어. 물론 그랬다는 사실조차 모르면서. 결계는 말하자면 입구도 벽도 없는 숨은 방과 같은 거야."

"무슨 소린지 하나도 모르겠어."

나는 솔직하게 대꾸하고 뒤로 벌렁 드러누워 더위를 해결할 방법이 없을까 생각하기 시작했다. 유리카는 뭐 까짓 거, 하는 것처럼 양손을 들며 어깨를 으쓱했다.

"널 이해하게 하는 것쯤이야 쉬워."

"그럼 어디 해봐."

유리카는 적당한 비유를 찾으려고 잠시 생각에 잠겼다. 주아니는 돌에서 내려와 주변을 걷고 있었다.

"음…… 네가 이 숲을 걷고 있는데, 저 나무 뒤를 돌아가니까 숲이고 뭐고 싹 사라져 버리고 들판이 나타났다면 너는 어떻게 생각하겠니?"

"그런 일이 있을 턱이 없잖아."

"아니, 그런 말이 아니라 그런 일이 일어나려면 어떤 조건이 필요할 것 같으냐고."

나는 생각해 봤다. 숲이 사라져? 갑자기 대규모 목재 사냥단이 출현해서…… 이건 아니고, 엄청난 불이 나서 싹…… 이것도 아니고, 난데없는 벼락이 떨어져…… 음.

평소처럼 내 머리의 한계를 알려주는 질문이긴 했지만 이번엔 조금 더 생각해 봤다. 현실적으로 숲이 갑자기 없어질 순 없다. 무슨 수를 써서 없앤대도 흔적이 남을 거야. 그런데 흔적 없이 사라졌단 말이지. 처음부터 숲이 없기라도 했던 것처럼…….

나는 생각나는 대로 내뱉었다.

"과거로 돌아가기라도 했나?"

유리카가 미소를 보였다. 맞았다는 거야, 틀렸다는 거야?

"반은 맞았어."

엘다렌은 우리가 무슨 소릴 하든 주아니만 보고 있었다. 주아니는 자기 뒤통수에 붙은 시선을 아는지 모르는지 느릿느릿 산책을 계속했다.

"차원 이동이란 건 움직이지 않아도 가능해. 첫째 조건인 시간, 둘째 조건인 공간 중에 하나만 변해도 되니까. 네가 이 숲이 존재하지 않았던 과거로 돌아갔다고 생각해 봐. 아니면 이 숲이 이미 사라져 버린 미래로 갔다거나. 변한 건 시간뿐이야. 만일 시간이라는 조건을 지울 수 있다면 네 눈앞에선 별가지 장면이 한꺼번에 펼쳐질 거야."

"음……."

"존재하기도 하고 존재하지 않기도 하는 숲, 낮이기도 하고 밤이기도 한 하늘, 네 옆에 있기도 하고 없기도 한 친구, 과거엔 있었지만 지금은 보이지 않는 길. 모두 다 있을 수 있어."

"그럴 수도 있겠지."

있기도 하고 없기도 한 친구라는 개념이 마음에 안 들었지만 어쨌든 고개를 끄덕였다.

"그럼 둘째 조건을 생각해 보자. 공간."

유리카가 나뭇가지를 집어 들더니 흙바닥에 동그라미를 그렸다. 그리고 동그라미를 가로지르는 선을 하나 그었다. 그리고 그것과 비스듬하게 나란한 선을 또 하나 그었다.

"자, 이렇게 생각하자. 이 동그라미 안이 우리가 살아가는 세계야. 이 밖은 우리가 절대 알 수 없는 곳이고 있다고 믿지도 않는 세계야. 우린 이 동그라미 안만 볼 수 있어."

"그렇다고 치자. 그래서?"

유리카는 나뭇가지로 동그라미 안의 두 선을 가리켰다.

"이것 봐, 이 두 선은 평행하지 않지?"

"그래. 그런데?"

"이 두 선을 동그라미 밖으로, 서로 가까워지는 쪽으로 계속 연장시키면 어떻게 될까?"

"서로 만나겠지."

"그렇지만 그 만나는 점은 우리 세계 밖이잖아. 우리가 두 선이 만난다는 사실을 알 수 있니?"

"모르…… 겠지."

"그럼, 우린 그 두 선이 서로 만나지 않는 선이라고 생각하겠네?"

"……그렇겠지."

대답하고 보니 이상한 생각이 들었다. 그럼 이 동그라미 안에서만 살고 있는 우리는 이 두 선이 언젠가 만난다는 사실을 영원히 모른단 말인가?

"이상한데?"

유리카는 나름 진지해서 내 바보 같은 반응을 놀리려 들지도 않았다.

"세상 모든 것들이 우리 눈에 보이는 것과 다른 모양을 가질 수 있다는 걸 알면 다음 얘긴 쉬워."

유리카는 이번엔 뭔가 그리는 대신 저쪽에 있는 바위를 가리켰다.

"저 바위 뒤가 보여? 뒷면이 어떻게 생겼는지 알겠어?"

"안 보이는데 어떻게 아냐."

굳이 돌아볼 필요도 없었다. 유리카가 고개를 끄덕였다.

"반대로 저 바위 뒤로 가면 이쪽이 안 보이는 건 당연하겠지? 그런데 말이야, 만약에 한 자리에 앉아서 여기와 저기를 한꺼번에 볼 수 있다면 어떨까? 이를테면 하늘을 날면서 내려다본다면 아마 다 보이겠지?"

"그렇지만 보이는 모양이 다를걸."

"그럼 이건 어때? 만약 저게 바위가 아니고 투명한 유리로 만들어진 거라면?"

"그렇다면야 잘 보이긴 하겠지만 그건 그 너머 풍경이 보이는 거지, 바위 반대쪽으로 돌아가서 그쪽에서 보는 것과는 얘기가 다르잖아. 그쪽에서 보면 이쪽은 전혀 다른 풍경으로 보일 텐데."

"파비안, 오늘 너 유난히 얘기를 잘 알아듣는데?"

유리카가 장난스럽게 혀를 내밀면서 칭찬인지 뭔지 모를 소리를 던지더니 기도할 때처럼 두 손을 포개어 내게 한쪽 손등만 보이게 돌렸다.

"자, 다 됐어. 이걸 봐. 두 손바닥을 붙였지. 넌 내 오른쪽 손등만 보여. 반대쪽에 붙은 왼쪽 손등은 안 보일 거야. 그런데 이렇게 하면……."

유리카는 손바닥을 떼더니 두 손등을 모두 내 쪽으로 향하게 했다.

"어때, 둘 다 볼 수 있잖아? 마찬가지로 저 바위 뒷면을 잘라서 이쪽으로 보이게 붙였다고 생각하면 앞면과 뒷면을 동시에 볼 수 있어. 그러나 이건 현실에서 가능한 일이 아니지. 그렇지만 조금만 달리 생각하면 불가능할 것도 없어."

"어떻게?"

"아까 동그라미 안의 선, 기억 안 나? 우리 눈에는 보이지 않지만 이 세상 밖 어딘가에서 만나던 그 선 말이야. 다시 말해 이 세상 밖 어딘가에서 누군가가 이 세상을 들여다볼 수 있다면 저 바위와 너와 나, 모든 것들이 전혀 다르게 배열되어 있을 수도 있단 말이야. 저 바위는 사실 반쪽이 갈라져 둘 다 이쪽을 바라보도록 생겼을 수도 있어. 넌 여기가 아니라 저 바위 뒤에서 사실 이쪽을 바라보고 있는지도 몰라. 아니면 정말 하늘 꼭대기에서 여길 내려다보고 있는지도 모르고. 난 저 바위에 찰싹 달라붙어 있는지 누가 아니? 어쩌면 상텔로즈 숲 전체가 거꾸로 선 나무들일 수도 있고, 우린 땅 속에서 역시 거꾸로 선 채 모든 것을 바라보는지도 몰라. 세상 밖의 눈을 인정하기만 하면 불가능한 것은 아무 것도 없으니까. 네 눈에 보이는 사물의 배열을 무시하고 거기에서 자유로워지고 나면 너와 내가 앉은 자리 사이에 사실은 낯선 사람 하나가 앉아 있다 해도 하나도 이상할 것이 없어. 비록 보이진 않지만 그가 지금 다른 세상에 잠들어 있는 미칼리스 마르나치야일지 누가 아니?"

"……."

유리카는 내 혼란스런 얼굴을 보더니 짓궂게 덧붙였다.

"우리가 찾는 푸른 보석은 지금 네 손 위에 놓여 있는지도 모른다고."

나는 일어나 앉았다. 놀림당한 것 같기도 하고, 이상한 것을 깨달은 기분도 든다. 주위를 휘둘러보았다. 땅의 열기로 후끈한 숲은 변한 것이 없었지만 공간과 시간의 배열을 무시한다고 생각하니 모든 것이 제멋대로 춤을 추는 것처럼 보였다. 술에 취한 것처럼 말이다.

유리카가 일어나 빈터를 두어 번 오갔다. 틀어 올린 머리에서 머리카락 몇 가닥이 목덜미로 흘러내려 있었다.

"그러니까 결계란 그런 다른 공간, 즉 세상 밖의 공간을 만들어내는 작업이야. 시공간의 배열이 다른 공간을 만들어 우리 세상 어딘가에 놓아두는 것이지. 그런데 말야, 파비안."

"응?"

"이 사실을 알고 보려고 하는 사람에게는 드물게 경계가 약간 흐트러지면서 휘어진 공간이 눈에 띄기도 하거든?"

경계가 보여?

"그렇다면……."

내가 주아니를 돌아보려던 순간이었다.

"파비안, 파비안, 방금 보였어! 엘다렌, 유리카!"

나는 벌떡 일어나고 엘다렌은 주아니가 가리킨 쪽으로 급히 고개를 돌렸다. 커다란 상수리나무가 버티고 선 곳인데 나도 뚫어져라 봤지만 특별한 것이라고는 전혀 없었다. 그렇지만 조금 전에 유리카가 한 말을 생각해보면…….

"안 보여? 안 보여?"

아까까지는 고개만 돌리면 사라진다더니, 이번엔 주아니가 제대로 본 모양이다. 게다가 아직도 보이는지 거대한 수풀—실은 바닥에 붙다시피 한 민들레였다—을 헤치며 그쪽으로 달려갔다.

유리카는 우리처럼 뭔가 보려고 애쓰지 않았다. 대신 주아니에게 물었다.

"어떤 거니? 설명을 해봐."

주아니는 자칫 고개를 돌렸다가 놓칠 것 같은지 돌아보지도 않고 말했다.

"그림책의 책장 중간이 접혀진 것 같아. 흔들거리는 것도 같고. 뭔가가 어긋났어. 잘못 꿰매 놨어. 그 사이로 뭔가 보이려고 하는데……아!"

"왜 그래, 주아니?"

우리는 합창하듯 물었지만 대답을 듣고 똑같이 맥이 빠져 버렸다.

"사라져 버렸어……."

쳇, 이런 식이어서야 죽기 전에 찾을 수나 있겠어? 이번엔 쉽게 찾을 거라고 누가 말했더라?

우리는 요령을 바꾸었다. 유리카는 자신이 되찾은 마법 몇 가지를 세심하게 점검해 보더니 하나를 골랐다. 아라스탄 호수에서처럼 마음대로 마법을 쓸 수 있다면 좋았겠지만 거긴 스노이켈이 닫아 놓은 공간이었기 때문에 가능했던 거고, 여기에서는 아룬드나얀의 두 보석 덕택에 세상에 돌아오기 시작한 약간의 마법을 믿는 도리밖에 없었다.

"주아니, 내 말 알아듣겠지?"

"그렇지만……."

주아니는 겁을 냈다. 60년 넘게 살아오긴 했지만 주아니도 마법이 존재하던 시대는 겪어보지 못했다. 나도 내 몸에 마법을 건다고 하면 조금쯤 두려워할지도 모르겠다. 게다가 유리카가 주문한 것은…….

"마법이 문제가 아냐. 나 혼자 거기로 들어가라고? 그래서 못 나오면? 돌아오는 길을 못 찾으면 어떻게 되는 거야?"

유리카는 주아니의 겁에 질린 눈동자를 진지하게 들여다보고 있더니 갑자기 웃어버렸다.

"왜, 왜 그래?"

유리카는 고개를 몇 번 젓더니 다짐하듯 말했다. 할머니들이 꼬마들에게 다짐을 둘 때에 쓰는 그런 말투 말이다.

"그런 일은 일어나지 않아. 우리도 그리로 갈 거란 말이야. 그쪽 장소가 내게 실체가 되기만 하면 금방 뒤따라갈 수 있어. 그러니까 발견하는 즉시 한마디도 할 것 없이 들어가 버리면 돼."

유리카는 주아니와 자신 사이에 '두 마음의 전송' 이라는, 그녀의 설명대로라면 아주 간단한 마법을 걸 예정이었다. 마법이 걸려 있는 동안에는 서로 아무리 멀리 떨어져 있어도 대화가 가능해진다. 주아니가 그 마법을 건 채로 다니다가 아까처럼 균열을 발견하고 들어가면, 대화가 연결되어 있기 때문에 유리카가 즉시 그 균열을 찾아낼 수 있다는 거였다.

흐음…… 안 그래도 겁이 많은 주아니가 저런 반응을 보이는 것도 무리가 아니야.

"……."

여전히 대답을 못하는 주아니를 보고 있자니 예전에 스조렌에서 산적단 정찰을 보내던 때가 떠올랐다. 그래, 그때는 뭐랬더라. 먼저 나르디가 주아니에게 중차대한 임무를 수행하는 사명감이 어쩌고 하며 이상한 소릴 했었고, 그리고 우리도…….

유리카는 이미 시작했다.

"주아니, 너 아니면 우리가 누굴 믿겠어? 이건 로아에의 특별한 능력이 아니면 발견할 수 없었던 놀라운 사실이고, 이 기회를 놓치면 우린 어떻게 푸른 보석과 엘프를 사냥해야 할지 모를 거야. 게다가 넌 그 특별한 세상에 들어가는 첫 번째 존재가 되는 거란 말이야. 정말 흥분되지 않니? 우리는 하고 싶어도 할 수 없는 놀라운 모험이야."

엘프 사냥이라. 미칼리스를 만나면 저 얘기를 꼭 들려줘야 할 텐데. 게다가 저럴 때의 유리카는 정말 확신이 있어서 저런 말을 하는 건지, 그저 목적 달성만 하면 된다는 건지 잘 구별이 안 된단 말이야. 주아니가 선량한 거야 전부터 다 아는 얘기고…….

그러나 유리카는 나라고 선량한 체 하고 있도록 내버려두지 않았다.

"안 그러니, 파비안?"

"그, 그래."

아무래도 공범이 되는 편이 속 편하지. 게다가 내 생각으로도 사실은…….

"멋진 일일 것 같지 않냐?"

주아니는 내 얼굴을 쳐다보더니 마치 배신당한 연인 같은 표정을 지었다. 그 표정을 보니 굉장히 나쁜 놈이 된 기분인데.

한참 뒤 주아니가 대답했다.

"사실 나도 그렇게 위험하다고 생각하고 있는 건 아니야……."

문제의 마법이 복잡하지 않다는 말은 최소한 맞았다. 둘은 손을 맞잡…… 을 수 없었으므로 유리카의 새끼손가락을 주아니가 잡고 입 속으로 같은 말을 세 번 되풀이해서 외웠다. 그 동안 유리카는 다른 손으로 손가락을 하나씩 꼽으며 뭔가 세고 있더니 마지막 순간 손바닥 위에 작은 불빛을 만들었다가 팟, 하고 없애 버렸다.

"됐어."

주아니가 미심쩍어하며 되물었다.

"정말 된 거야?"

유리카가 되었다면 된 거겠지. 뭣하면 서로 떨어진 곳으로 가서 당장 실험해 볼 수도 있고. 그러니 걱정은 안 되는데, 그런데…….

둘이 되풀이해 외웠던 말이 무엇인지는 별로 설명하고 싶지가 않…… 그러니까 정말로 별 말이 아니었…… 사실, 마법과는 거의 무관해 보이는…… 말해봤자…… 별로 도움은 안 될 것이 틀림없…… 쳇, 에라 모르겠다. 이런 말이었다.

'아침 식사는 감자 피클, 점심 식사는 완두콩 스튜, 저녁에는 버찌 수프라도 잘 먹었습니다. 아이 맛있어.'

나 참, 마법이 인심 좋게 걸려 주려다가도 도로 다 풀릴 것 같은 말이잖아. 도대체 감자하고 완두콩하고 버찌가 마법하고 무슨 상관이야? 아니, 그보다 그 세 가지는 먹을 수도 없는 요리잖아? 그나마 콩 스튜라면 조금 먹을 수 있을지도 모르지만 감자 피클이라니? 버찌로 수프도 만들던가? 하여간 재료를 전부 쓰레기로 만드는 조리법인데다 완전한 낭비고…… 가만, 그러고 보니 재료와 요리법이 하나씩 어긋나 있는 것 같은데? 아냐, 이게 중요한 게 아니지.

어쩌면 저건 아이들이 놀이에서 부르는 노래 같은 게 아닐까? 2백 년 전엔 소녀들이 많이 불렀던 그런 노래일지도 모르지. 그렇지만 명색이 마법 주문인데 매번 이렇게 뒤통수를 쳐도 되는 거야?

"야, 원래 마법 주문은 다 저런 식이냐?"

"원래? 주문은 마법사가 직접 만드는 거라고 내가 말해주지 않았어? 그저 자기 마음에 들게 만들기만 하면 돼. 원래가 어딨어."

"그럼 저거 네가 만들었지!"

유리카가 턱을 쳐들더니 당당하게 대꾸했다.

"그래. 내가 만들었다. 불만이라도 있냐?"

다시 걷기 시작하고도 유리카는 줄곧 각종 '주문'을 흥얼거리며 나를 놀려댔다. 그런데 사실은 꽤 재미있는 선율에다 가사도 가지각색이었다. 주아니의 걸음에 맞춰 모두 느리게 걸어야 했기 때문에 은근히 지루하기도 했던 참이었다.

"셀러리 케이크와 호밀빵 통구이, 피마자 주스로 만찬을 만들었어요. 안녕하세요, 드셔보세요. 아이 정말 맛있어……."

으음, 저런 노래를 부르는 유리카가 좀 귀여운 것 같기도 하고.

"저 노래들은 그래도 낫다. 유리가 물체를 떠오르게 할 때 썼던 주문에 비하면 말이다."

엘다렌의 입가에도 보기 드문 미소가 떠올랐다. 그도 유리카의 노래를 듣자니 옛날 생각이 났던 모양이었다.

"어떤 노래였는데요?"

엘다렌이 대답하기도 전에 유리카는 재미가 났는지 재빨리 노래를 바꾸어 불렀다.

"꼬질꼬질한 꼬마 녀석은 어디가 그렇게 간지러운지 손톱이 빠져라 긁고 있네. 그렇게 긁어서 어디 구멍이 나겠어? 세발 갈퀴를 갖다 줄 테니까……."

"그, 저……."

기가 막혀 입을 벌린 나를 보며 유리카는 노래를 그치더니 한참이나 깔깔댔다. 주아니마저 키득키득 웃었다. 엘다렌이 웃음이 가라앉기를 기다려 말했다.

"저렇게 마법과 무관한 주문을 붙인다는 게 쉬운 일은 아니다. 많은 마법사들이 목적과 동일한 명령어로 주문을 만들어도 의지를 제대로 집중시키지 못해 실패하곤 하니까."

"그건…… 그렇겠네요."

하긴 누구라도 감자 피클이 어쩌고 떠들면서 머릿속으로는 마음을 전송하는 마법을 떠올리기란 쉽지 않을 것 같다. 그렇다면 저렇게 엉뚱한 노래를 부르는 걸 단순히 개구쟁이 짓이라고 생각할 수만은 없겠는데. 일종의 집중 훈련일지 알아?

"그러니까 주문을 마음대로 정할 수 있는데도 이야기에 나오는 마법사들의 주문이 다 비슷한 덴 까닭이 있었군요?"

유리카가 말을 받았다.

"아마 이럴 테지? 파이어 볼! 하고 외치면 불의 공이 나타나 날아간다든가……."

나는 어이가 없어 헛웃음을 흘렸다.

"하, 하하…… 아주 잘 아는구나."

유리카가 씁쓸하게 웃었다.

"그런 주문을 쓰는 마법사들이 내 주위에도 한 다스쯤은 있었으니까. 그렇게 외쳐놓고도 불의 공조차 안 나오는 한심한 자들이 그중 반이 넘었지만."

하여튼 마법이란 꽤나 어렵고 복잡하고 잘 모를 것임에 틀림없었다. 그렇게 생각하자니 자연스럽게 질문이 떠올랐다.

"에제키엘은 어땠어?"

"에즈는 나처럼 장난할 단계는 옛날에 지난 사람이었으니까. 사실 에즈는 마법을 걸 때 별로 말을 하지 않았어. 별다른 손짓도 안 했고. 그래서 우린 옆에 있으면서도 그가 마법을 썼는지 안 썼는지조차 종종 모르곤 했지. 예를 들면."

유리카는 저만치 앞길을 막으며 드리워진 커다란 나뭇가지를 가리켰다.

"걷고 있자면 갑자기 저런 나뭇가지가 스르륵 들렸다가, 우리가 지나가고 나면 다시 내려오는 거야. 우리가 걷다가 머리에 걸릴까 봐서 에즈가 슬쩍 그렇게 한 거지. 어떤 날은 모여 앉아 심각한 얘기를 하던 도중 갑자기 비가 내렸는데, 우리 머리 위에 마법으로 만든 막이 씌워져 있어서 우린 비가 오는 줄조차 몰랐던 적도 있었어. 에즈는 우리하고 계속 얘기를 하고 있었지만 어느 순간 그런 일을 같이 해버린 거야. 그는 무슨 일을 하고 생색내는 걸 대단히 싫어했거든."

"헤에…… 그것 참."

다음에 이어질 말은 물론 '편리하군' 이었지만 유리카도 한때 가졌던 대단한 마법을 다 잃은 터였으므로 그냥 삼키고 말았다.

나는 걸으면서 여행하는 도중 닥치는 자잘한 장애를 조용히 없애 주는 친구가 옆에 있다면 어떤 기분일까 생각해 보았다. 좋기도 하겠지만 어쩌면 조금 부담스럽기도 하겠다. 그런 일이 있었는지조차 모른다면 약간 속는 것 같은 기분도 들잖아? 탁자에 내려놓는 순간 가득 차 버리는 페어리들의 나무 술잔처럼. 그때도 난 그게 부담스러웠는데.

유리카가 소리치는 바람에 나는 생각에서 깨어났다.

"주아니, 주아니 어디로 갔니?"

황급히 둘러보니 정말 주아니가 없었다. 나는 한때 그랬던 것처럼 본능적으로 바닥에서 허우적대며 주아니를 찾을 자세를 취했다. 아니, 그 자세를 취하기 위해 재빨리 바닥에 엎드리려 했다. 생쥐를 찾을 때라면 예전이나 마찬가지로 더할 나위 없이 적절하겠지만…… 잠깐, 지금은 그런 상황이 아니잖아?

엉겁결에 취하려 했던 자세를 엉거주춤하게 멈추는 찰나, 유리카가 불쑥 주아니를 불렀다.

"주아니! 응응, 들리니?"

이번 계획에 별 의견을 제시하지 않던 엘다렌도 눈썹을 찌푸리며 귀를 기울이고 있었다. 우리에게는 물론 아무 말도 안 들렸다. 유리카는 들리는 건가?

……정말 그런 모양인데?

"아아, 그래? 걱정하지 마. 금방 찾을 테니까. 아무 일도 아냐. 아무 걱정도 할 필요 없어. 어디서 어떻게, 무엇을 보고 들어갔는지 설명만

해, 응?"

유리카의 얼굴을 빤히 바라보는 것 말고는 할 수 있는 일이 없었다. 나와 엘다렌은 한참 그러고 있다가 다시 서로의 얼굴을 마주봤다. 물론 다시 말하지만 그 말고는 할 일이 없었으니까.

"응! 그렇구나. 그러면……."

유리카가 뒤로 한 바퀴 돌더니 아래를 두리번거렸다. 이윽고 한 곳에 시선을 멈추더니 다시 말했다.

"찾았어! 그래서?"

허공을 보고 저러고 있으니 유령하고 얘기하는 것 같지만…….

유리카는 고개까지 끄덕거렸다.

"그래? 와아, 그거 신기한데?"

보다 못해 참견했다.

"유리, 혼자 좋아하지만 말고 설명을 해봐. 궁금해 죽겠잖아. 아니면 빨리 들어가게 어떻게 해보든지……."

유리카는 내 쪽을 쳐다보지도 않고 손을 내저었다.

"지금 하고 있단 말이야. 조금만 기다려봐. 쉿, 안 들린다고."

유리카가 바라보는 쪽에는 막 시작된 자작나무 숲이 있었다. 나무 사이로 볕이 환하게 드는데다 자작나무의 하얀 껍질 때문에 색감부터 달라져 지금까지 걷던 숲과는 전혀 다른 세계처럼 보였다.

"가만, 가만. 그래, 됐어. 알겠어."

나는 자작나무 숲 쪽으로 다가갔다. 바스락, 딱. 마른 잎과 나뭇가지가 경쾌하게 부스러졌다. 나무껍질을 쓰다듬어 보았다. 백묵이 손에 묻어날 것 같다.

"하얀 나무의 나라인가……."

문설주처럼 나란히 선 나무 두 그루를 붙들었다. 다른 세상으로 가는 문 앞에 선 기분이었다. 문 너머는 볕 잘 드는 하얀 숲이다. 곧추선 나무들이 기분 좋게 굽어보았다. 한 발짝 들어가 볼까.

발을 들여놓자 눈앞이 빙빙 도는 듯했다. 먼저 떠오른 것은 예상보다 훨씬 멋진 풍경이라는 생각이었다. 그저 숲이라고 생각했을 뿐인데 다시 보니 몇백 년을 감겨 오른 두툼한 등나무가 사방에 벽지무늬처럼 얽혀 있었다. 꼭대기에 새침하게 핀 능소화와 둥글게 감긴 덩굴장미가 향기를 내뿜었다.

두 걸음째 내딛는 순간이었다.

육중하게 버티고 선 녹나무가 나타났다. 마치 그림에서 방금 튀어나오기라도 한 것 같았다. 발치까지 뻗어온 뿌리에 발이 걸려 비틀거린 후에야 깨달은 걸 보면 말이다. 다섯 아름으로도 모자랄 울퉁불퉁한 줄기가 하늘 지붕으로 솟았고, 자체로 하나의 숲이라 해도 좋을 수백의 가지와 수천의 잎이 저마다 다른 빛을 반사하며 흔들렸다.

가지마다 갖은 깃 달린 새들이 깃들이고, 영롱한 등딱지의 벌레들이 부지런히 날았다. 나무 구멍에서 다람쥐가 내다보고 있었다. 그늘 밑은 엉겅퀴와 찔레, 클로버가 가득한 녹색 흙이었다. 다른 곳에서라면 눈길도 끌지 못했을 풀꽃들이 저마다 꽃잎을 빛냈다. 흙 속을 파고든 생명들이 내쉰 숨이 아지랑이가 되어 피어올랐다.

소리가 났다. 바람이 잎 사이로 지나가는 소리가 천진한 아이들이

지껄이는 듯했다. 귓가에 파도치는 생생함에 몸이 떨렸다. 나는 손을 양 뺨으로 가져갔다.

충만한 생명이었다. 세계였다. 대지의 어른이었다. 한쪽 가지는 말라 딱딱해져 가는데 다른 가지에는 새로 물이 오르고 싹이 돋아났다. 몸 안에 네 계절을 다 품고 있었다. 그 속에서 세월이 흐르고 있었다.

"파비안!"

"어…… 너?"

나는 눈을 비비고 다시 보았다. 아까 내가 다람쥐라고 생각했던 것이 혹시…….

"파비안! 내가 얼마나……."

나는 낮은 가지에 선 주아니에게 다가가면서도 내내 얼빠진 표정이었다. 뭐야? 아까 다른 세상으로 갔다고 했잖아? 그런데 왜 멀쩡히 저기 있는 거야?

손바닥 위로 올라온 주아니가 상기된 얼굴로 입을 열고서야 나는 상황을 알아차렸다.

"왜 이렇게 늦게 왔어? 그런데 유리카가 먼저 안 오고 파비안이 왔네?"

"뭐라고?"

그때 등 뒤에서 밝은 목소리가 울렸다.

"무슨 소리야! 이렇게 왔잖아."

뒤를 돌아보니 유리카가 엘다렌의 손을 잡아끈 채—까닭은 알 만했지만 상당히 우스꽝스런 모습이었다—빙긋 웃으며 거기 서 있었다. 여기서 '거기' 란?

"지금 우리가 어디 있는 거야?"

"어디긴. 우리가 오려던 바로 거기지."

유리카는 엘다렌의 손을 놓고 녹나무 아래로 다가갔다. 내가 방금 전에 넘어온 문설주 같은 자작나무들을 찾으려고 두리번거리는 동안 유리카는 녹나무 둥치에 몸을 기대며 행복한 듯 깊은 숨을 내쉬었다.

"여기 다시 올 줄은 생각도 못했어."

"아는 데야?"

수풀을 툭툭 차기도 하고, 이 나무 저 나무 뒤를 들여다보고, 하늘도 관찰해 봤지만 다 헛수고였다. 유리카가 상기된 뺨을 문지르면서 고개를 끄덕였다.

"에즈가 미카를 여기에 숨겨 놓았을 줄 알았다니까. 아까 주아니가 공간이 흔들리는 것을 보았다고 했을 땐 혹시 다른 곳일지도 모른다 싶어 긴가민가했지만 역시 생각대로였어. 아아, 너무 기뻐."

"언제 와봤냐니까?"

유리카는 그러고도 한참이나 두서없이 지껄이고 난 후에야 설명을 해 주었다. 그녀가 여기 와본 것은 물론 2백 년 전이었다. 에제키엘과 미칼리스는 함께였지만 사정이 있어 엘다렌은 없었다고 했다. 엘다렌이 말한 대로 이 결계는 엘프, 즉 미칼리스가 만든 것이었다.

그런데 결계란 반드시 한 장소에 있는 것도 아닌 모양이었다. 그러니까 그게 무슨 소리냐 하면…… 유리카가 전에 왔을 땐 상텔로즈 숲이 아니라 켈라드리안을 통해 들어왔다고 한다!

"그게 정말이야? 아무 데서나 들어올 수 있다고?"

"결계의 위치를 우리 세상의 모습에 맞춰서 생각해선 안 돼. 아까도 말했듯 켈라드리안과 상텔로즈가 다른 세상에선 나란히 붙어 있는 숲인지 어떻게 알겠니. 뭐 어쨌든, 입구가 많아도 발견하는 능력이 없는 사람한텐 아무 소용도 없지. 주아니처럼 미세하게 흐트러진 경계선을 발견할 능력이 없는 바에야 안내자가 없인 들어오지 못하는 곳이니까. 그 안내자도 엘프 중에 이 결계의 능력을 가진 자들로 한정된 것이고. 보통 사람한텐 아무리 설명해도 볼 수도 느낄 수도 없어. 로아에들이 엘프들의 결계에 저렇게 쉽게 드나들 수 있을 줄은 나도 몰랐지만."

"그럼 나는 어떻게 들어온 거야?"

유리카가 그제야 나무에서 등을 떼더니 진지한 표정을 했다.

"그래, 사실은 나도 그게 의문이야. 너는 경계를 보지도 못했고 안내도 없었는데 어떻게 혼자 여기 들어왔니?"

"그건……."

그걸 설명할 수 있으면 내가 파비안 크리스차넨이 아니고 현자 스노이안쯤은 되었게. 아까까지만 해도 자작나무 숲이 어디로 갔나 싶어 소용없는 탐색을 되풀이하던 내가 아닌가. 저 녹나무가 갑자기 나타났을 때만 해도 나는 내가 눈썰미가 되게 없구나, 하고 생각하고 있었단 말이다.

"그럼 이 풍경은 미칼리스가 마음대로 꾸민 거야? 저 나무도?"

"음, 그건……."

유리카는 내 쪽으로 와 풀밭에 치맛자락을 펴고 주저앉았다. 등에 닿는 볕이 따사롭다고 느끼다가 나는 문득 놀랐다. 이곳은 한여름 무더위로 후끈후끈하던 바깥세상과는 전혀 다른 날씨였다.

내가 유리카 곁에 앉자 엘다렌도 와서 앉았다. 풀과 꽃이 생생하고 향기로웠다. 켈라드리안의 페어리들이 만들었던 하룻밤의 여름처럼, 이곳은 상냥한 봄이었다.

"미칼리스가 말해주지 않았으니까, 그리고 난 엘프가 아니기 때문에 정확히는 모르겠지만 내 생각엔 어딘가 존재하는 풍경을 가져오지 않았을까 싶어. 아냐, 이게 환상이라는 보장도 없지. 어쩌면 이것들은 모두 실제로 있는 것들일 거야."

마지막으로 나는 가장 궁금한 것을 물어보았다.

"그런데 어떻게 나가는 거냐?"

유리카가 두 손을 들어 보이더니 대꾸했다.

"나도 몰라."

"뭐야?"

나는 당황했지만 유리카는 태평스런 얼굴이었다.

"조금 있으면 이 장소를 만들어낸 엘프를 만날 텐데 넌 뭘 그런 걸 걱정하니?"

그, 그러니까…… 으음…….

나는 머릿속으로 이런 저런 계산들을 해본 끝에 겨우 대꾸했다.

"그럴 수도 있겠군……."

에라, 어차피 이렇게 된 거 나도 유리카처럼 마음이라도 편한 편이 좋겠지.

"아아, 날씨 좋다."

유리카가 기지개를 켜더니 푹신한 풀밭에 누워 버렸다. 느긋한 것을 보니 어이없기도 했지만 나 역시 기분이 좋아진 건 마찬가지였다. 주아니도 드러난 나무뿌리 위를 곡예 하듯 신나게 걷고 있었다. 반면 엘다렌은 자리에서 일어나더니 위험한 거라도 없나 찾는 것처럼 돌아다니기 시작했다. 드워프가 엘프가 만든 걸 믿을 리가 없고, 여관에서 지붕이 무너지지 않을지 살펴보던 것과 비슷한 맥락인가보다.

나는 일어나 녹나무 쪽으로 다가갔다.

"휴우……."

확실히 멋진 나무다. 이게 미칼리스의 머릿속에서 나온 거라면 정말 대단한 엘프인데. 이 정도 연상력이라면 최고의 마법사가 되고도 남지 않았을까?

"미칼리스도 마법사였어?"

나는 팔베개를 하고 누운 유리카를 돌아보았다.

"아니. 미칼리스는 전사에 가까워. 물론 전사치고 특별한 능력을 여럿 갖고 있긴 했지만 일단 전사로서 대단했으니까."

"하지만 네가 설명한 마법의 원리대로라면 미칼리스는 대단한 각인 능력을 가지고 있는 거잖아?"

나는 녹나무 표면을 만져 보려 손을 뻗으면서 말했다. 그런데…….

"으, 으헉!"

내가 깜짝 놀라 지른 소리에 유리카가 상체를 일으키고 엘다렌도 몸을 돌렸다. 주아니가 새된 목소리로 외쳤다.

"파비안, 파비안, 왜 그래!"

나는 줄기에 댔다가 뗀 손을 들여다보았다. 지금은 사라졌지만 분명히 봤다. 아직도 손바닥이 얼얼해. 내가 나무줄기에 손을 대는 순간 푸른 불꽃같은 것이 튀어나왔단 말이다!

나는 들썩이는 어깨를 진정시키느라 대답을 지체했다. 겨우 숨을 삼킨 뒤 내가 외친 것은 다음과 같은 말이었다.

"나무에 귀신이 붙었어!"

"……."

"……쯧쯧."

세 동료들은 어이없는 얼굴로 침묵했다.

유리카가 일어나 앉아 팔짱을 끼더니 고개를 오른쪽으로 젖혔다 왼쪽으로 젖혔다 목운동이라도 하듯 움직인 다음 내 얼굴을 바라봤다. 그 얼굴을 보니 하려는 말이 짐작 갔다.

"말이 안 되는 소리는 그만두고 뭘 봤는지나 말해봐. 여긴 미칼리스가 만들어낸 땅이야. 귀신, 아니 악령 따위 이상한 것들이 있을 리가 있어?"

하긴 듣고 보니 그랬다. 일부러 이런 결계의 세상을 만들었으면서 그 안에 귀신인지 악령인지 하는 것까지 잡아넣는 사람이 있다면 머리가 어떻게 된 놈일 거다. 엘프라도 마찬가지지.

그러나 파란 불이라는 말을 꺼내자마자 유리카의 눈빛이 달라졌다.

"파란 불? 어디서? 그 나무에서?"

그럼 나무가 아니면 내 손에서 불이 나오기라도 했단 말이냐?

엘다렌이 다가오더니 자기도 나무에 손을 대 보았다. 그런데 놀랍게도, 아니 당황스럽게도 아무 일도 일어나지 않았다. 유리카는 한쪽 눈썹을 올리면서 엘다렌과 나를 번갈아 보더니 일어나서 나무쪽으로 왔다. 그리고 엄숙한 표정으로 나무껍질에 손을 얹었다.

물론 아무 일도 일어나지 않았다.

유리카는 두 손을 다 대어보고 마지막으로 뺨까지 대어 보았지만 역시 아무 일도 없었다. 나는 그 동안 안절부절 못하며 그녀가 하는 양을 지켜보고 있었다.

"파비안, 네가 착각한……."

주아니가 꺼낸 말이 끝나기도 전에 유리카가 고개를 단호히 저었다. 그리고 내게 손짓했다.

"파비안, 이리 와봐."

난 아까 번갯불에 가까운 섬광을 본 터라 솔직히 다시 손을 대고 싶은 생각은 없었다. 그렇지만 겁을 먹었다고 말하기도 뭣했다. 그런데 손짓하는 대로 다가가 나무껍질을 코앞에서 보니 어이없게도 아까 본 것이 정말이었나 하는 의구심이 떠올랐다. 나무에서 푸른 불꽃이라니? 저 튼튼한 나무줄기에? 번개가 어쨌다고? 뭘 착각한 게 아닐까?

"그러니까……."

내가 다시 나무줄기에 손을 가져간 순간이었다.

"흡……."

이번엔 유리카도, 엘다렌도 보았다. 손을 지나 어깨까지 찌릿한 감각이 왔다. 내 손과 나무줄기 사이에서 번개가 쳤어. 푸른 번개가, 그것도…….

"파비안, 검을 대 봐. 반응할 거야."

드디어 유리카의 목소리가 긴장된 빛을 띠었다. 나는 검을 뽑았다. 내 마음속에서도 오랜만에 예지가 눈을 뜨는 듯했다. 그래, 어떻게 해야 할 지 알 것 같아.

유리카와 엘다렌을 물러나게 하고, 나는 멋쟁이 검을 높이 들어 나무줄기를 내리쳤다.

좌좌좌자자자작!

손을 댔을 때와는 비교도 안 되게 커다란 푸른 불꽃이, 그것도 기괴하게 꼬인 번갯불이 튀어 올랐다. 눈을 크게 뜬 유리카의 입에서 아마도 고대 이스나미르 어일 낯선 단어가 흘러나왔다.

"드노트란켈라……."

엘다렌이 엄숙하게 나무를 바라보더니 말했다.

"세르네즈의 하늘, 세 번째 보석이 이 안에 있다."

우리는 밤까지 기다렸다.

기다리면 무슨 수가 나기 때문에 그런 건 아니다. 다만 경험상—어디까지나 2백 년 전의 경험상—이렇게 특별한 것이 식물 속에 숨겨져 있을 때는 달빛에 반응하는 경우가 많다는 얘기를 듣고 이러고 있을 뿐이다.

"안 되면 어쩌지?"

내가 묻자 유리카가 대꾸했다.

"미카한텐 미안하지만, 그땐 나무를 베는 수밖에."

그런 일이 안 생기기만 바랄 뿐이다.

흰 구름 몇 개가 별을 가리며 흘러갔다. 처음 만난 상대에게 '죄송합니다. 당신의 나무를 베어버렸어요. 그럴 생각은 없었는데 도끼가 근질거려서' 따위로 엉터리 변명을 하면서 다짜고짜 빌어야 하다니, 게다가 상대가 엘프고 나무가 이 정도로 멋지다면…… 으음, 좋은 결말이 떠오르진 않는데. 그래서 나는 달이 뜨길 기다리며 목을 뺐다.

나무 자체에 특별한 점은 없었다. 그저 크고, 아름답고, 오래된 나무일 뿐이다. 보석이 불에 타지는 않을 테니 그냥 불을 확 질러버려도 목적 달성은 될 것 같다. 하지만 나무를 처음 봤을 때 느낀 기분을 돌이켜본다면 그런 일은 결단코 하고 싶지 않았다. 무엇보다 그래봤자 '죄송합니다. 부싯돌이 근질거려서' 하는 변명을 늘어놔야 할 뿐이잖아.

달은 좀처럼 구름 뒤에서 나오지 않았다.

"하아아암……."

하품이 나온다. 이러다 자면 안 되는데.

나뭇가지에 기어 올라간 주아니는 어느 새 잠들어 있었다. 로아에가 나무를 탈 줄 안다는 사실을 안 것도 새로운 수확일는지 모른다. 저렇게 짧은 팔다리로 뭘 잡고 올라가는 거지? 사람으로 치면 암벽 등반만큼 어려울 것 같은데.

"파비안, 졸지 마."

유리카의 목소리에는 졸음기가 없었다. 엘다렌은 어둠 속에 웅크리고 앉아 말도 없으니 자는지 아닌지 알 길이 없었다. 유리카가 가끔 바위를 두드려 보는 것처럼 어깨를 톡톡 쳤다. 그러면 대답이 튀어나왔다.

"왜 그러나."

오늘 하루 피곤했던 사람은 나밖에 없는 모양이야.

졸음도 쫓을 겸 나무에 다시 손이나 대 볼까 궁리하고 있는데 유리카가 일어나더니 뒷짐을 지고 풀밭을 거닐었다. 그제야 유리카도 졸음을 쫓으려 노력하고 있다는 걸 깨달았다. 그녀가 멈춰 서서 허리를 젖히자 어스름 속에 초승달 같은 곡선이 그려졌다.

"아, 달이 나와."

달빛이 한 줄기 떨어져 가장 먼저 은빛 머리를 타고 흘렀다. 엘다렌도 웅크린 몸을 펴고 머리를 움직였다.

"주아니를 내려줘야 하지 않을까?"

유리카가 말하고서야 그럴지도 모르겠다는 생각이 들었다. 그런데 어느 가지였더라?

"주아니! 그만 일어나서 내려와! 달이 나왔어!"

대꾸가 없었다. 한 잠 든 모양이다. 나무에 접근하긴 싫은데. 누군들 일부러 번갯불을 맞고 싶겠어?

"주아니!"

너무 작아서 숨소리도 안 들리잖아. 어디 있는 거냐?

"달이 거의 나왔어! 이러다가 진짜 무슨 일이라도 나면 너……."

구름이 서서히 걷히며 달빛이 물줄기처럼 쏟아지기 시작했다. 이상하게 평소보다 훨씬 밝은 느낌이었다. 달은 느리게 고개를 돌리는 것처럼 한 발짝씩, 풀밭을 거치고 내 머리를 넘어 마침내 나무 머리에 내렸다.

쏴아아…….

물론 빛이 내는 소리는 아니다. 바람이 잎과 가지를 쓰다듬는 소리였다. 갓난 잎과 수백 년 묵은 가지가 손녀와 할아버지처럼 나란히 그네를 탔다. 겉바람은 물결처럼 지나가고 속바람은 오래 가는 떨림을 만들었다. 달이 오래된 어머니처럼 내린 축복이 나무를 휘감고 강이 되어 먼 곳까지 퍼져나갔다.

"와아……."

어둠이 걷혔다. 세상이 빛 속에 있었다. 움직이고 있었다. 땅을 딛고 선 나마저 함께 휘말려 나부끼고 날아가는 듯했다. 대지와 하늘의 숨이 살거나 죽은 모든 것들 속으로 파고들었다. 새로 피어나라고, 숨 쉬고 빛나라고.

"저걸 봐!"

달빛을 흠뻑 받은 나무가 똑같이 푸르게 빛나기 시작했다. 잎 하나 하나마다 광채가 넘실거렸다. 안개로 베일을 씌운 듯했고, 바람이 불자 너울져 날렸다.

우우우우웅…….

나무가 희한한 음조를 냈다. 긴 생애에 처음으로 자기 목소리로 노래하려는 것처럼. 가라앉았으나 부드러운 음색이었다. 나는 눈을 크게 뜨고 나무의 노래에 귀를 기울였다.

"저것 봐. 나무가 갈라져!"

유리카가 어느새 내 곁에 서 있었다. 그녀의 얼굴에도 놀라움과 흥분이 가득했다. 나는 그녀의 왼손을 끌어당겨 잡았다. 눈앞에서 우툴두툴한 껍질이 말리고 주름진 속살이 한 가닥씩 좌우로 갈라졌다. 상처를 헤집듯 깊이, 더 깊이 들어갔다.

우우우우웅…….

나무가 또다시 수줍은 목소리로 노래 불렀다. 나무는 그 동안 노래라고는 생각해 본 일이 없었을 거야. 그렇지만 처음 치고 아주 잘 부른다. 평생토록 노래하는 새소리, 물소리, 풀벌레 소리에 비해도 손색이 없어.

"세르네즈의 하늘……."

줄기 깊은 곳에 훈장처럼 박힌 푸른 보석이 드러났다. 진주조개가 진주를 품듯 오랫동안 품어 키운 보석은 나무와 혼연일체였다. 2백 년 동안 생긴 보석의 자리가 줄기 가운데 단단히 매듭져 있었다. 심장 속에 보석을 품느라 아프지 않았을까?

"내가 가져가도 될까?"

나무에게 양해를 얻고 싶었다. 부모와 떨어져 자란 아이가 부모를 되찾았다 해도 키워 준 양부모의 허락도 없이 멋대로 가버릴 순 없는 거였다. 어쩌면 보석을 가져가면 나무는 빈자리 때문에 다시 아플지도 모른다.

우우우우우웅…… 우웅웅…….

나무는 무엇이든 주겠다는 것처럼 부드러운 소리를 냈다. 내가 연약한 속 줄기를 오랫동안 상하게 한 푸른 돌을 향해 손을 내미는 동안에도 계속 그렇게 노래를 불렀다.

"고마워."

이 보석을 나무에게 맡긴 에제키엘 대신 인사를 해야 할 것만 같았다. 에제키엘이 직접 오지 못했어도, 2백 년 뒤 그 일을 완수할 책임을 물려받은 나라도 고맙다는 인사를 하고 싶었다.

나는 푸른 보석을 감싸 쥐었다. 보석은 힘들이지도 않고 저절로 내 손으로 떨어져 왔다. 세르네즈의 하늘이었다. 여름 하늘 한 조각이 그 속에 박혀 있었다.

우우우웅…… 웅…….

나무의 목소리가 점차 약해져 갔다. 베일도 걷혔다. 줄기는 서서히 닫혔다. 빈자리를 가슴에 품고서.

웅…….

나무가 다시 노래하는 일은 없을까. 이건 저 나무의 처음이자 마지막 노래였을까.

마력이 사그라졌다. 평범한 빛으로 돌아가는 달빛과 속삭임을 멈춘 잎처럼, 오래된 녹나무의 노래도 끝이 났다. 이 모든 자연에 마법을 주었던 물건은 이제 제 자리로 돌아가기 위해 내 손에 놓여 있었다.

"가버렸어."

그렇게 중얼거렸을 때 나무와 바람과 달빛의 마법은 언제 그랬냐는 듯 사라지고 고요한 밤의 숲만이 남아 있었다.

2. 나무 속의 숲

"주아니!"

젠장, 이게 도대체 어떻게 된 일이야?

"주아니! 어디로 갔어?"

멋진 광경이 나올 때면 정해 놓고 잠만 자는 녀석이란 건 알고 있었지만, 최소한 끝난 다음에는 다시 등장해야 하는 것 아니냐?

"주아니!"

새벽빛을 바라보며 잠깐 들었던 선잠은 깨끗이 깨버렸다. 그 사이 주아니를 본 사람이 아무도 없었단다. 벌떡 일어나 찾기 시작한 지 반 시간 째, 간만에 나무에 기어 올라가고, 수풀에 코를 들이밀고 뒤지고, 별의별 짓을 다 했지만 조그마한 도망자는 나타나지 않았다.

불길한 상상이 들기 시작했다. 혹시…….

어제처럼 빛나지는 않았지만 보석은 여전히 내 손에 있었다. '세르네즈의 하늘' 과 주아니의 키는 그리 차이가 나지 않는다. 혹시…… 보석 대신 그 나무 속에?

"으아아악, 말도 안 돼!"

"왜 그래, 파비안?"

내가 주아니를 찾다 말고 소리를 지르자 유리카가 놀라 돌아보았다. 불길한 상상을 전파하고 싶은 생각은 없었으므로 고개를 흔들고 다시 도망자 체포에 몰두했다. 그러나 도망자는 국경이라도 넘어 가버렸는지 반시간이 더 지나고도 눈에 띄지 않았다.

그 와중에 보석이 다시 빛나기 시작했다. 주머니에 넣었는데 옷 밖까지 빛이 스며 나왔다.

"안 되겠어. 일단 보석을 아룬드나얀에 넣은 다음에 주아니를 다시 찾아보자."

나도 신경이 쓰여 견딜 수 없었던 참이었다. 내가 풀밭에 주저앉자 유리카와 엘다렌도 다가와 앉았다.

"그전처럼 느낌이 와?"

'모나드의 눈' 을 결합시킬 때 얘기일 테지만 나는 고개를 저었다. 그때처럼 굉장한 압력 같은 것은 느껴지지 않았다. 대신 나무에 처음 손을 댔을 때처럼 찌릿찌릿한 감각이 와서 견디기 힘들었다.

"번갯불이라도 안에 들었나…… 봐."

으, 따가워. 바늘로 찌르는 것 같네.

"저 나무도 이 바늘덩어리 같은 보석을 품고 있자면 고생 좀 했겠는데."

내가 코를 씰룩대며 말하자 유리카가 픽 웃었다.

"무슨 소리야. 너한테만 반응하는 거라고. 저 나무는 아무 느낌도 없었을걸."

"그것 참 불공평한데."

아룬드나얀을 땅에 놓고 나는 '세르네즈의 하늘'을 꼭 쥐었다. 그리고 기다렸다.

점차 심장 소리가 커져갔다. 마치 북소리 같다. 머릿속은 주아니 생각으로 어수선하고, 찌르는 듯한 감각은 양손에서 펄펄 뛰어오른다. 조금 더 안정된 뒤에 하고 싶기도 했지만 여기까지 오니 뭔지 모를 힘이 나를 놓아주지 않았다. 나는 저절로 그 힘, 다른 세계를 보여주고 그리로 이끌어 가는 힘에 압도되었다.

몸과 귓가에 파도가, 강과 비와 바다의 감각이 다가왔다. 이어 깊은 물속으로 빨려 들어가는 느낌을 받고 나는 저도 모르게 숨을 멈췄다. 그런데 보석을 아룬드나얀의 자리에 넣기 직전에 또다시 이상한 일이 벌어졌다. 보석이 들어갈 빈자리가 수면처럼 흔들리더니 바다의 풍경이 떠올랐다.

쿠르르릉…….

작은 창 너머였지만 암초가 깔린 해변에 부딪쳐 가는 파도 소리가 바로 그 자리에 선 것처럼 생생하게 들렸다. 하얗게 부서지는 거품에서 짠 내도 났다. 지난번에는 냄새를 느끼지 못했는데.

그러나 역시 오래 가지 않았다.

"아……."

나는 내 손이 저절로 막아 버린 세상을 망연히 생각했다. 아룬드나얀에 보석이 닿자 바다는 지난번과 마찬가지로 사라져 버렸다. 그 암초 해변은 어디였을까?

"파비안……."

유리카가 불렀지만 몸과 마음이 녹초가 된 나는 목걸이를 놓고 벌렁 누워 버렸다. 그런데 생각지 못한 목소리가 다시 나를 불렀다.

"파비안!"

나는 도로 튕기듯 일어나 두리번거렸다.

"주아니!"

그렇게 찾아도 없던 주아니가 나무뿌리 위에 얌전히 앉아 있는 것이 보였다. 저긴 아까 몇 번이나 살펴본 자린데? 그러나 어떻게 된 거냐고 따져 묻기 전에 주아니가 먼저 우리 모두의 입을 막아버리고 남을 이야기를 꺼냈다.

"그 엘프, 미칼리스를 봤어."

"뭐야?"

유리카와 엘다렌이 동시에 소리쳤다. 내 외침은 조금 달랐다.

"어디서?"

"나무 속에서."

이번에는 입을 모아 외칠 수밖에 없었다.

"뭐라고?"

이거 무슨 소리를 하는 거야?

우리가 빙 둘러싸고 온갖 질문을 퍼붓자 주아니는 현명하게 잠시 기다렸다. 그리고 우리가 지칠 즈음 입을 열었다.

“아까 나무 위에서 자고 있었는데 갑자기 어디선가 파란 빛이 나기 시작했어.”

그건 나도 알거든?

“그래서?”

“깜짝 놀라서 나무에서 내려가야겠다고 생각했는데, 내가 그리 빨리 내려갈 순 없잖아? 겨우 줄기가 있는 쪽으로 기어갔는데, 갑자기 어둠 속으로 들어가게 되더라고.”

유리카가 물었다.

“그게 나무 속이었다고?”

주아니가 고개를 커다랗게 끄덕였다.

“그럼. 아니면 어디였겠어?”

우리 셋의 미심쩍은 얼굴을 보고도 확신 어린 표정인 주아니를 향해 해줄 수 있는 말은 이것뿐이었다.

“혹시 나무 뒤로 돌아간 것 아냐? 아니면 껍질 밑이라거나…….”

“아니라니까. 다음 얘기를 들어봐.”

주아니의 설명에 의하면 저 나무는 껍질만 있고 속은 텅 비어 있는데—그건 내가 아까 보석을 꺼낼 때 본 모양을 정면으로 부인하는 주장이었다— 그 속을 따라가다 보면 전혀 다른 세상이 나온다고 했다. 그 다음은 얘기가 뒤죽박죽이었다. 덩굴이 어쩌고 가시나무가 어쩌고 한꺼번에 뒤섞어서 얘기하더니 결론은 엘프를 만났다는 거였다.

엘다렌이 물었다.

"어떻게 하고 있던가."

"자고 있던걸."

엘다렌과 유리카가 얼굴을 마주봤다. 집히는 거라도?

"알았어. 한 번 더 통과한단 말이지."

그게 무슨 소리야?

내게는 설명도 해주지 않고 유리카와 엘다렌은 나무 앞으로 가 섰다. 엘다렌이 주아니를 손바닥에 얹더니 나무껍질 앞에 갖다 댔다. 나만 까닭을 모른 채 또 어디로 가나 보다 싶어 배낭을 주섬주섬 집어 메었다. 어제 오늘 워낙 이상한 일이 많이 일어나니까 이젠 뭐 그런가 보다 하는 생각까지…… 어!

주아니가 다시 사라졌다!

귀신이 곡할 노릇이었다. 순식간에 사라지다니, 이젠 해도 떴는데, 건전한 상식을 가진 나로선 도통 이해가…….

유리카가 나무를 향해 한 걸음 내디뎠다. 마치 문 너머로 들어가는 것 같더니 그녀도 사라져버렸다.

"유, 유리카!"

나는 벌린 입을 다물지도 못하고 나무를 노려보았다. 이 나무가 사람까지 삼키는 거야? 혹시 괴물…….

"파비안, 안 갈 테냐."

엘다렌이 자기 배낭을 집어 메더니 나무에 부딪치려는 것처럼 머리를 들이밀었다. 내 눈에는 그렇게밖에 보이지 않았다. 그러나 결과는 같았다. 그 역시 뭔가로 지워진 것처럼 자취를 감췄다.

"나는……."

뭔가 말하려 했지만 말을 들을 사람이 한 명도 남지 않았다는 걸 깨달았다. 날더러 어쩌라고! 설명이라도 해주고 갔어야 하잖아! 아니 가만있자, 여기서 망설이고 있다가 못 쫓아가면 어쩌지? 그거야말로 큰 일인데!

그때 엉덩방아를 찧을 정도로 놀라운 일이 생겼다.

"안 들어오고 뭐해?"

"으아악!"

나무 속에서 목소리가 들리더니 손이 하나 튀어나왔다. 저 은팔찌는 어디선가 많이 보던 건데?

더 말할 겨를도 없었다. 그 손에 잡힌 나는 다짜고짜 나무 속으로 끌려 들어갔다. 캄캄한데다 기묘한 이물감이…….

나…… 난, 살고 싶어!

두툼한 덩굴이 크루아상 같은 모양으로 감겨 있었다. 땋은 머리처럼 생긴 곳도 있고 틀어 올린 머리 같은 곳도 있다. 그런 식으로 꼭대기까지 희한한 모양으로 얽혀 낮인데도 사방이 어두울 정도였다. 낮? 하긴 나무 속이 낮인지 밤인지 말할 수 있는 사람이 누가 있겠어?

그러나 이제 여기를 '나무 속'이라고 부르는 쪽이 훨씬 어폐가 있을 듯했다. 우리는 이미 푸른 하늘 아래 펼쳐진 언덕을 지나왔고, 어찌 된 노릇인지 이놈의 나무 속에서 열심히 날고 있는 새들과 신나게 자라고 있는 수십 그루의 나무를 보았으니 말이다. 그리고 지금 들어온 곳은 어둑어둑한 덩굴 숲이었다.

발밑에 켜켜이 쌓인 낙엽을 보니 수십 년은 지나간 사람이 없었던 듯했다. 한참을 걸었지만 구렁이처럼 얽힌 덩굴은 끝날 생각을 안 했다. 어디부터 한 그루의 시작이고 끝인지도 모르겠다. 모두 같은 줄기에서 자라기라도 한 것 같다. 아니, 숲 전체가 한 줄기의 큰 덩굴일지도 모르지. 태곳적부터 조금씩 가지를 뻗어 마침내 숲만큼이나 큰 나무가 되었을까.

숲에서 숲으로 들어오고, 나무 속에서 또다시 나무 속으로 들어가자니 헷갈리기도 하고 어쩐지 찜찜했다. 나무에 먹힌 기분도 들고, 무엇보다 내가 선 곳이 어디의 어디쯤인지 도무지 그려지지 않아서다. 어쩌면 난 개미처럼 작아져서 녹나무 줄기 속의 가느다란 통로를 걷고 있는지도 몰라.

그런 생각을 하다 보니 실재감이 필요해져서 나는 손을 뻗어 덩굴 줄기를 만져 보았다. 등나무 비슷한 느낌인데 오래 묵어서인지 딱딱하고 거칠거칠한 껍질로 덮여 있었다. 그런데 기분 탓일지 모르지만 껍질 밑에서 맥박이 뛰는 것 같다.

"얼른 안 와?"

"어…… 갈게."

여기서 길을 잃었다가는 곤란해진다. 처음 들어올 때도 유리카가 보여 준 배려인지 뭔지 모를 것 덕택에 놓치지 않고 따라온 셈이니까. 하지만 들어온 과정을 돌이켜 보면 왜 나란 놈은 무슨 일이든 멋지게 해내는 것과 거리가 먼 건지 한숨이 나온다. 어차피 이렇게 될 거, 좀 의

연하게 들어올 수 없었냐고.

"미카……."

앞서 걷던 유리카가 낮게 속삭이는 소리가 들렸다. 덩굴에게 묻기라도 하는 것처럼. 바람에 흔들리는 덩굴손들이 자꾸만 안쪽, 더 깊은 곳을 손가락질했다. 더 들어가라고, 찾는 사람은 그 안에 있다고.

"다 온 거야?"

길이 막힌 것을 보고 중얼거렸지만 대답을 바란 건 아니었다. 우리는 걸음을 멈췄다. 엉겅퀴, 찔레, 측백나무, 그리고 계절에 맞지 않는 보랏빛 꽃송이가 가득 달린 가지들이 단단히 얽혀 길을 가로막고 있었다. 가지 하나하나가 어디서 시작해서 어디로 연결됐는지 더듬기조차 어려워 자물쇠보다 열기 어려운 경첩이나 다름없었다. 위를 바라보니 새로 뻗어난 연한 가지들이 하늘을 반쯤이나 가리고 있었다.

"주아니, 여기였니?"

내 어깨에 앉은 주아니는 아까부터 기색이 이상했다. 한참 만에 대답이 나왔다.

"내가 왔던 때하고는 많이 달라."

어이가 없어 돌아보니 귓가에 조그마한 얼굴이 보였다. 그런데 심각한 표정이네.

"왜 말 안 했냐? 언제부터 달랐는데?"

"처음부터."

"아니, 그럼 왜 이리로……."

"몰라, 나도 몰라. 처음부터 아예 달랐으니 뭐라고 하겠어. 되돌아가

자고 할 수도 없고. 내가 왔을 땐 어둠 속을 빠져나가자마자 덩굴과 가시나무로 뒤덮인 빈터가 나왔단 말이야. 거기에 엘프가 있었고. 어쨌든 난 좀 가다 보면 내가 갔던 데가 나올 줄 알았지."

"……."

유리카는 우리를 가로막은 나뭇가지와 꽃과 가시덩굴을 쏘아봤다. 그리고 다시 하늘을 올려다보더니 잘라 말했다.

"미카는 이 안에 있어."

엘다렌은 불만스런 얼굴이었다.

"푸른 보석을 찾아 넣었으니 지금쯤은 2백 년의 잠에서 깨어나고도 남았을 것이다. 그런데 어째서 저 안에 잠자코 있을 수가 있는가."

"혹시 알아? 일어났지만 그냥 그러고 누워 있는지."

"말이 안 된다. 미카가 어떤 놈인지 모르나."

"엘다렌도 보석을 넣자마자 나타나지는 않았던 것 같은데……."

엘다렌은 우리 말을 들은 체도 않더니 도끼를 꺼내 잡았다. 이걸 다 베고 들어가겠다고?

내가 놀란 눈으로 보자 엘다렌은 오히려 내가 이상하다는 듯 흘끔 쳐다보았다. 그래도 나는 미심쩍어하며 물었다.

"이 안에 정말 주아니가 본 데가 있을까요?"

"들어가 보면 알겠지."

그 말은 못 들어가면 모른다는 말도 되는 거라고.

엘다렌은 배낭을 내려놓고 도끼를 쳐들더니 다시 나를 돌아봤다.

"돕지 않을 건가."

"아, 아뇨……."

하긴 다른 뾰족한 수도 없잖아.

나도 배낭을 내려놓고 검을 뽑았다. 엘다렌이 왼쪽에 서기에 나는 오른쪽에 서려고 했다. 그런데 나뭇가지가 살짝 움직인 것도 같다. 착각인가?

버스럭, 버석.

낙엽 밟는 듯한 소리와 잎이 부대끼는 소리가 나더니 내 앞으로 비죽 튀어나왔던 가지 하나가 스르르 올라갔다. 나는 기겁하여 후닥닥 물러났다.

"에, 에, 엘다렌! 나무가 움직여요!"

엘다렌의 대답을 듣기도 전에 나는 내 말을 취소하고 싶어졌다. 나무가 움직이는 정도가 아니라…… 열리고 있었다.

가지들이 엉킨 머리를 푸는 것처럼 서로 손을 놓고 팔을 펼쳤다. 꽃무더기가 치솟고 측백나무는 허리를 폈다. 굵은 가지들이 물러나더니 아치처럼 몸을 말았다. 가로막았던 모든 것들이 마법처럼 감겨 올라가고 나자 통로가 나타났다. 맺힌 자물쇠들을 풀고 열린 문을 만들었다. 휘장을 올리고 연극을 개막하는 것처럼.

유리카의 눈에 눈물이 글썽했다.

"멋진 광경이야. 에즈는 이런 걸 준비해 놓고 2백 년 후에 우리가 신기해할 걸 생각하며 얼마나 즐거워했을까?"

모든 것이 오늘날까지 이어진 대마법사의 마법이었다. 모든 길을 안배한 그는 이제 없는데 나는 그를 대신할 수 있을까?

"들어가자."

엘다렌이 먼저 걸어 들어갔다. 우리는 오늘 세 번째로 새로운 땅에 발을 디뎠다.

가시나무와 덩굴로 된 숲길이었다. 어디선가 물 흐르는 소리도 들렸다. 희고 노란 나비들이 나풀거렸고 작은 꽃망울을 숙인 은방울꽃이 지천에 널려 있었다. 위를 올려다보면 빽빽한 가지로 둘러싸인 하늘이 한 조각 보였다. 볕마저 따사로웠다.

"저길 봐!"

통로는 길지 않았다. 막 둥근 빈터로 빠져나오자 저만치 편안하게 누워 있는 한 사람, 아니 엘프가 보였다. 찬란한 금빛 머리가 옆얼굴을 가리고 어깨와 등까지 덮고 있었다. 햇빛 탓인지 후광마저 어린 금발이었다. 곁에는 푸른 기운이 감도는 커다란 활, 그리고 가죽 화살통이 놓여 있었다. 세르네즈의 푸른 활, 그게 당신의 별명이랬지.

커다랗고 흰 뿔피리도 있었다. 저런 뿔을 어떤 짐승에게 얻을 수 있을지 모르겠다. 하얀 부리 엘프라는 그들의 이름처럼, 비죽한 새 부리 같다.

유리카와 엘다렌도 봉인에서 깨어났다는 것을 알고 있었지만 저렇듯 잠든 모습을 본 적은 없었다. 잠든 엘프의 모습은 평화로웠다. 봉인이란 전혀 고통스럽지 않은 것이라는 착각이 들 정도로. 마치 사냥을 하다가 피곤해서 잠깐 눈을 붙인 것 같다. 저 평온한 모습에서 누가 2백 년의 잠을 연상할 수 있을까.

"미카!"

유리카의 목소리를 듣고서야 그녀가 울고 있다는 걸 깨달았다.

"어쩌면 그렇게 아무렇지도 않은…… 옛날과 똑같은 모습일 수 있는 거야? 어제 잠들었던 것처럼……."

말할수록 울음이 나는지 유리카는 한 손으로 자기 입을 가렸다. 그러더니 미칼리스의 곁에 다가가 무릎을 꿇었다.

"당신의 삶보다 더 짧은 잠이었을 뿐이야. 2백 년쯤은 엘프에게 아무것도 아니잖아……."

엘다렌은 움직이지 않았다. 숨조차 쉬지 않는 것처럼 보였다. 편안히 누운 그의 친구처럼 그조차 갑작스레 돌이 되는 긴 잠에 빠진 듯했다. 나도, 유리카도 꼼짝하지 않았다. 움직이는 거라곤 나풀나풀 날고 있는 나비들뿐이었다.

시간이 멈춘 자리.

긴 세월을 넘어온 목소리가 귀를 파고들었다.

"유리, 와 주었구나."

3. 세르네즈의 푸른 활

"이름이 뭐지?"

"비크."

"남자아이 같은 이름이구나."

그는 풀숲 사이에서 불쑥 튀어나온 나뭇잎투성이 꼬마 엘프의 머리에서 낙엽 몇 개를 털어 주었다. 비크라는 꼬마는 그의 손이 닿자 깜짝 놀란 듯 몸을 부르르 떨었다. 그 바람에 뺨과 턱에 붙어 있던 풀잎 몇 가닥도 날아 떨어졌다. 마른 풀 뭉치처럼 둥실 올라앉은 꼬마의 헝클어진 갈색 머리에는 인동 꽃을 엮은 화관이 얹혀 있었다.

어디선가 길게 끄는 부름이 바람결에 실려 왔다. 몇 번 되풀이되면서 점차 목소리로 변했다. 젊은 여인이었다.

"이비…… 이비…… 어디 있니……."

그는 꼬마 앞에 한쪽 무릎을 꿇으며 말했다.

"널 부르는 소리야? 네 이름은 이비였어?"

"아냐. 나는 비크야."

"그건 사내애 이름이라니까."

"상관없어. 나는 아버지처럼 커다란 활을 가진 숲의 보호자가 될 테니까."

그는 웃어버리는 대신 진지하게 대꾸했다.

"그거 좋구나. 그렇지만 이제 가보렴. 어머니가 찾잖아."

꼬마는 대담하게 대꾸했다.

"가기 전에 네 이름을 말해 줘야지."

그는 잠시 눈을 껌벅거리며 꼬마를 내려다보았다. 그도 성년이 된 지 얼마 안 되었으므로 어쩌면 꼬마와 나이 차이가 많지 않을 수도 있었다. 그는 자기 종족의 자랑인 금발을 목 뒤로 넘기고 어깨를 한 차례 으쓱한 다음 대꾸했다.

"친구들은 나를 드노미린크, 즉 '푸른 활' 이라고 부르지."

— 기억 VII

미칼리스 마르나치야. 하얀 부리 엘프족의 수장.

신인(神人)은 드디어 긴 잠에서 깨어났다. 그런데 그가 두 번째로 한 말은 이랬다.

"엘다! 이 난쟁이 영감, 어찌 2백 년 동안 늙지도 않고 그대론가?"

미칼리스가 일어나 앉아 우리를 바라봤을 때 나는 그의 눈이 '세르네즈의 하늘' 보다 더 파란 것을 보고 놀랐다. 인간 중에서는 저런 눈을 본 적이 없었다.

"칠백 살도 넘은 주제에 누구더러 영감이라는 거야!"

의외로 엘다렌은 미칼리스의 농담에 심각한 반응을 보였다. 그게 진짜로 화를 내는 것이 아니라 둘이 평소 대화하는 방식임을 안 건 나중의 일이었다.

"뭐, 이 엘프난쟁이 영감아? 핫하, 이 이름을 오랜만에 불러보니 2백 년 묵은 체증이 다 내려가는구나!"

"거, 체증을 2백 년 동안 묵혔다면 고생 좀 했겠는걸!"

이윽고 활을 집어 들고 일어선 미칼리스를 올려다보며 나는 지금껏 믿어 온 엘프에 대한 상식을 전면 수정할 수밖에 없었다. 첫째로 키다. 지금껏 그보다 키가 큰 사람은 단 하나, 죽은 볼제크 마이프허밖에 못 봤다.

둘째로 멧돼지쯤은 한 화살에 잡고도 남을 것 같은 활이다. 보통 사람은 활줄을 걸 엄두도 못 낼 물건이고 화살도 단창이나 다름없었다. 저런 활을 쓰자면 보통 장사가 아니고는 안 될 텐데, 저게 엘프의 활이라니?

"유리, 넌 어쩐지 전보다 예뻐진 것 같구나? 이백열여덟 살 먹은 아가씨가 갑자기 더 예뻐지려면 이유는 하나밖에 없는데?"

쾌활한 엘프는 낮잠에서 깨어난 것처럼 하품을 하며 기지개를 켰다. 그의 머리가 태양에 가까워지자 곱슬곱슬한 금발이 순금 월계관처럼 반짝거렸다. 마치 산맥이 해를 품고 빛나는 듯했다.

산맥이라는 비유는 다른 의미로도 잘 들어맞았다. 신전 기둥처럼 튼튼한 다리와 억센 팔을 보면 누구나 산을 떠올리지 않을 수 없을 것이다. 내가 예상한 엘프의 아름다움과는 달랐지만, 분명 인상적인 모습이었다. 무엇보다 저런 근육질의 몸에서는 파괴적인 힘을 연상하기 쉬울 것이다. 그러나 어긋나거나 이지러진 것, 분노나 정복욕은 그와 어울리지 않았다. 그는 자신의 숲과 조화되어 있었고, 세상과도 그럴 것처럼 보였다.

그런데 미칼리스가 나를 보고 한 첫 마디는 이랬다.

"자네는 닮았군?"

이번만은 묻지 않을 수 없었다.

"누구와 말입니까?"

미칼리스는 의아한 표정으로 나를 바라봤다. 예의에 어긋나지 않을 만큼만 구석구석 살펴보더니 대꾸했다. 그는 무슨 질문에도 잘 대답하지 않는 엘다렌은 아니었다.

"누구라니, 에제키엘 나르시냐크가 아니면 누구란 말인가?"

"뭐라고요?"

에제키엘 나르시냐크? 에제키엘이 나르시냐크라고?

미칼리스는 내 표정을 보더니 고개를 갸웃거렸다.

"그 동안 몰랐단 말이야? 아무도 안 가르쳐 주었나? 아니, 자네에게는 아버지나 어머니도 없단 말인가? 그것 참."

머릿속에서 한꺼번에 수많은 사실이 떠올랐다가 차례로 놓이기 시작했다. 몇 번인가 들었던 닮았다는 말, 내가 아룬드나얀의 주인이 된 이유, 목걸이를 가져서만이 아니라 나 자체에 반응했던 아룬드나얀의 신비한 힘, 대마법사의 동료였던 유리카와 엘다렌, 미칼리스와 동료가 된 것까지…….

그래, 난 어렴풋하게나마 느끼고 있었어. 내 안에 이유가 있다는 것을. 하지만 아버지도 알고 계셨을까?

"왜 지금까지 말해 주지 않았죠?"

엘다렌을 봤지만 그는 검은 돌처럼 침묵할 뿐이었다. 대신 유리카가 말했다.

"어쩌면 알았어도 달라질 건 없었을지도 몰라. 적어도 네 기분은 그럴 거야. 하지만 기억나니? 넌 에제키엘을 위대한 대마법사라고만 생각하고 있었어. 대뜸 그 사람이 네 조상이라고 말해도 믿을 기세가 아니었지. 그래서 처음엔 좀 나중에 얘기하자, 그렇게 생각했을 거야. 아룬드나얀에 대한 얘기를 나중으로 미뤘던 것처럼."

하지만 아룬드나얀과 임무에 대한 이야기는 엘다렌을 만나면서 결국 해 주었다. 굳이 에제키엘 이야기만 숨긴 이유는 뭐지?

"그랬다 쳐도 나중에 이야기할 기회는 많았는데……."

유리카는 고개를 끄덕였다.

"너를 알아가면서 점차 생각이 달라졌던 거야. 미리 알릴 필요가 없는 건 알리지 말자, 꼭 필요한 것만 알리고 다른 건 네가 하나씩 알아가게 하자, 그런 생각을 하게 됐어. 무엇보다도 네가 핏줄 같은 누가 봐도 자명한 이유 때문에 이 일을 떠맡아야 한다고 믿게 되는 건 어쩐지 마땅치가 않았어. 그런 건……."

유리카가 머뭇거리자 엘다렌이 입을 열었다.

"네가 임무 때문에 다른 사람이 되길 바라지 않았기 때문이다. 유리는 너를 너로서 지켜주려 한 거다. 그걸 모르겠나."

무슨 말인지 알 것 같긴 했지만 그래도 달갑지는 않았다. 유리카가 지켜주려 했던 내 모습이라 봐야 결국 잡화점 점원 파비안일 뿐이잖아? 난 그게 뭐 그리 소중하거나 지키기 어려운 모습이라고는 생각하지 않는데.

"무슨 말인지는 알겠는데…… 항상 나중에 알아도 된다고 하니 어린애 취급당하는 기분이 들거든. 아니, 뭐 실제로 어린 건 맞겠지만."

내 말을 들은 유리카는 표정을 부드럽게 했다.

"진실은 언젠가 알아야 하지만 처음부터 안다고 다 좋은 건 아니야. 넌 내가 이백 살이 넘었고, 과거에서 왔고, 에제키엘의 동료였고, 아스테리온 무녀라는 사실을 만날 때부터 알았다면 지금처럼 편한 친구로 대할 수 있었을 것 같니?"

"그건……."

나는 유리카를 뚫어져라 보며 생각했지만 결국 부인할 수가 없었다. 유리카가 말한 걸 처음부터 알았더라면 그녀를 평범한 동갑내기처럼 여기진 못했을 것이다. 그랬다면 지금 같은 소중한 관계가 되기도 어려웠겠지.

내게 에제키엘은 어려서부터 전설 속의 인물이자 경외의 대상이었는데 내가 그의 자손이란 걸 알았다면 어땠을까? 기고만장했을지도 모르고, 반대로 지나친 부담감에 시달렸을지도 모른다. 기분 나쁘지만, 그걸 부인해서야 내가 유리카만큼도 나 자신을 모른다는 뜻밖에 안 되었다.

"난 네가 임무를 네 나름의 이유로, 네 마음으로 받아들였으면 좋겠어. 그리고 언젠가 그렇게 될 거라고 믿었어."

아주 나중엔 내가 이 말을 실감할 날이 올지도 모른다. 하지만 지금은 역시 에제키엘의 후손이라는 중압감이 먼저 발생하는 걸 어쩔 수 없었다. 뭐, 대마법사의 후손이라고 다 번쩍번쩍한 천재만 태어나는 건 아닐 거고, 내가 평범한 놈이란 건 나 자신이 가장 잘 아니까 말이다.

"그런데, 파비안. 내가 말하지 않았던 데는 다른 이유도 있었어. 미카가 말한 대로인데, 너한텐 아버지가 있잖아? 가문도 훌륭하게 이어지고 있고, 무엇보다 목걸이도 아버지한테서 받았잖아? 그런데 왜 아버지는 너한테 그런 얘기를 안 해주셨니?"

"어……."

갑자기 헷갈리기 시작했다. 설마 아버지도 모르셨나?

그럴 리 없었다. 나르시냐크라는 성이 이어지고 있잖아. 목걸이도 가문대대로 물려 온 보물이라고 했고. 신분을 숨기려 했던 어머니라면 알았어도 말해주지 않았겠지만 아버지는 그럴 이유가 없었다. 말해줄

기회가 없었을까? 그렇지도 않았다. 어쩌면 아버지는 내가 알고 있다고 생각했던 건 아닐까?

아니었다. 어머니가 날 키우면서 아버지 얘기를 해주지 않았다는 건, 내가 아버지에 대해 전혀 몰랐던 것으로 증명되고도 남았다. 그렇다면…….

"그럼 설마, 아버지도 유리 너하고 같은 생각을 하셨단 말이야?"

유리카는 대답하지 않았지만 나는 한층 더 기분이 상했다. 아버지마저 '잡화점 점원 파비안의 모습'을 지켜줘야 한다고 생각했다니 이거 왠지 기가 막히는데. 왜 난 아무 생각 없는데 주위에서 다들 내가 충격받아 망가질까봐 걱정이 늘어졌담?

불행인지 다행인지 내 상념은 갑자기 튀어나온 목소리로 끊어지고 말았다.

"엘프 사냥은 끝난 거야?"

"엘프 사냥?"

미칼리스의 목소리가 그렇게 웃기게 들린 일은 전에도, 그 후로도 없었다. 진짜 사냥감이 되기라도 한 것처럼 어이없고 불행한 목소리였으니 말이다.

"도대체 무슨 소리야?"

고대 이스나미르 인처럼 위엄 있는 모습의 엘프를 사냥하려고 한 게 내 손바닥 위에 올라가는 로아에라고 할 엄두가 차마 안 나서 나는 목소리의 주인공을 소개하지도 못하고 바보처럼 실실 웃었다. 결국 유리카가 나섰다.

"미카, 새로운 동료를 소개할게."

주아니와 미칼리스의 첫 만남은 무척 어색하게 진행되었다. 주아니는 오랜만에 옛 전통을 살려 한마디도 하지 않았고, 미칼리스는 나름대로 로아에를 처음 본다며 눈을 크게 떴다.

"이것 참, 놀랄 만한 동료를 두었는데?"

미칼리스가 계면쩍은 미소를 지으며 한 말을 듣고 나는 그가 주아니를 시시한 존재로 여기지 않는 것을 알아차렸다. 그는 숲의 종족답게 자연에 가까운 종족들을 빠짐없이 알고 있었지만 숨기 좋아하는 이 로아에들만은 만나볼 기회가 없었노라고 말했다. 뒤이어 그와 나 사이에도 이런 저런 이야기들로 지연되었던 인사가 오갔다.

"미칼리스 마르나치야, 하얀 부리 엘프족의 수장이지. 수장이라고는 해도 하얀 부리 엘프가 몇 명이나 남아 있는지는 고귀한 이스나에들만이 알겠지."

자기 종족의 몰락도 스스럼없이 말하는 말투가 그럴듯해서 나도 엇비슷한 대답이 튀어나왔다.

"전 파비안 크리스차넨, 하비야나크의 큰사슴 잡화 점원이죠. 점원이라고 해도 큰사슴 잡화가 지금 뭘 하고 있는지는 직접 태워버린 저만이 알겠죠."

"허어, 잡화점이 하나 없어졌다는 건 세상이 퇴보하고 있다는 증거야."

"엘프가 없어진다는 사실도 마찬가지고요."

미칼리스는 대마법사의 후예가 기껏 잡화점 점원이라는 사실에도 마찬가지로 개의치 않았다.

"그렇지? 세상이 멸망하려나봐."

이야기가 이상한 쪽으로 진행되고 있었다.

"그러니까 그 세상을 구하려고 깨어나신 거잖아요."

미칼리스는 내 대꾸에 고개를 젓히며 시원스럽게 웃었다. 큰 편인 입에서 하얀 치아 아홉 개가 고르게 드러났다.

"무슨 소리야. 세상은 자네가 구해야지. 에제키엘이 그렇게 말했어. 그러니까 당연히 그렇게 되겠지. 난 믿고 있다고."

농담인지 진담인지, 원.

그루터기 엘프였던 스노이안이 나무를 연상시켰다면 미칼리스에게는 창공을 나는 매의 느낌이 있었다. 엘프 세 종족이 숲의 세 가지 생명, 즉 나무, 새, 곤충을 대표한다는 이야기가 떠올랐다. 그런데 이베카는 그루터기 엘프라고 했지?

"아……."

나는 하마터면 이베카의 이름을 입 밖에 낼 뻔하고는 황급히 말을 멈췄다. 미칼리스가 의아한 얼굴로 돌아봤다.

"뭐라고?"

"아, 아뇨. 그저……."

내가 변명이 떠오르지 않아 궁색하게 중얼거리고 있는데, 갑자기 미칼리스의 표정이 굳어졌다. 뭔가 발견한 것 같은데 그게 뭔지 모르겠다. 이윽고 미칼리스는 얼굴을 풀었으나 시선은 계속 어딘가를 주시하며 말했다.

"흐음, 엘다 자네, 내 물건 가지고 온 건가?"

"말이라고 하는가."

엘다렌이 배낭을 열더니 맨 밑에서 흰 천에 싸인 것을 꺼내놓았다. 저건 파하잔에서 가져왔던?

미칼리스가 받아들고 천을 벗겼다. 내 기억대로 파하잔의 화덕에서 가져온, 셋으로 분리되는 거대한 할버드였다. 미칼리스는 싱긋 웃더니 익숙한 솜씨로 할버드를 하나로 맞췄다. 이음매 하나하나가 옛 주인이 반갑다는 듯 경쾌한 마찰음을 냈다.

그, 그래 좋다고…… 그럴 수도 있다 쳐. 하지만 역시 엘프에게 할버드라니…….

"좋아, 그럼 시작해 볼까?"

미칼리스는 할버드를 손쉽게 잡아 돌리더니 공격 태세를 취했다. 저런 식이라면 곤봉처럼 한 손으로 돌리는 것도 가능하겠다. 무슨 엘프가 저렇게 힘이 센 거야? 그런데 잠깐, 시작하다니 뭘?

쿠르르르…….

어디선가 기괴한 소리가 울리며 바닥이 진동했다. 뭐야, 커다란 놈이 땅을 밟기라도 한…….

그게 아니었어!

할버드를 비껴 든 자세와 긴장된 눈빛과는 딴판으로 미칼리스가 한 말은 장난이 아닐까 싶을 정도로 가벼웠다.

"2백 년 만의 아침 체조야."

내가 허공을 살피다가 땅을 내려다봤을 때, 한 발짝 내딛은 미칼리스가 어느새 쳐든 할버드를 내리찍었다. 부글부글 일어나려던 흙더미 밑의 뭔가가 정을 맞은 돌조각처럼 부서져 날았다. 동시에 괴성이 튀어 올랐다.

그아아아아아!

놀란 나도 만만찮은 비명을 올렸다.

"으아아아아아!"

뒤이어 녹색 액체가 터져 나와 사방으로 흘렀다. 미칼리스는 몸을 솟구쳐 녹색 강을 건너뛰더니 다시 자세를 잡았다. 얼굴에는 미소가 떠올랐는데 이 상황을 정말로 즐거워하는 듯한 표정에 나는 까닭 없이 기가 질렸다.

다음 순간 땅이 갈라지더니 흙빛 머리가 솟구쳐 일어났다. 그렇게밖에 표현할 길이 없었다. 두 아름은 됨직한 둥그런 괴물은 유리카가 선 쪽으로 펄쩍 뛰어 달려들었다.

"아아앗!"

유리카가 비명을 지른 것은 내가 너무 세게 잡아당겼기 때문인지도 모르겠다. 유리카는 괴물을 피해 물러난 뒤 외쳤다.

"미카가 알아서 할 거야! 내버려 둬!"

나는 뭐라고 반박하고 싶었다. 저 괴물을 봐라. 머리 전체를 차지하다시피 한 입으로 웬만한 사람은 한 입에 삼킬 수 있을 것 같다. 그 속에는 탁하게 얼룩진 이빨이 불규칙하게 소용돌이치고 있다. 이빨 한 개가 내 주먹만 하고, 뭔가 묻어서 너덜너덜한 것이 혐오감으로 몸이 굳어질 지경이다. 게다가 한가운데 박힌 녹색 외눈!

"운동을 제대로 하면 말이야……."

노래처럼 읊조리는가 싶더니 미칼리스가 어느새 뛰어나와 훌쩍 도약했다. 인간이었다면 아예 불가능한 몸놀림이었다. 발이 괴물의 어깨를 딛자마자 그대로 할버드를 내리찍었다.

"관절과 근육이 노래를 부르지!"

캬오와아아아악!

저건 관절과 근육의 노랫소리로는 좀…….

정수리에서 녹색 피가 솟구쳤다. 괴물은 미친 듯 몸부림치며 미칼리스를 내던졌다. 물론 그는 볼품없이 나가떨어지지는 않았다. 한 발로 착지하며 방향을 돌리더니 다시 세 발짝 만에 할버드의 날을 괴물의 배에 명중시켰다. 가벼운 동작이었지만 실린 힘은 상상을 초월했다.

캬악!

도끼에 찍힌 자리에서 뭔가 튀어나오는 것 같더니 일종의 팔이 자라나기 시작했다. 반대쪽에서도 똑같은 팔이 생겨났다. 둘 다 끝에는 손 대신 창날 같은 손톱들이 세 개씩 달려 있었다. 그걸 한 번 내젓자 나무 두 그루가 찢겨나갔다. 흙바닥에 남은 자국만 봐도 사람 정도는 종잇장처럼 찢어발길 듯했다.

미칼리스는 쉽사리 손톱 공격을 피해 물러났다. 엘프는 겉모습이야 어쨌든 원하기만 한다면 얼마든지 가뿐하게 뛰어오를 수 있는 건가?

"정말 저대로 두라고?"

유리카는 여전히 느긋했다.

"참견하지 마. 나름대로 놀고 있는 거라고."

놀고 있어?

그만한 키인데도 괴물에 비하면 턱없이 작아 보이는 미칼리스는 두 번째로 내리쳐진 손목 하나를 여지없이 잘라서 던졌다. 괴물은 괴성을 지르며 날뛰기 시작했다. 땅울림이 내 손까지 전해질 지경이다. 이래도 안 도와줘도 된다고?

그러나 흘끔 본 엘다렌조차 조금 있으면 파이프를 꺼내 불을 붙이지 않을까 싶은 태도였다. 물론 우리가 안전한 자리에 있는 것은 아니었다. 하나 남은 괴물의 팔은 사방을 휩쓸다시피 하며 걸리는 나무둥치를 갈기갈기 찢었다. 내가 안절부절 못하는 것을 보더니 엘다렌이 말했다.

"미카가 저 괴물을 열 셀 동안 처리한다는 데 저녁 당번을 걸지."

유리카가 싱긋 웃더니 깍지 낀 손을 머리에 올렸다.

"난 다섯 셀래. 설거지 당번까지 걸어볼까."

그러나 실제로는 셋도 못 셌다. 미칼리스가 관대하게 괴물이 몸을 돌릴 때까지 기다렸다가 할버드를 치켜들자 괴물의 발톱이 그의 발밑을 휩쓸려 했다.

"케이크 자르기!"

기술명도 아니고 농담도 아닌 말을 외친 그는 괴물을 정수리에서 바닥까지 찍어버렸다. 괴물은 공터를 거품 섞인 녹색 피로 적시며 허물어졌다. 그 즈음 나는 '난 셋을 셀래' 라고 말하지 않은 것을 마음 깊이 후회했다.

싸움을 끝낸 미칼리스는 땀도 흘리지 않은 모습이었다. 그는 할버드를 든 채 팔짱을 끼더니 저걸 어쩐다, 하고 중얼거렸다. 하긴 보기에 아름다운 풍경은 아니었다. 유리카가 말했다.

"2백 년 만에 볼만한 체조였어. 그런데 열은커녕 다섯도 못 세고, 셋은 셀 수 있었던가?"

내가 얼른 말했다.

"진짜로 세지도 않았으면서."

"그래서 무효라고 말하고 싶다 이거지, 파비안?"

엘다렌이 말했다.

"이건 모두 미카 네놈이 너무 일찍 싸움을 끝낸 탓이다."

미칼리스가 피식 웃더니 대꾸했다.

"뭔가, 그 표정들은. 내 생각엔 결과가 어찌되었든 저녁식사 당번은 엘다 네놈이고 설거지는……."

내 불길한 예상이 정확히 들어맞아 그는 내 얼굴을 바라보았다.

"조심해!"

어…… 설거지를 시키려는 게 아니고?

그러나 그 순간 내 눈에도 보였다. 본능적으로 뽑은 검을 움켜잡고 미칼리스의 등 뒤로 뛰어들었다.

츠르륵! 촤락!

다른 동료들도 무기를 뽑으며 도사렸다. 상황을 가장 먼저 알아차린 것은 물론 미칼리스였다. 그러나 그는 설명하는 대신 이렇게 외쳤다.

"이게 어떻게 된 일이야!"

나무였다. 숲이 살아나 달려들고 있었다.

길게 뻗어 나와 미칼리스를 묶으려 했던 나무뿌리를 내리쳐 끊자 뿌리는 흡사 머리 잘린 뱀처럼 꼬이고 뒤틀렸다. 뿌리뿐이 아니었다. 가지도, 덩굴도 사방에서 흙과 잎을 흩뿌리며 달려들었다. 들어올 때 마법에 걸린 듯 저절로 길을 열어주던 숲이 이번에는 우리를 잡아먹을 기세였다. 대체 왜 이렇게 된 거지?

조금 전 죽인 괴물을 돌아보니 마치 피를 빨린 것처럼 가죽만 남아 있었다. 괴물이 흘린 녹색 액체가 바닥에 스며들었다는 사실을 깨달았을 때 유리카가 외쳤다.

"이건 세 번째 봉인의 대가야!"

봉인의 대가였든 뭐였든 나는 발목을 감으려 달려드는 뿌리를 펄쩍 뛰어 피하며 검으로 바닥을 찔렀다. 땅에서 방금 나온 것처럼 뿌리에는 진갈색 흙덩이들이 엉겨 있었다. 유리카가 오랜만에 발검술을 발휘해 위로 달려드는 가지 셋을 재빨리 끊었다. 언제나 믿음직한 엘다렌의 도끼가 가장 굵은 가지를 내리쳐 베고는 춤추듯 뛰어올랐다.

사샤샤샤삭!

나뭇가지들은 한 몸에서 돋아난 수백 개의 손처럼 달려들며 서로 부딪쳐 기묘한 소리를 냈다. 숲 전체가 2백 년의 잠을 다 자고 고픈 배를 채우려 덤비는 것 같다. 찌르고 자르고 잡아챌 때마다 갈색과 보라색 액체가 튀었다. 냄새가 고약해서 구역질이 나려 했다. 그런데 어쩐지 익숙한 냄새라는 생각이 들었다. 이게 뭐더라?

하나하나는 대단치 않을지 몰라도 숫자가 턱없이 많다 보니 상대하기가 만만치 않았다. 우리 팔은 합해봤자 고작 여덟 개뿐이니 말이다. 수십, 수백 개의 크고 작은 가지와 뿌리들이 밀려들어 바닥으로, 허공으로, 머리 위로, 숨 쉴 틈도 없이 공격해 왔다. 우리는 점차 포위되었다. 공기가 부족해 숨이 막혔다. 나무한테 살기를 느낄 수도 있을까? 나뭇가지들이 쇠꼬챙이처럼 몸을 꿰뚫을 것 같다.

"크윽!"

항해용 밧줄처럼 튼튼한 가지 하나가 엘다렌의 어깨를 찌르자 피가 흘렀다. 공격에 성공한 나뭇가지는 재차 달려들기 전에 뱀처럼 머리를 들고 도사렸다. 나는 공포감도 없앨 겸, 달려들면서 소리쳤다.

"에잇, 땔감으로 만들어주마!"

뱀처럼 쳐든 머리를 동강내고 스스로도 경탄할 만한 겨냥으로 줄기 하나를 세로로 쪼개 버렸다. 유리카가 키득키득 웃는 소리가 났다. 그녀도 곧 나를 흉내 내어 소리쳤다.

"에잇, 장작 패기다!"

유리카는 정말로 가지 하나를 다섯 토막으로 잘라 날려버렸다. 반면 장작을 만들기에 가장 좋은 무기를 가진 엘다렌은 그런 토막은 취급도 안 했다. 다만 유감스럽게도 그 훌륭한 무기는 좀 속도가 느렸다.

"엘다, 조심!"

유리카가 달려들어 엘다렌의 목덜미로 파고드는 가지를 쳐내주었다. 물론 그녀라고 위험하지 않은 것은 아니다. 손목에 덩굴이 감겨들자 내가 재빨리 잘라냈다. 어느새 우리 넷은 등을 맞대고 서서 서로를 방어했다. 미칼리스가 외쳤다.

"에제키엘, 이 엉터리 마법사 녀석! 이거 순 나를 골탕 먹이려고 이렇게 꾸며 놨지! 도대체 무슨 생각을 한 거야?"

나는 마침 반대쪽을 향해 서 있어서 미칼리스의 행동을 볼 수 없었다. 그러나 곧 나뭇가지들이 미칼리스 쪽으로만 몰려들어서 내게도 돌아볼 여유가 생겼다. 활줄은 언제 걸었는지 여유 있게 화살을 하나 뽑는 모습이 보였다.

"악이란 근원을 끊어야 하는 법이지. 내가 첫 단추를 잘못 끼웠군 그래."

화살이 겨냥한 쪽을 바라보자 놀라운 것이 보였다. 수백 개의 가지와 뿌리가 연결된 고목의 둥치 가운데 뭔가가 움직였다. 젤리 같은 허연 점막 가운데 커다랗게 번쩍이는 것은…… 눈이야!

섬뜩한 감각이 조수처럼 몸을 쓸고 지나갔다. 아까 그 괴물의 눈이잖아! 피를 빨아먹은 나무들로 옮겨간 건가? 그런데…….

깜빡였다!

유리카가 짧은 비명을 지르며 한 발짝 물러났다. 가지들을 쳐내는 것도 잠시 잊고 있었다. 그런데 나뭇가지들은 마치 이성이 있는 것처럼 활을 겨눈 미칼리스에게만 달려들었다. 나와 엘다렌이 도와주려 해도 몇 개는 놓칠 수밖에 없었다.

"눈이 하나뿐이니 한 번만 맞춰도 되어서 좋잖아?"

미칼리스는 활줄을 당기며, 그러는 동안 다리에 엉켜드는 나뭇가지들은 과감히 무시했다. 몇 개나 되는 덩굴이 감겼지만 그의 발은 땅에 뿌리라도 박은 듯 꿈쩍도 하지 않았다. 멀찍이 보이는 나무의 외눈까지 거리는 약 백 걸음. 이윽고 팽팽히 당겨진 활줄이 윙, 하고 울었다.

그아아아아!

아까 그 괴물과 비슷한 고성이 울렸다. 화살촉은 눈동자 한가운데를 정확히 꿰뚫었다. 눈이 내뿜는 핏줄기가 허공으로 솟구치자 유리카는 비명을 지르며 눈을 가려 버렸다. 내가 봐도 역겹기 그지없는 광경이었다. 뚫린 구멍에서는 피뿐 아니라 물컹거리는 살점 같은 것이 꾸역꾸역 나왔다.

그와 함께 하늘을 가릴 듯 덮쳐들던 가지들이 순식간에 생명력을 잃고 말라버렸다. 이렇게 되자 문제의 나뭇가지들이 한 짐이나 떨어져 내리는 바람에 우리는 꼼짝없이 깔리고 말았다. 이번엔 예외라고는 없었다.

미칼리스의 황당한 외침이 나무더미 속에서 들렸다.

"설거지라면 몰라도 에제키엘 네 녀석에게 장작을 부탁한 일은 없을 텐데!"

겨우 가지들을 헤치고 머리를 내밀고 나니 서로의 꼴에 다들 피식피식 웃지 않을 수 없었다.

"하하하, 마치 둥지 속의 새끼 새들 같군 그래."

미칼리스는 유쾌하게 웃더니 키가 작아서 아직 머리를 내밀지 못한 엘다렌에게 손을 내밀었다. 손을 잡는가 싶더니 단번에 나무 위로 끌어냈다. 밖으로 나온 엘다렌이 한마디 했다.

"이번에야말로 장작이나 패보지들 그러나."

점잖은 충고를 받아들여 우리는 다시 각자의 무기로 잘 마른 가지들을 잘게 자르고 밖으로 나왔다. 빠져나오기 직전에 미칼리스가 중얼거렸다.

"여기다가 불을 지르면 가관이겠는걸."

엘다렌이 한 소리 거들었다.

"그건 나무를 사랑하는 엘프가 할 말이 아닌 것 같은데."

미칼리스도 지지 않고 대꾸했다.

"바위와 동굴을 사랑하는 자네 드워프들이 얼마나 돌을 깨부수고 땅을 파 흩어 놓기를 좋아하는지 내 다 알고 있다네."

엘다렌은 그에 대한 내 상식으로는 놀랍게도 이쯤에서 말을 멈추지 않았다.

"하얀 부리 엘프와 새둥지라니, 자네한테 딱 어울리는 집인데 불을 질러서야 쓰나."

나가는 길이 막히지 않아서 다행이었다. 겨우 통로 밖으로 빠져나온 우리는 뒤를 한 번씩 돌아봤다.

"이건 모두 에즈 녀석의 짓이 틀림없어."

미칼리스가 불만스럽게 어깨를 움츠렸다. 일행 중에 나보다 키가 큰 사람이 생긴 것은 처음이라, 나는 미묘한 불편함을 느끼며 그를 올려다봤다.

"오랜만에 몸 좀 풀라는 배려였겠지. 2백 년이나 잤잖아?"

유리카가 말하자 엘다렌도 거들었다.

"특히 네 녀석을 생각해서 그런 게 틀림없겠군. 유리와 내 경우에는 별로……."

놀랄 만한 일이었지만 엘다렌은 갈수록 말이 많아지고 있었다. 그런데 그 말을 듣자 궁금증이 생겼다.

"방금 저것들은 세 번째 봉인의 대가라고 했죠? 그럼 봉인에는 모두 대가물이 필요하다는 얘긴데 유리카의 경우는 악령의 노예들이었잖아요? 그럼 엘다렌의 경우는 뭐였죠? 기억나는 것이 없는데?"

유리카가 고개를 갸웃거리다가 말했다.

"그때는 생각을 못했는데 내 생각엔 그 박쥐 떼인 것 같아."

"박쥐? 그…… 시체 박쥐 말이야?"

나는 어이가 없어 엘다렌을 봤다. 뭔가 형평에 안 맞는 것 같은데? 악령의 노예는 우리를 거의 죽일 뻔했잖아? 그런데 그 박쥐라면…….

"왠지 봉인의 대가가 수준 차가 큰 것 같은데요."

그러자 유리카가 고개를 저었다.

"아냐. 에즈가 지불한 대가는 모두 위험했어. 박쥐들의 경우엔 운이 좋았지. 나스펠 정령들이 도와주지 않았더라면 어떻게 됐을지 모르잖아? 넌 그때 정신을 잃어서 기억나지 않겠지만 박쥐들이 비처럼 떨어져 내리는 광경이 얼마나 끔찍했는데."

그렇게 되나? 뭐, 못 봤으니 할 말은 없다만.

유리카는 미칼리스를 한 번 쓱 보더니 말을 이었다.

"그리고 이제 우리에겐 지나치게 강한 동료들도 생겼잖아? 단 둘이서 악령의 노예들과 싸우던 때와는 사정이 달라."

"에즈도 내 실력을 아니까 이렇게 위험한 짓을 해놨겠지. 자던 자리 앞에다가 짓궂게 대가물을 안배해 놓다니, 괘씸하긴 해도 깜찍한 녀석이잖은가."

미칼리스는 저런 말을 얼굴색 하나 안 변하고 하더니 활줄을 다시 풀어 놓았다. 엘다렌이 도끼를 닦아 꽂더니 불쑥 말했다.

"실력이 줄지 않았군. 오랜 친구란 좋은 것이다."

미칼리스는 얼른 대답하는 대신 엘다렌이 잊지 않고 가져다 준 할버드를 바라보았다. 전에 유리카가 말했던 것처럼 그 역시 어젯밤에 잠들었다가 깨어난 기분일지도 모른다. 있어야만 할 누군가가 이미 없고 친구는 먼저 깨어나 많은 일들을 해 놓았지만 말이다.

"…… 가세."

미칼리스와 엘다렌의 입에서는 내가 기대한 감사와 치하, 겸양의 말 같은 것은 나오지 않았다. 둘은 더 눈을 마주치지도 않았다. 우리는 머뭇거리지 않고 그 자리를 떠났다.

"커다란 녹나무였어요. 그 나무를 통해서 들어왔는데……."

"그래? 그럼 그 나무 앞으로 돌아가야겠군."

미칼리스의 가벼운 대꾸에도 불구하고 나무는 쉽게 발견되지 않았다. 조바심이 일기 시작했다. 여기는 이상한 세계야. 태양이 지지도 않아. 그 나무가 있는 곳까지는 밤낮이라도 있었는데 여긴 세상 자체가 봉인되기라도 한 것처럼 마냥 똑같은 곳이 계속될 뿐이야.

마법의 나무를 다시 한 번 보고 싶은데.

"오랜만의 세상이군. 세상은 역시 살 만해. 어떤가, 엘다? 좀 있다가 살아 있다는 것을 확인하러 가보지 않겠나?"

난 살아 있다는 것을 확인하러 간다는 것이 뭘 의미하는지 몰랐다. 그래서 엘다렌이 대꾸하기만을 기다렸다.

"지금은 환영주 아룬드다. 시간이 얼마 없다는 것은 알겠지."

엘다렌의 무뚝뚝한 대답이 뒤따르자 미칼리스는 이거야 정말, 이라고 말하는 것처럼 고개를 휘휘 저었다.

"그게 뭔가, 참. 난 느긋하지 않은 난쟁이는 질색이란 말이네."

앞서 가던 엘다렌은 돌아보지도 않고 대꾸했다.

"경솔한 엘프도 질색이다."

"난 경솔하지 않아. 살아가는 멋을 아는 것뿐이라고."

"그 멋이란 것이 가끔 중요한 일을 그르치지."

다시 한참 동안 걷는 소리만 들렸다. 들어올 때는 보지 못했던 푸른 언덕길이었다. 우리말고도 많은 사람들이 —대체 누가?— 지나다닌 것처럼 수풀 사이로 구불구불한 길이 나 있었다.

오는 동안 나는 미칼리스에게 도대체 여기가 어디며 어떻게 생겨난 것인지, 어떻게 들어오고 나가는 것인지 열심히 물었지만 그는 너털웃음만 터뜨릴 뿐 시원한 답을 해주지 않았다. 유리카가 충고했다.

"엘프들에게 그런 것을 알아낼 순 없을걸. 나도 2백 년 전엔 궁금해 했지만 지금은 포기했다고."

주아니가 이리로 들어오는 길을 손쉽게 찾았다는 이야기를 하자 미칼리스는 이렇게 대답했다.

"로아에가 숲의 뿌리에서 생겨난 종족이기 때문이겠지. 작은 흙덩이, 숨겨진 흙덩이들이지."

그게 무슨 소린지는 지금까지 생각해 봐도 알 수 없었다.

날씨는 좋았다. 덥지도 춥지도 않았고 어디나 아름다운 자연이 펼쳐져 있었다. 시간만 넉넉하다면 소풍 온 셈치고 잠시 눌러앉아 놀아도 좋을 텐데. 물론 소풍엔 맛있는 도시락이 필수지만… 어라?

여기 들어온 후 배고픔을 느끼지 못했다는 걸 그제야 깨달았다. 한 나절은 넘게 흘렀는데. 나는 당장 미칼리스에게 따져 물었다.

"여긴 시간이 안 흘러요?"

"글쎄다."

미칼리스의 대답은 언제나처럼 태평했다. 그는 엘다렌 뒤에서 긴 다리로 휘적휘적 걸으면서 어깨에 얹은 손으로 할버드를 등에 걸쳐 잡고 있었다. 솔직히 같이 걷는 사람의 입장에서는 위험천만한 자세였다.

"글쎄라니, 흐른다는 건가요, 안 흐른다는 건가요?"

"글쎄, 시간이란 놈은 항상 제멋대로라서."

이게 무슨 뒤죽박죽인 소리람. 나는 고개를 흔들면서 머리를 긁었다. 내 생각인데 미칼리스와 엘다렌은 닮은 데가 있다. 미칼리스는 대꾸를 하긴 하지만 따지고 보면 엘다렌이 아예 대꾸도 않는 거나 피차일반이다. 들으나마나 무슨 소린지 알 수가 없잖아? 친구가 닮는다는 게 정말인 모양이야.

그때 미칼리스가 언덕길 끝에서 걸음을 멈추더니 따라 걷던 나와 유리카에게 소리쳤다.

"다 왔다!"

다 왔다고?

나는 서둘러 그가 서 있는 언덕 끝으로 다가갔다. 내심 커다란 녹나무의 모습을 기대하면서. 그런데?

"어디가 다 왔다는 건가요?"

언덕 너머에는 자작나무 숲이 펼쳐져 있을 뿐이었다. 미칼리스는 대꾸 없이 경쾌하게 숲으로 뛰어내렸다. 나도 뒤를 따랐지만 속으로는 자작나무 숲이라니, 이 진짜인지 가짜인지 모를 공간에 별별 곳이 다 나타나는구나, 하고 생각하고 있었다.

내 뒤에서 유리카가 키득거리는 소리가 들렸다.

"멋졌어, 미카."

자작나무 숲에 들어서니 기분이 이상해졌다. 저 너머에 자작나무 두 그루가 마치 문설주처럼…….

잠깐?

"여, 여기가 어디예요?"

나는 자작나무 두 그루가 있는 곳으로 달려갔다. 나무를 잡고 그 너머로 이어진 길을 내다보다가 급기야 반대쪽으로 돌아가 나무 사이로 이쪽 숲을 보았다. 틀림없었다. 이건 내가 녹나무를 발견하기 직전의 그곳이잖아!

"이제 어딘지 알겠지?"

유리카가 웃음을 간신히 누르면서 다가와 내 뺨을 가볍게 꼬집었다. 나는 아직도 상황을 파악할 수가 없었다. 우리가 온 길을 되짚어 생각해 봤다. 우린 녹나무가 있을 만한 곳은 보지도 못했고, 그리고…….

"거긴 미카가 만든 거나 다름없는 세상이야. 어디로 빠져나오고 말고는 순전히 그의 마음이지."

"그래도……."

미칼리스는 내 질문을 막으려는 것처럼 커다랗게 웃음을 터뜨리더니 말했다.

"그럼, 그만 가볼까? 우리 난쟁이 양반께서 갈 길이 급하시다잖아."

이윽고 우리는 처음 야영을 했던 물가에 이르렀다. 그러는 동안에도 내 의문은 조금도 풀리지 않았다.

"그럼 미칼리스 당신은 그 세상에 누군가를 가둬 두고 싶으면 영영 그럴 수도 있겠군요?"

"미카가 그런 일을 할 리 없잖아."

유리카가 대신 대답해버렸다. 미칼리스는 먼 곳을 바라보는 눈으로 싱긋 웃었을 뿐이다. 나는 다시 물었다.

"그럼 아까 거기서 시간이 멈춘 듯이 보이는 것은 에제키엘의 봉인 탓인가요, 당신의 결계 탓인가요?"

"글쎄, 어느 쪽이지?"

"그걸 나한테 물으면 어떻게 해요!"

미칼리스는 다시 너털웃음을 터뜨렸다. 그러면서도 대답할 것 같지 않은 태도라 정말 엘다렌과 천생 친구일 수밖에 없겠다고 생각하는 참인데…….

"한 가지는 말해줄 수 있지."

"뭔데요?"

미칼리스는 재미있어하는 얼굴이었다. 그들 세계에서 상식일지도 모를 일을 내가 꼬치꼬치 묻는 것이 2백 년 후의 세상으로 왔다는 사실을 실감케 하는 모양이었다. 신기한 것은 그가 그 사실을 그다지 고통스럽게 받아들이는 것 같지 않았다는 점이다. 엘다렌보다도, 유리카보다도.

"결계의 원리는 실제로 봉인의 원리와 비슷해."

해가 서녘 지평선으로 떨어지는 중이었다. 보아하니 오늘은 멋진 노을을 볼 것 같다. 환영주 아룬드의 노을이 한 해 중 가장 멋지다고들 하잖아?

"다만 봉인에는 다양한 종류가 있고 대부분 대가를 치러야 한다는 특징이 있지. 그러나 결계는 말이야."

미칼리스는 쉬운 말을 찾는 듯 머리를 갸웃거리며 시선을 허공으로 굴렸다.

미칼리스의 어깨에 걸린 화살통에는 아까까지 쓰던 할버드가 다시 셋으로 분리되어 매달려 있었다. 짐이라고는 그 화살통과 활뿐이었다. 여행을 하면서 그렇게 짐이 없어도 되느냐고 물었더니 그는 엘프는 숲 속에서라면 별다른 도구나 양식 없이도 잘 살아갈 수 있다고 대답하여 한 번 더 내 눈을 휘둥그레지게 했다. 인간이 한 번 여행을 하려면 가지고 다녀야 하는 것이 도대체 얼만데…….

"영혼을 가두는 것과 비슷해."

"영혼을 가두다니요?"

내 발에 밟힌 나뭇가지가 딱, 소리를 내며 부러졌다. 이 길로 가면 해가 저물기 전에 코로시츠까지 갈 수 있다. 지난번에 엘다렌과 재회하기로 했던 그 마을이었다. 그땐 마을까지 가기 전에 엘다렌과 마주치는 바람에 그냥 상텔로즈로 들어왔지만 말이다. 코로시츠는 술 빚는 마을로 알려져 있다고 하던데.

"결계 안에 누군가를 가둘 수 있느냐고 했지? 할 수 있다. 그렇지만 결계의 주인이 아닌 자가 거기서 계속 살 수 있을지는 아무도 장담 못해. 영혼은 남겠지만 육체는 어찌될지 모르거든."

"그 안에서 죽을지도 모른다고요?"

"그게 바로 우리가 결계가 아닌 봉인을 써서 2백 년 뒤의 세상으로 온 이유지. 아, 또 하나 이유가 있어."

미칼리스가 피식 웃더니 내 검푸른 머리를 바라보았다.

"에제키엘은 인간 마법사라 봉인은 할 수 있어도 엘프의 결계는 만들지 못했거든."

미칼리스의 설명으로 나는 결계가 기본적으로 엘프의 기술이라는 것을 알게 되었다. 인간이 배우는 건 사실상 불가능하다고 한다. 엘프도 이걸 배운다기보다는 타고나야 한다고 하니까.

결계가 그 안에 들어간 생명에게 장기적으로 어떤 영향을 끼칠지는 결계를 만드는 주인조차 알 수 없다고 했다. 만들긴 해도 그것의 본성까지는 다 모른다는 묘한 이야기다.

"그러니 나처럼 마법사도 아닌 엘프가 결계를 만들 수 있는 것이지. 결계의 능력이란 한 핏줄 안에서도 어디로 전해질지 모르거든. 고대 이스나미르 인의 기술 중 하나였을 텐데 어째서 엘프의 피에만 남았는지는 알 수 없어. 엘프들도 결계라는 기이한 힘의 성질을 다 모르니 말이지."

내가 고개를 끄덕거리고 있는데 미칼리스가 문득 덧붙였다.

"그래서 결계의 불안정함을 보완할 수 있는 것이 나타났지."

"뭔데요, 그게?"

그의 입에서 떨어진 대답은 뜻밖이었다.

"엔젠이야."

엔젠이라면, 이 보석?

나는 오랜만에 품을 뒤져 미르보가 준 라우렐란의 푸른 엔젠을 끄집어냈다. 그걸 보여주자 미칼리스의 표정이 굳어졌다. 그는 한참이나 엔젠을 이리저리 돌려보았다. 이윽고 입을 열었을 때 줄곧 자신만만하던 그의 목소리에 처음으로 망설이는 기색이 있었다.

"이건 진짜 엔젠이 아닌가? 어떻게 이런 것을 갖게 됐지?"

"그건……."

설명 끝에 이것이 페어리의 공주 라우렐란의 엔젠이라는 것을 들은 미칼리스는 정말로 깜짝 놀란 얼굴이었다.

"인간 세계에서 엔젠을 만드는 기술은 실전된 줄로만 알았는데."

"2백 년 전에도 그랬어요?"

미칼리스가 고개를 끄덕였다. 드디어 해가 지고 있었다. 우리는 고갯마루에 도달했다.

"노을이 익는군."

미칼리스는 언덕 아래 새빨갛게 물든 노을을 바라보며 중얼거렸다. 길었던 하루의 —비유적인 의미가 아니라 실제로— 끝에 붉은 휘장이 내려오는 중이었다. 바다 속으로 지는 태양은 빛나는 익사체였다.

"굉장해."

무르익은 노을을 보고 있자니 목구멍에서 침이 꿀꺽 넘어가는 것이 느껴졌다. 무슨 기분이지?

"그리고 술도 익었겠지."

2백 년의 긴 잠을 깨어난 엘프의 발밑으로 두 갈래 길이 뻗어 있었다. 하나는 코로시츠로 가는 길이다. 다른 하나는 버밀리온 카운티의 관문 도시 테틀란까지 이어지는, 사흘 정도 야영을 해가며 가야하는 길일 것이다.

미칼리스의 말에 엘다렌이 어깨를 움직였다. 언덕 끝에 선 그는 황금으로 만든 난쟁이처럼 보였다.

"갈 길이 바쁘다."

미칼리스가 고개를 저었다. 붉게 물든 금발이 흔들렸다.

"아냐. 난 2백 년의 세월을 술 한 잔으로 날려버리지 않고는 단 하루도 여행을 계속할 수 없어."

"2백 년 전의 실수를 되풀이하고 싶은가?"

유리카가 슬그머니 내 손을 끌어당겨 잡았다. 둘의 이야기를 지켜보자는 뜻일 것이다. 미칼리스가 단호하게 내뱉었다.

"소심한 자네 말처럼 그런 일이 일어날 리도 없겠지만, 혹여 그렇다 해도 술 한 잔이 없는 세상 따위 지켜서 무엇 하겠나?"

"……."

엘다렌이 대꾸하지 않자, 미칼리스는 버릇처럼 화살통을 고쳐 메며 말했다.

"나는 간다. 비록 환영주는 못 마신다 해도 싸구려 과일주쯤은 마셔도 좋은 날씨가 아닌가."

미칼리스는 앞장서서 코로시츠로 가는 길로 들어섰다. 뒷모습이 붉은 금빛으로 타고 있었다. 그가 세 발짝을 더 내딛기 전에 엘다렌이 발을 떼며 말했다.

"가자. 고집쟁이 엘프 녀석 같으니."

환영주 아룬드에는 한 잔 술로도 석 잔의 취기를 얻을 수 있다고 했다. 또한 한 잔 술로 열 잔의 기분을 낼 수 있는 때이기도 하다. 주홍빛으로 빛나는 미오사니 별을 올려다보는 것만으로도 맛있는 술을 마실 수 있는 법이니까.

오늘 걸은 길은 다른 날의 두 배는 넘을지도 몰라. 어쩌면 우린 미칼리스의 결계 안에서 며칠 쯤 그냥 보내버렸을지도 모르지. 그렇지만 잠든 채 2백 년의 나이를 먹어버린 이들도 있는걸. 무엇으로 위로가 될까. 무엇으로 보상이 될까.

한 잔 술의 위로라도 더할 수 있다면, 하룻밤쯤 행복한 꿈을 꿀 수도 있지 않을까.

11장.

10월 '방랑자(Wanderer)'

11월 '점성술(Astrology)'
12월 '문자(Word)'
13월 '황금(Gold)'
14월 '노현자 (Elder Sage)'
1월 '음유시인(Troubard)'
2월 '암흑(Darkness)'
3월 '아르나(Arna)'
4월 '타로핀(Tarophin)'
5월 '키티아(Kitia)'
6월 '인도자(Guardian)'
7월 '약초(Herb)'
8월 '파비안느(Pabianne)'
9월 '환영주(Harsh Miosa)'

10월 '방랑자(Wanderer)'

방랑자의 별 '에프랑지아(Eprangia)'가 지배하는 아룬드. 가을장마 에름 로존드(Erm Lozond)에 접어들며 가을의 시작을 알리는 찬비가 내린다. 그대는 홀로 걸으며 자신에게 질문하고, 대답을 듣기 위해 예지를 멈추고 침묵해야 하리라.

고독한 방랑자 에프랑지아는 특정한 인물을 가리키는 말이 아니다. 로존디아의 수도 아르나브르 근처에 흔적만 남은 옛 성터가 있는데, 그중 가장 우뚝한 기둥에 고대 이스나미르 어로 다음과 같은 돋움 글자가 새겨져 있다.

이 땅을 방랑하던 자 영혼의 별판 역시 방랑할지니
그대 에프랑지아의 혼이여 끝나지 않는 발자국이여

연대를 알 수 없는 이 말이 에프랑지아가 '방랑자'라는 의미로 쓰인 가장 오래된 기록이다. 그 후로 고전 시가에서 에프랑지아가 방랑자를 높여 부르는 말로 쓰이는 것이 종종 발견된다. 흔히 에프랑지아는 유쾌한 여행자나 모험을 즐기는 사람, 또는 정착할 곳이 없는 떠돌이라는 의미로는 쓰이지 않는다. 몇몇 서사시에서 존경받는 현자의 모습으로까지 나타나는 에프랑지아는 어떤 주제를 탐구하고 사색하기 위해 홀로 여행하며, 그 자체를 삶이자 운명으로 여기는 침울한 철학자이다.

아룬드로서 에프랑지아는 가을의 결실을 얻기 위해 잠시 자신 속으로 침잠하는 시기, 내면의 변화를 준비하는 번데기의 기다림과도 같은 시기를 의미한다. 실제로 방랑의 길을 떠나지 않더라도 살아가다 보면 누구나 한 번쯤 에프랑지아가 되어야 하는 때가 있다. 중대한 결정을 내리기 전에 한 발 물러서 생각에 잠기는 것, 많은 사람의 조언을 들은 후 마지막으로 자신의 마음이 주는 조언을 기다리는 것, 삶 속에서 에프랑지아가 된다는 의미는 이러한 것이다.

발육과 번성을 의미하는 다임 로존드의 비와 달리 에름 로존드의 비는 수확을 위한 마지막 난관, 혼자 내딛어야 하는 한 발짝을 의미한다. 일기는 흐리고 폭우보다는 추적추적한 비가 밤낮으로 내린다.

"마음은 꿈을 꾸면서 발길은 천 길 벼랑 위를 헤매다"라는 경구가 전해오며 혼자 해내야 하는 일, 큰일을 준비하기 위한 사색, 내면을 직시함, 모든 것을 버리고 떠남, 삶의 다음 단계로 가기 위해 준비함, 엉킨 매듭을 풀어버림, 인연 없는 자들의 땅으로 들어감 등을 암시한다. 이 아룬드를 의미하는 빛깔은 고귀한 자들의 로브를 수놓는 자줏빛이다.

— 점성술사들이 달력에 적는 각 아룬드의 의미,

그중 열 번째.

1. 2백 년 전 그때처럼

은팔찌를 낀 검은 옷의 무녀, 거대한 도끼를 짊어진 붉은 눈의 드워프, 황금 머리 너머로 푸른 활을 멘 엘프, 그리고…….

"이제 넷. 이걸로 완성된 건가?"

검푸른 머리의 에제키엘이 노래하듯 가볍게 드워프의 왕에게 답했다.

"맞았어. 진짜 모험은 이제부터 시작인 셈이지."

말끝을 푸른 활의 엘프가 받았다.

"그럼. 진짜 시작은 역시 내가 있고부터지!"

— 기억 VIII

옛말에 방랑자의 별은 밤길을 가는 여행자를 지켜 준다고 했다.

"에름 로존드에는 밤이고 낮이고 비가 쏟아지기 일쑤인데 별인들 제대로 볼 수 있겠어?"

오늘도 예외는 아니었다. 불그레하게 흐린 하늘을 올려다봤지만 에프랑지아는커녕 초가을 하늘에서 가장 밝은 이스나니조차 찾을 수 없었다.

"별이 없으면 나라도 지켜줄 테니 걱정하지 마."

유리카가 옛일을 떠올린 듯 농담조로 말하며 키득 웃었다. 나는 뺨에 공기를 넣어 부풀리며 일부러 딴 데를 봤다. 우와, 내가 했던 말이지만 남의 입으로 들으니 은근히 창피한데.

흐린 하늘이었지만 밤공기는 산뜻한 습기를 머금고 있었다.

"이대로라면 며칠 안에 카라드-리테에 도착하겠군. 순조로운데."

키 큰 엘프의 긴 곱슬머리가 램프 불빛에 희미하게 빛났다. 그 사이 나도 슬슬 미칼리스의 말버릇에 익숙해졌다. 그는 최악의 상황이 닥쳐도 우울한 말 따위는 꺼내지 않을 것이다. 그리고 지금처럼 특별할 것 없는 상황에서도 계속 희망적인 말을 꺼내서 동료들의 사기를 북돋아 준다.

"이대로라면 밤참 시간쯤에는 다음 마을에 도착할 수 있겠지."

그리고 엘다렌은 미칼리스의 말을 영 딴판으로 해석하는 게 버릇이고 말이다.

"그건 적당한 시간에 술 한 잔 마실 수 있다는 뜻도 되겠네."

유리카가 이번엔 엘다렌을 거들면서 미칼리스에게 코를 찡그려 웃어 보였다. 옛 동료들 사이에서 유리카의 행동은 무척 편안하다. 잘 맞는 옷을 입은 것처럼, 고향 마을에 돌아온 것처럼.

미칼리스가 흔들리는 활을 고쳐 메며 웃었다.

"더할 나위 없이 좋군 그래."

미칼리스는 어찌된 셈인지 술 없이 며칠도 못 버티는 희한한 엘프였다. 내 상상과 전혀 다른 그의 버릇을 보며 당황한 일이 벌써 한두 번이 아니다. 다만 그는 그리 많이 마시지는 않았고, 드물게 무리하게 마신다 해도 만취하는 법이 없었다. 술을 마시든 안 마시든 늘 쾌활하고 따뜻했다.

미칼리스의 신조는 한 차례 마실 때 딱 석 잔, 이것이었다. 그 잔이 좀 크긴 하지만 말이다. 내가 엘프들은 본래 어쩌고 하며 물으려 할 때마다 그는 한마디로 가로막았다.

"세상에 알려진 이야기는 그루터기 엘프에 대한 것이 많지."

하긴 스노이안이라면 내가 생각한 엘프와 어느 정도 맞아 들어갈지도 모르겠다. 물론 활기 넘치는 미칼리스도 나름 특별한 엘프다움을 갖고 있었다. 다만 문제는…….

"파비안, 너 자꾸 미카 따라서 술 마실 생각하지 마."

유리카 말대로 난 술이 약해서 말이지. 벌써 몇 번이나 골탕을 먹었는지 모르겠네.

이제 마지막 보석을 찾는 일만이 남았다. 아룬드나얀을 꺼내 들여다보는 일이 잦아졌다. 세 보석이 채워진 목걸이는 갈수록 신비한 빛이 더해가는 것처럼 보였다. 옛 이야기에 나오는 보물들처럼 위기가 닥쳤을 때 엄청난 힘을 발휘하는 일 따윈 없지만 마음을 휘어잡는 마력을 가진 것만은 틀림없었다. 지금 난 올바른 길로 가고 있다. 목걸이가 그걸 알려 준다.

목적지는 노른슨 산맥 끝자락에 위치한 카라드-리테라는 산이었다. 험한 산이 드문 이스나미르에서 드물게 높고, 30년 전만 해도 화산이었다고 한다. 넓게 펼쳐진 산굽이를 따라 날카로운 능선들이 이어지는 풍경 때문에 '드래곤의 이빨' 이라고도 불린다는 산이다.

마지막으로 봉인되었던 미칼리스는 에제키엘과 함께 카라드-리테에 가서 보석을 숨겼다고 했다. 따라서 길은 금방 찾을 수 있다고 호언장담했다. 그가 엘다렌처럼 길을 못 찾는 엘프는 아니기만을 빌 뿐이다.

흐린 달빛 아래 네 사람이 램프 하나를 둘러싸고 걸어갔다. 유리카가 문득 말했다.

"2백 년 전 그때 같지 않아?"

얼굴은 잘 보이지 않았지만 다들 그 말에 기척을 냈다. 2백 년 전 그때라면 내 대신 에제키엘이 있었던 때겠지. 동료들이 눈치채지 못하게 거치적거리는 나뭇가지를 치우고 비를 막아주는 마법사. 유쾌하게 설거지를 해치우고 어려운 상황에서도 농담을 잃지 않았다던 에제키엘. 나와는 비교할 수 없는 훌륭한 동료였을 것이다.

"무슨 소리야. 우리에겐 신비로운 꼬마 종족이 있잖아."

미칼리스는 주아니한테 변변한 말 한마디 못 붙여본 주제에 그렇게 말하며 고개를 끄덕거렸다. 그가 위로하려는 것이 주아니인지, 나인지, 아니면 에제키엘이 곁에 없는 자신들인지 구별할 수는 없었지만 마음만은 알 듯했다.

"그렇다면 다섯이라, 에즈도 원했던 숫자로군."

미칼리스를 만난 뒤로 말이 많아진 엘다렌이 대꾸해 왔다. 그들 둘이 모두 에제키엘의 동료였다는 사실 때문에 내가 간과한 점이 있었다. 전해오는 이야기 속에서 엘프와 드워프는 항상 앙숙이었단 말씀이야. 그런데 이들 둘은?

"그럼. 2백 년이나 지났는데 나아지는 것이 있어야지. 세상은 점점 발전하고 있다고."

미칼리스는 어느 땐가 내가 했던 것과 비슷한 말을 뇌까리며 성큼성큼 걸음을 재촉했다. 밤참 시간 안에 마을에 도착하려는 것이겠지만, 왠지 내게는 만사가 잘 될 거라는 믿음을 불어넣어 주는 것처럼 느껴졌다. 그의 큰 걸음을 보고 있으면 어디든 금방 도착할 것 같은 기분이 드니까.

"미카, 엘다의 짧은 다리도 생각해 줘야지."

유리카의 말소리가 들리더니 곧 미칼리스와 나란히 웃음을 터뜨렸다. 내가 입가에 비죽이 웃음을 물고 있으려니 엘다렌도 나와 비슷한 표정이리라는 생각이 들었다. 어두워서 보이지는 않지만 분명 그럴 것이다.

만나기만 하면 싸움이 그칠 날 없다는 엘프와 드워프인데 둘은 신기할 정도로 서로를 인정하고 신뢰했다. 내가 엘다렌과 미칼리스가 처음부터 그랬느냐고 물으니 유리카는 고개를 절레절레 저었다.

"처음에 둘이 얼마나 싸워댔는지 하여간 말도 못해. 얼굴만 마주봤다 하면 말다툼이 벌어지다가 수시로 무기까지 집어 드니 나하고 에즈가 얼마나 긴장하고 다녔다고. 우리가 한눈 판 사이에 서로 머리를 쪼개 놓을까봐 잠도 교대로 자야 할 정도였다니까."

그러던 둘이 서로를 최고의 친구로 여기게 된 것이다. 물론 모르는 사람이 보기엔 여전히 서로의 약점을 찾느라 혈안이 된 것처럼 보일지도 모르지만 말이다.

또 하나 궁금한 건 주아니가 미칼리스에게 왜 저리 심하게 낯을 가리는가였다. 엘다렌과는 쉽게 친해졌던 주아니였다. 인간인 나도 이 정도는 아니었는데 인간보다 자연에 가까운 종족인 엘프를 저토록 경계하는 이유가 뭘까?

미칼리스는 나름대로 생각하는 바가 있는 모양이었다.

"로아에와 드워프는 땅의 종족이지. 그리고 저들 안에서 부족의 구별이 없어. 드워프면 모두 같은 드워프, 로아에면 같은 로아에지. 그러나 인간이 엘라비다, 마브릴, 네이판키아, 아르마티스, 비카르나로 나뉜 것처럼 엘프 역시 셋으로 나뉘어 있고 각 부족은 모습, 성격, 취향, 심지어 유래마저 달라."

"어떻게 다른데요?"

미칼리스는 인간의 몇 배, 심지어 로아에보다도 좋은 시력으로 멀리 떨어진 마을의 불빛을 찾는 중이었다. 우리가 찾는 헴넨이라는 마을은 외진 산자락에 있어서 나르디가 준 왕국 지도에조차 겨우 점 하나로 표시되어 있을 뿐이었다. 내가 전에 갖고 있던 지도 같으면 아무 표시도 없었을 게 틀림없었다. 그러나 어쨌든 현재 가장 가까운 마을이 거기였다.

"하얀 부리 엘프는 한때 날개가 있었다고 하지."

"날개요?"

눈이 둥그레진 것도 무리가 아니었다. 대지를 두 발로 걸어 다니는 생물에게 날개라니? 미칼리스는 램프 빛으로 내 놀란 얼굴을 보더니 웃었다.

"하하, 그렇다고 날개를 보여 달라고는 하지 마라. 어디까지나 전설, 옛날이야기일 뿐이야."

"사실이 아닌 것도 아니잖은가."

엘다렌이 끼어드는 바람에 더욱 놀랐다. 그럼 그게 단순한 전설이 아니란 말이야?

"하얀 부리 엘프는 새의 정(精)이다. 엘프의 몸은 흙에 혼을 불어넣은 것이 아니라 자연의 정기가 먼저 영이 되고 육신은 이미 존재하던 생명의 것을 빌렸다고 옛 글에서는 말하고 있지. 그런 면에서 엘프와 이스나에는 존재의 양 극단에 서 있는 셈이군. 하얀 부리 엘프가 그들이 빌린 새의 몸에 가까웠을 때는 커다란 날개가 있었고, 그 날개로 날기도 했다고 한다. 많은 그림에 그때의 모습이 남아 있지."

미칼리스는 여전히 고개를 저으며 웃고 있었다. 동의하는 것도 아니고 반대하는 것도 아니다. 나는 그의 등에 날개가 달린 모습을 상상해 보았다. 두 발 종족과 날개라니 이상한 모습일 것 같지만…….

순간, 눈앞에 거대한 날개를 펼치고 아득한 계곡을 맴도는 흰 매의 모습이 떠올랐다. 금빛 갈기가 나부끼더니 단단한 어깨로 내려앉았다. 흰 날개와 긴 부리를 가진 야생의 거조(巨鳥). 그루터기 엘프가 가진 나무의 느낌만큼이나 뚜렷한 인상이다. 그 모습은 상상 이상으로 조화로웠다.

내가 말을 못하고 있자 미칼리스는 당황한 웃음소리를 내더니 이야기를 접으려 했다.

"그림에 나와 있다고는 하지만 봉인되기 전에 5백 년을 산 나도 날개의 흔적조차 본 일이 없어. 아마 있었다 해도 인간이 존재하지도 않았을 정도로 까마득한 옛일일 테니까 신경 쓸 필요는 없지."

미칼리스는 친구들이 그를 화제 삼아 이야기하는 것을 좋아하지 않았다. 자기가 직접 하는 것도 싫어했다. 이베카에 대한 일마저도.

"어쨌든 새처럼 하늘과 공기의 종족인 하얀 부리 엘프와 땅과 흙의 종족인 로아에가 쉽게 친해지지 못하는 것은 당연한 일이다. 로아에가 보기에 하얀 부리 엘프는 금방이라도 훌쩍 날아가 버릴 것처럼 불안정하고 못 믿을 자라는 인상을 주는 것이지."

그 말을 증명해 줄 주아니는 푹 잠들어 있었다. 그러고 보면 드워프와 하얀 부리 엘프가 친구가 되었다는 것은 기적에 가까운 일이었구나.

"마을이 가까워진 것 같은데."

먹이를 찾는 매처럼 두리번거리던 미칼리스의 눈이 드디어 뭔가를 포착했다. 그는 잠시 후 눈을 가늘게 뜨더니 말했다.

"이상하군. 연기 한 줄기 보이지 않는 마을이야."

엘다렌이 대꾸했다.

"밤참 시간이 아닌 모양이지."

그 말은 미칼리스를 한참이나 웃게 만들었다.

"이 난쟁이 친구야. 인간이란 드워프처럼 토굴에 숨어 살면서 필요한 때가 아니면 연기 한 줄기조차 감추려 하는 종족이 아니란 말일세. 하하, 인간들이 밤참을 한 날 한 시에 일제히 먹는다는 생각만큼 우스운 건 없는 것 같은데?"

엘다렌은 대꾸하지 않았고, 마을은 가까워졌다.

마을 입구까지 가려면 일부러 감춘 것처럼 산자락을 빙빙 돌며 난 길을 따라가야 했다. 외부와 연락하기 쉽지 않을 듯한 마을이었다. 그리 험한 길은 아니어서 램프 하나로도 그럭저럭 나아갈 정도는 되지만 마을의 존재를 모르는 사람이라면 그냥 스쳐가기에 딱 알맞아 보였다.

어쨌든 마을 이름이 헴넨이 맞는가 아닌가 하는 내기는 안 해도 되겠지. 왕실 제작국에서 만든 지도를 들고 의심하는 것은 우스운 일이잖아.

"오, 저기 불빛이 보이는군."

우리는 미칼리스의 바람대로 밤참 시간 정도에 맞추어 헴넨 마을에 들어섰다. 마을 어귀에 한 사람이 쭈그리고 앉은 것이 보였다. 유리카가 먼저 인사를 건넸다.

"안녕하세요! 여기가 헴넨인가요?"

"……."

늙은 나무 옆에 쭈그리고 앉은 남자는 우리 일행을 보더니 크게 놀란 눈치였다.

"……어디서들 오오?"

"위트비 산맥을 넘어왔어요. 노른슨 산맥으로 가는 길이에요."

"어떻게들 오오?"

난 이런 순간 유리카가 뭐라고 대답하는지 잘 안다. 내 머릿속에 떠오른 말이 곁에서 즉각 튀어나왔다.

"걸어서요."

그 사람은 몇십 년쯤 앉아 있기라도 했던 것처럼 굳어진 어깨를 한바탕 비틀더니 벌떡 일어나며 말했다.

"잠깐 기다리시오. 금방이면 되오. 내 가서 촌장님을 불러서……."

촌장을 불러서 뭘 어쩐다는 것인지는 더 들을 수 없었다. 말보다 행동이 급했는지 말을 맺기도 전에 마을로 달려가 버렸던 것이다. 우리는 마을 어귀에 서서 들어가지도 못하고 떠나지도 못하는 묘한 신세가 되었다.

유리카가 고개를 갸우뚱하며 말했다.

"혹시 우리가 이 마을을 방문한 천 번째 손님이라도 되나?"

"여깁니다, 어서……."

우리는 아무 요청도 안 했는데 마을에서 가장 괜찮다는 집—여관처럼 보이기도 했다—으로 안내되었고, 집 모양새로 보아 제대로 치워진 유일한 방일 것만 같은 곳으로 밀려갔다. 안내한 사람들은 우리가 유리카가 묵을 방 하나가 더 필요하다고 말하자 순식간에 나머지 방을 치우기 위해 사라져 갔다.

집 상태를 보아하니 좀 걸릴지도 모르겠다. 내가 큰사슴 잡화를 태워버리지 않고 왔어도 지금 이거보다는 상태가 낫겠다. 제일 멀쩡하다는 방인데 마룻바닥에 발자국이 남을 정도로 먼지가 쌓여 있었다.

"뭐, 그럭저럭 괜찮은데."

낙천적인 미칼리스는 침대 위에 주저앉더니 매트리스의 탄력을 확인해 보면서 말했다. 엘프 중에서도 귀족 같은 용모를 한 저 엘프는 도무지 불만이라는 것을 몰랐다. 다시 말해 내가 다른 침대에 앉아 보니 탄력은커녕 자갈밭보다는 조금 나은 정도였다.

"밤참만 좀 괜찮게 나오면 만사쾌조인 셈이야."

유리카는 우리가 천 번째 손님이 아니어서 실망하기라도 한 것처럼 우울하게 창가에 달라붙어 앉았다. 내가 다가가며 물었다.

"뭘 봐?"

"이 마을, 꽤 오래 고립되어 있었나봐."

"그래?"

하긴 사람들이 비쩍 마른데다 얼굴색도 우중충했지만 시골 마을에 잘 먹고 잘 사는 사람만 살란 법은 없어서 그런가보다 했는데.

"유리 말이 맞다. 식량 사정이 좋지 않은 것 같군."

엘다렌의 말로는 지금쯤 밀을 타작하고 남은 짚단이 곳곳에 그득해야 할 텐데 전혀 눈에 띄지 않는다는 거였다. 농촌에서는 지붕을 짚단으로 엮기도 하는데 그런 데 쓸 짚단도 없다면 농사를 어지간히 망친 모양이었다.

"그래? 좋은 밤참도 기대할 수 없다, 그건가."

미칼리스는 숫제 팔베개를 하고 누워 중얼거리다가 다시 말했다.

"그렇더라도 간만에 온 방문자에게 팔아먹을 술 석 잔 쯤은 있겠지?"

그 말에 대꾸하기라도 하듯 문이 열리고 젊은 여자가 얼굴을 내밀었다. 광대뼈가 도드라진 얼굴이었다.

"저, 식사를……."

이어질 말이 식사를 '했느냐' 인지, '할 거냐' 인지, 지금 내려와 '하라' 는 것인지는 확실하지 않았지만 우리가 할 대답은 결정되어 있었다. 우리는 동시에 소리쳤다.

"감사합니다!"

왜 감사해야 하지? 내 돈 내고 먹는데.

그러나 식탁에 둘러앉고도 우리는 남의 몫을 빼앗아 먹는 기분이 들어 한동안 음식에 손을 댈 수 없었다. 아니, 기분만이 아니라 사실이기도 했다. 바구니에는 사람 숫자에 딱 맞춰 빵 네 개가 들어 있었는데, 혹시 작년에 만들어 지금까지 내버려둔 게 아닌가 의심쩍을 정도였다. 빵 껍질이 조개껍질처럼 딱딱하게 말랐고 색깔도 이상해서 집어서 쪼개 볼 생각도 나지 않았다.

이어 나온 건 색깔부터 묘한 수프였다. 왜 저렇게 붉은 기가 돌지? 당근이라도 잔뜩 넣었나?

더 놀라운 것은 나이프와 포크, 숟가락이었다. 거무스름하게 변색된 것이 굉장히 오래 사용하지 않은 것처럼 보였다. 찬장 속에 박아둘 정도로 좋은 물건 같지는 않은데 다들 손으로 식사하기라도 했던 건가?

고향 마을에서 어머니와 절약형 식단으로 살았던 나조차 선뜻 포크를 들 생각이 안 나는데 곁에서 목소리가 들렸다.

"식사들 해."

놀랍게도 유리카가 제일 먼저 수프를 한 숟가락 떠서 입에 넣었다. 그녀는 입 안에서 수프를 굴리다가 삼켰지만 아무 감상도 말하지 않았다. 표정에도 변화가 없었다.

뒤이어 수프를 떠먹은 나는 유리카가 왜 아무 표정도 짓지 않았는지 알 수 있었다. 수프는 아무 맛도 없었다. 맹물 맛이었다. 약하게 소금 맛이 나는 것도 같지만 그것도 착각일지 모르겠다.

단단하게 굳은 치즈 덩어리에서 쥐가 쏠던 흔적을 긁어내고 있던 미칼리스는 잠시 후 지쳤다는 듯 어깨를 움츠렸다. 웬만해서는 불만을 품지 않는 그도 이 상황에서는 한마디 안 할 수 없었던 모양이었다. 그런데 그가 주인에게 한 말이란 이랬다.

"혹시 술은 없습니까?"

있을 턱이 없었다. 술을 담글 곡식이 있었다면 그걸로 더 나은 수프를 만들었을 테니까. 나는 집주인이 뭐라고 대꾸하나 궁금해서 카운터 쪽을 돌아봤다. 그러나 예상한 것 대신 엉뚱한 풍경을 보고 말았다.

"어……."

내가 말문이 막힌 것을 보고 유리카도 고개를 돌렸다. 그래서 음식에 경의라도 표하는 것처럼 접시들을 노려보고 있는 엘다렌을 제외하고는 모두 카운터를 돌아보게 되었다.

우리가 발견한 것은 식사하는 우리를 빤히 보고 있는 스무 개쯤 되는 눈이었다. 카운터 옆 문가에 옹기종기 모인 어린애들이다. 다들 며칠이나 굶었는지 눈이 퀭하고 머리카락은 먼지 앉은 빗자루 같았다. 조금만 더 작아지면 부엌을 쑤시고 다니는 꼬마 요정이나 생쥐 무리로 변해 버릴지도 모르겠다.

"얘들아……."

유리카가 의자를 덜컥 밀며 자리에서 일어났다. 몇 발짝 다가가자 탄 옥수수 알처럼 까맣게 모여 있던 아이들 사이에서 가벼운 혼란이 일어났다. 어떤 아이는 밖으로 나가려는 것처럼 서둘렀고 더 작은 아이는 카운터 밑으로 기어들어갔다.

그러나 한 발짝 더 다가가자 그대로 흩어져 버릴 것 같던 아이들의 무리는 실상 줄어들지 않았다. 쌓아 놓은 감자 무더기처럼 건드리면 흔들흔들, 움직이기는 하지만 정말로 변하지는 않는 것이다. 눈은 한결같이 우리를, 아니 정확히는 우리가 먹기조차 꺼려하던 빵 바구니와 수프 따위를 향하고 있었다.

"이리 와."

유리카가 팔을 벌렸다. 아이들은 다시 움직였지만 용기 있게 다가오는 아이는 없었다. 하지만 정말로 겁이 난다면 문밖으로 도망쳐버리면 될 텐데 그런 아이는 없었다. 여기를 떠나고 싶지 않은 거야. 낯선 사람이 무섭더라도 여기서 버텨야 혹시 빵 부스러기 한 조각의 행운이라도 챙길 수 있을 테니까.

"이것 참……."

미칼리스가 중얼거리는 소리에 그를 흘끗 보았다. 우중충한 이곳에서 이질적으로 화려한 모습을 한 그는 고개를 이리저리 저으며 혀를 찼다.

"그것 참……."

결국 미칼리스는 일어났다.

"이것 보시오, 주인 양반. 답답해서 견딜 수가 없군. 도대체 무슨 일이 있는 거요? 마을에 무슨 일이 생겼소?"

카운터에 우두커니 앉아 상황을 보고도 보지 못한 것 같던 여관 주인이 문득 정신이 돌아온 것처럼 눈을 껌뻑거렸다. 그러나 그것도 잠시, 그는 다시 마룻바닥으로 시선을 돌렸다.

"흐음."

미칼리스는 일어선 채 홀을 둘러보았다. 그가 그렇게 불만스러워 하는 것은 처음 보았다. 그는 한 번 더 고개를 젓더니 여관 주인에게 뚜벅뚜벅 다가갔다. 엄청난 키에 활까지 멘 그가 다가가자 카운터 옆에 달라붙어 있던 꼬마들은 우수수 흩어져 유리카가 있는 쪽으로 슬금슬금 움직여 갔다.

유리카가 기회를 놓치지 않고 한 녀석을 붙잡아 꼬질꼬질한 뺨을 비비고 지저분한 머리를 쓸어 넘기는 동안 미칼리스는 카운터 앞에 섰다. 주인이 주눅 든 얼굴로 그를 올려다보았다.

"아이들을 왜 굶기는 거요?"

"굶기고 싶어 굶기겠소? 먹일 게 없으니 별 수 있소?"

쉬어버린 듯도 한 목소리가 말을 맺는 순간 조금 떨렸다.

"왜 없소?"

"농사를 망쳤소."

"왜 망쳤소?"

"일할 손이 없으니 그렇소."

"어째서 없소?"

주인은 그제야 바로 눈을 뜨고 미칼리스를 올려다보았다.

"……다 가져가 버렸어. 쭉정이 같은 애들만 남겨 놓고 다 가버렸어. 아무도 돌아오지 않아."

내가 자리에서 일어나며 물었다.

"영주가요?"

"영주였다면 항의라도 해 보았겠지."

"그러면?"

주인은 망설이며 우리를 번갈아 보았다. 새삼스럽게 경계하는 눈빛이었다. 쉽게 말할 수 없는 일이라도 일어난 건가?

대답이 나오기까지는 긴 시간이 걸렸다.

"전염병이 돌아서…… 물론 이젠 다 끝났지만, 그러고부터 사람들이 쇠약해져서 밀가루 포대 하나도 질 수 없을 지경이었네. 그 와중에 풍수해가 닥치자 수확이 늦어졌던 밀밭은 엉망이 되고 말았지. 먹을 것이 다 떨어지기 전에 조금이라도 상태가 나았던 사람들을 마을 밖으로 보내 도움을 청하려 했지만 가다가 사고라도 당한 것인지 한 명도 돌아오지 않았어. 전염병이 돌았던 마을이라 불길하다고 생각한 건지, 아니면 병이 남았을까봐 꺼려진다는 건지, 그것도 아니면 자기들끼리 도망친 걸로 충분하다는 건지 알 길은 없었지. 그 후로 이 꼴이 되었어. 보다시피 지나가는 사람도 없는 곳이고…… 당신들이 들어왔을 때는 천행이라 생각했지."

병이라는 말에 흠칫했던 나도 이어지는 말을 들으며 상황을 이해하게 되었다. 여긴 웬만한 지도에 표시되지도 않을 정도로 외진 마을이었다. 나르디가 준 지도가 아니었다면 우리도 찾아내지 못했을 것이다. 이곳 사람들은 심지어 저들 마을이 '헴넨' 이라고 불린다는 것도 몰랐다. 그 이름을 들어본 사람이 한 명도 없었다.

어쩌면 영주도 기껏 20여 호가 넘을까 말까 한 이곳을 잊어버렸을지 모르겠다. 아니면 전염병 얘기를 듣고 모르는 체 하자고 결정했을지도 모르고. 그런 식으로 사라져버리는 마을이 어디 여기뿐이겠는가. 당사자들 말고는 슬퍼해 줄 사람도 없다.

여관 주인은 우리에게 저들의 사정을 외부에 알려달라고, 가장 가까운 도시에만 알려 줘도 영주가 조치를 취해 줄 거라며 부탁을 했다. 그리고 전염병은 끝났으며 마을은 위험하지 않다고 거듭해서 강조했다.

미칼리스는 이야기를 듣다가 한 손을 들어 이마를 짚었다. 이윽고 고개를 들었을 때 어이없게도 그는 웃고 있었다.

"그래서 이렇게 다 굶고 앉은 거요? 후후훗……."

나는 잠시 얼떨떨했다. 이건 심각한, 아니 슬픈 상황이 아닌가? 뭐가 우습지?

미칼리스가 주위의 의아한 시선에도 아랑곳 않고 한참이나 웃어대자 조용하던 홀이 천장까지 울렸다. 꾀죄죄한 꼬맹이들까지도 엄숙해 보이는 전사가 아이처럼 키득대는 모습을 멍하니 보고 있었다.

"내가 왜 웃느냐 하면……."

미칼리스는 친절한 엘프라 우리가 오래 궁금해 하도록 내버려두지 않았다. 그는 손을 저어 사람들이 자기를 보도록 했다. 하지만 이미 워낙 눈길을 끌고 있었으므로 그럴 필요는 없었다.

"우선 묻겠소. 기운이 없어서 농작물을 망쳤단 말이지. 그럼 사냥은 할 수 있소?"

주인은 화가 난 것처럼 미칼리스를 올려다보았다. 그는 활까지 멘 미칼리스가 자기를 놀린다고 생각한 모양이었다. 그래서 그것만으로도 대답이 되었다.

"안 된단 말이지. 그럼 나무 열매나 버섯을 따러 가는 방법도 있잖소?"

"이미 아무것도 안 남았소."

하긴 여기까지 오면서 봤다. 조막만한 숲에 사람 다닌 흔적이 얼마나 많던지.

"그럼……."

미칼리스가 말을 끄는 것으로 보아 드디어 본론인 모양이었다. 그는 활을 고쳐 메려다가 벗겨서 손에 들었다. 이어 무심코 시위를 걸려다가 멈칫, 하며 멈췄다.

"마지막으로 묻겠는데, 재료가 있으면 요리는 할 수 있는 거요?"

물을 긷는 것도 오랜만에 해보니 쉽지 않았다. 사람이 직업을 바꾼다는 건 역시 간단한 일이 아니었다. 잡화점 점원이 검사가 되는 것보다는 조금 쉽겠네. 주위가 캄캄해서 더 어렵나?

"여기, 여기!"

"나도!"

비실비실하던 꼬맹이들이 그 사이 먹은 것도 없는데 뭐로 기운을 차렸는지 좋아라 종종거리며 사람들을 쫓아다녔다. 녀석들을 피해 다니는 것도 은근히 번거로웠다. 앞 뒤 안 보고 뛰어다니던 아이들이 걸핏하면 물통을 옮기던 사람과 부딪치거나 물통을 쳐서 엎지르는 바람에 수고가 두 배였다.

"어어, 조심해라 아가!"

"얘, 얘, 다쳐!"

열심히 물 긷고 나르고 하는 와중에도 나는 우리가 어쩌다가 이렇게 됐나 곰곰이 생각해 봤다. 우린 그저 하룻밤 자고 가려던 여행자들일 뿐이었는데. 우리가, 아니 적어도 예전의 나라면 이웃도 아닌 생판 남을 위해 뭘 해야 한다는 생각을 했을 리 없었다. 난 예전부터 나를 공짜로 부려먹으려는 사람이 있으면 민감하게 저항해왔단 말이다.

그런데 이 마을 사람들은 우리 일행을 완전히 거저 부려먹고 있잖아?

"파비안, 이 물통 좀 받아줄래? 저 애들을 좀 진압해야겠어."

유리카는 그만한 체격의 여자애들보다 월등히 힘이 좋은 편이다. 그래도 난 내심 그녀가 무거운 양철 물통을 나르는 것이 못마땅했기에 반색하며 얼른 받아들었다.

"제발 좀 그래라. 벌떼는 저리 가라로군."

"애들한테 벌떼라니 심하잖아."

나는 고개를 홰홰 저었다.

"무슨 소리야. 쏘인 것만 해도 몇 방인 줄 알아?"

유리카는 싱긋 웃으며 가버렸다. 농담이 아닌데. 지금 내 바지며 저고리 옷자락이 왜 이렇게 흠뻑 젖어 있는지는 저 벌떼만이 알걸.

"자, 얘들아!"

벌떼처럼 붕붕대던 애들이 금방 모이지는 않았다. '애들' 이라는 말이 자기랑 관계가 없다고 생각하는지 돌아보지도 않는 녀석들도 있었다. 하지만 유리카가 그 정도로 굴복할 리 없었다. 그녀는 눈썹을 치켜뜨더니 다시 외쳤다.

"자, 늦게 오는 애한텐 아무것도 없다!"

없다니? 뭐가?

그러나 뭐가 없다는 것인지는 하여간 중요하지 않았다. 하도 굶어서 그런지 아이들은 '없다' 는 말에 예민하게 반응했다. 작은 벌들은 두 손을 들어 손짓하고 있는 유리카의 주위로 몰려들었다.

아이들은 아직까지 우리 일행에게 조금은 낯을 가렸다. 그래서 당장 달려왔지만 내어주는 것이 없다고 해서 따지지도 못한 채 궁금한 눈길로 유리카를 쳐다보았다.

"자, 너희들 배고프지!"

아이들이 서로 얼굴을 마주보며 고개를 끄덕거리는 것이 보였다. 나는 그들 사이에 선 유리카가 대가족의 큰누나처럼 보인다고 생각하면서 물을 마저 쏟아 놓으러 갔다. 그녀라면 무슨 얘기든 알아서 잘 하겠지.

여덟 개의 솥에 물이 가득 찼다.

엘다렌이 그중 반은 채웠을 것이다. 그가 구해온 물통은 원래 말구유가 아니었나 싶은데 크기가 다른 물통의 세 배쯤 됐다. 웬만한 어린

애는 목욕통으로 써도 될 정도였다. 그가 그 통에 물을 길어 오면 두 사람이 솥 옆에 서 있다가 받아 올려 영차, 하고 물을 부었다. 엘다렌의 유일한 문제는 키가 작아서 직접 물을 부을 수 없다는 거였으니까.

이곳 주민들은 앓고 일어난 병자들이라 별 도움이 안 됐다. 그럼 나머지 반은? 거의 내가 채웠지 뭐.

그러면 미칼리스는?

"올 때가 되었는데."

엘다렌은 빈속에도 담배 생각이 나는지 파이프에 담배를 차곡차곡 채우고 있었다. 미칼리스가 나간 지 글쎄, 한 시간쯤 된 것 같다.

솥의 물이 끓을 동안 시간이 있었다. 나는 여관 마당으로 나가 하늘을 올려다보았다.

마당 한쪽에서는 유리카가 배고픔은 다 잊어버린 것 같은 꼬마들을 데리고 재미나게 노는 중이었다. 어떻게 한 것인지 모르겠지만 아마 무슨 놀이를 가르쳐 준 모양이었다. 2백 년 전이었다면 마법 주문에나 해당될 노래들도 간간이 들려왔다.

그 너머 채마밭에서는 여관 주인이 고랑을 샅샅이 훑으며 다 시든 야채라도 뽑아 담는 중이었다. 음, 저런 야채들로 맛이 제대로 날까. 저것들보다는 역시 호밀빵 통구이에 감자 피클 쪽이…… 흠흠.

"멀리 가진 않았을 텐데."

엘다렌이 파이프에 불을 붙이자 흰 연기가 마당으로 퍼져나갔다. 횃불 몇 개와 여름의 흔적인 반디, 아이들의 기운찬—기운이라니 영문을 모를 일이었지만—재잘거림으로 가득한 마을이 고향 생각을 불러일으켰다. 날씨가 흐린 탓에 하늘이 불그레해서 아직 날이 덜 저문 것처럼 보인다. 마치 날 좋은 늦여름의 해질녘 같아.

나는 재채기를 한 번 하고 물었다.

"담배를 피우면 무슨 맛이 나죠?"

"……."

엘다렌은 대꾸 없이 연기를 길게 내뿜더니 파이프에 붙은 장식을 들여다봤다. 나도 봤더니 그건 드래곤의 머리였다. 라베닌드의 천벌, 달갸라누인가?

한참 만에 엘다렌은 엉뚱한 대답을 했다.

"지금도 엘프 몇이 숲 어느 구석엔가 남아 살아가고 있을 게다. 미카는 나보다 쉽게 자기 일을 할 수 있겠지."

이 세상에 유일무이한 드워프인 엘다렌은 의식이 끝난 후 2백 년의 잠에서 깨어난 동료들에게 세상이 바뀐 것부터 설명해야 할 것이다. 그들도 엘다렌과 비슷하다면 변한 풍습이나 달라진 시선을 쉽게 받아들이지 않을 테고, 힘들게 설득해야 하겠지. 그렇다면 미칼리스는?

아냐. 어쩌면 그들이 더 말이 통하지 않을지도 몰라. 오랫동안 고립된 채 살아와 고집이 세어졌을 테고, 그새 미칼리스가 누구인지도, 무엇을 위해 떠났는지도 잊어버렸을지 모르지.

"의견이 분분해서 싸움부터 시작해야 할지도 모를걸요."

유리카가 가르친 아이들의 노랫소리가 아련히 들려왔다. 저녁을 제대로 못 먹어서 배는 고팠지만 간만에 엉뚱한 일을 하다 보니 기분 전환도 되는 것 같다. 마을의 문제는 심각했지만 사실 간단하다면 간단할 수도 있었고, 우리 같은 사람들이 해결해 줄 수도 있었다.

놀이와 노래를 좀 가르쳤다고 금방 저들의 불행을 잊어버리고 신나게 뛰노는 아이들, 바깥과 연락이 닿지 않는 만큼 세상의 복잡한 문제는 몰라도 좋은 사람들의 마을이었다. 이러고 있자니 그간 내가 고민하고 겪은 일들은 먼 별의 얘기처럼 느껴지는걸. 가끔 이렇게 지내보는 것도 좋겠지만…… 빵 몇 개하고 치즈 조금만 있었으면 더할 나위 없었을 텐데.

"전에 엘프를 본 적이 있나?"

엘다렌이 먼저 화제를 꺼내는 것은 이례적이어서 나는 조금 놀랐다.

"아뇨, 미칼리스가 처음이에요. 다만 아라스탄 호수에 갔을 때 엘프와 혼혈이라는 스노이안과는 만난 일이 있죠."

실상 둘은 너무 딴판이라서 엘프라는 종족을 일반화하는 데는 아무 도움이 안 됐다. 엘다렌은 한참 동안 파이프를 입에 대었다 떼었다 하기만 하더니 다시 말했다.

"미카는 상텔로즈 숲에서 태어났지. 그의 일족은 수천 년 동안 그곳에서 살아왔고, 지금도 몇 명쯤은 살아 있을는지도 모른다. 상텔로즈는 하얀 부리 엘프들의 오래된 고향이지. 켈라드리안이 그루터기 엘프들의 고향인 것처럼. 그가 이베카를 만나 켈라드리안으로 옮겨간 것은 대단한 결정이었던 셈이야."

파이프에서 떨어진 재가 옅은 바람에 날렸다. 엘다렌은 이야기 솜씨는 없는 편이었지만 그가 이야기를 하고 있다는 것 자체로도 충분히 흥미로웠다.

엘다렌이 갑자기 내 얼굴을 보았다.

"너는 켈라드리안에서 태어나지 않았나?"

"네?"

무슨 소리인가 싶어 뒤통수를 긁었다. 켈라드리안은 저번에 유리카와 함께 처음 가보았다고 생각했는데?

"아닌가?"

엘다렌은 간단하게 내 혼란을 뒤집어 버리더니 앉은 자리에서 일어섰다. 일어나봤자 앉아 있는 나보다 조금밖에 크지 않았지만.

"그렇다는 거예요, 아니라는 거예요?"

엘다렌은 내 얼굴을 흘끔 봤다.

"어디서 태어났는지는 스스로가 더 잘 알 것 아닌가."

"저, 그게……."

고향에서 들었던 나우케 남매의 이야기를 떠올리며 나는 잠시 망설였다. 그땐 자신만만하게 '난 우리집 지붕 밑에서 태어났다고요!' 하고 외쳤지만 지금 와선 그럴 수가 없었다. 그들이 했던 이야기들은 그간 거의 맞아 들어갔던 것이다.

"솔직히 제가 그걸 잘 모르…… 그, 그런데 엘다렌은 왜 내가 켈라드리안에서 태어났느냐고 물은 거죠?"

"에즈가 그렇게 말했으니까."

"에제키엘이요?"

나는 2백 년 전의 마법사가 내가 태어날 장소까지 알고 있었다는 이야기에 당황해서 눈을 크게 떴다. 엘다렌은 무뚝뚝한 얼굴로 나를 보더니 다시 말했다.

"그렇게 놀랄 것 없다. 네 이름도 알고 있었던 에즈니까. 파비안 크리스차넨이라고 말해줬지. 당시에 나는 왜 그의 자손인데 성이 나르시냐크가 아닌지 의아했지만 이렇게 만난 네가 어머니의 성을 따르고 있는 것을 보고 의문이 풀렸다. 에제키엘 녀석은 네가 파비안느 아룬드에 태어난다는 것도 알고 있었어."

거기까지 말한 엘다렌은 더 말하기가 귀찮아진 듯 마당 울타리 밖으로 나가버렸다. 미칼리스가 돌아오는지 살펴보려는 모양이었다. 그러나 나는 도저히 이 사실을 혼자 생각하고 있을 수 없었다. 그래서 벌떡 일어나 엘다렌의 뒤를 따라갔다.

"이것 봐요, 엘다렌!"

거무스름한 그림자가 울타리를 돌며 걷고 있었다. 내가 부르는 소리를 들었을 테지만 그는 돌아보지 않았다

"또 무엇을 알고 있었죠? 나에 대해 또 어떤 이야기를 했죠?"

에제키엘이 알았던 미래는 어디까지일까? 그는 내가 무슨 일을 겪게 될지 다 알고 있었던 걸까? 어머니의 죽음과 유리카의 중독과…… 내게 일어났던 온갖 돌이키고 싶은 사건들을 그는 다 알고 있었던 걸까?

"엘다렌!"

내가 따라잡았을 때 그는 검은 짐승처럼 누운 야산의 그림자 밑에서 있었다. 빨갛게 빛나는 파이프 불빛 때문에 간신히 어디 있는지 알아봤다. 내가 다가가자 엘다렌은 일부러 그러는 것처럼 깊이 파이프를 빨아들였다가 훅 내뿜었다. 어둠 속으로 녹아드는 흰 연기…….

"에제키엘이……."

내가 말하려 하는데 엘다렌이 내 말을 막으려는 것처럼 먼저 입을 열었다.

"에즈라고 해도 미래의 일을 손바닥 들여다보듯 하지는 못했다. 미래를 그런 식으로 알아내려 하는 것 자체가 무모한 짓이지. 아무리 피하거나 따라가려 해도 마술처럼 예측을 벗어나고, 일부러 그러는 것처럼 엉뚱한 쪽으로 실현되어 버리는 것이 미래다."

"엉뚱한 쪽으로 실현되다니요?"

"이런 이야기가 있지."

우리는 새 소리, 바람 소리 하나 들리지 않는 고요 속에 서 있었다. 너무 조용해서 기분이 이상해질 정도였다.

"태어난 마을을 떠나 넓은 세상으로 나갈 날을 고대하던 소년이 있었다. 그가 소원대로 고향을 떠날 수 있게 된 건 사고로 어머니가 돌아가시고 의지할 곳이 없어진 다음이야."

마치 내 이야기를 들은 것 같아 섬뜩해졌다. 아니야, 나는 고향을 떠나고 싶어 안달한 적은 없었어.

엘다렌은 내 기분을 아는지 모르는지 다시 말을 이었다.

"이런 경우도 있지. 사랑하는 연인이 전쟁에 끌려가지 않기를 간절히 기도하는 처녀가 있다. 그녀의 애인은 가벼운 결투로 부상을 당하고 결국 반신불수가 되어 징집을 피하게 되었지."

"그런 법이…… 어디 있어요."

나는 중얼거리듯 대답했지만 어느새 생각은 다른 곳을 헤매고 있었다. 오래 전에 들었던 말 중 하나다. 소중한 것을 잃은 후에야 임무를 완수한다고 했던가? 그 말은 무슨 의미였을까? 무엇을 잃고 무엇을 완수한다는 말이었을까? 모든 소원에는 그렇게 대가가 따라오는 것인가?

"너 역시……."

엘다렌이 말을 이으려던 순간이었다.

눈앞에 우거진 나무들이 부스럭거리더니 나뭇잎이 우수수 떨어져 내렸다. 덤불이 움직이는 바람에 나는 흠칫 놀라 뒤로 물러섰다. 커다란 짐승이 튀어나오기라도 하려는 것처럼 수풀 전체가 흔들리더니…….

"뭐야, 보고만 있을 텐가?"

나온 건 짐승 대신 익숙한 목소리였다.

"아니, 저……."

거대한 털북숭이 머리 하나가 불쑥 들이밀어졌다. 눈을 둥그렇게 뜨고 보니 커다란 사슴이었다. 갈색 뿔이 길게 솟았고 몸통 둘레만도 한 아름이 넘는 놈이었다.

그게 다가 아니었다. 이어 기러기 세 마리를 엮은 것이 내 어깨 위에 얹혔고 엘다렌에게는…….

"뭐야!"

엘다렌은 멧돼지의 털에 머리를 파묻히고는 소리를 질렀다. 이불 속에서 들리는 것 같은 목소리였다.

"자네한테 어울릴 것 같아서."

마지막으로 나타난 미칼리스는 사슴을 둘러멘 채 낙엽이 잔뜩 묻은 머리를 흔들며 빙그레 웃었다. 멧돼지 털 속에 묻혀 있는 엘다렌에게는 미칼리스의 목소리만 나타난 셈이었을 것이다. 그는 한참 만에 뒤집힌 멧돼지를 제대로 돌려 멘 다음 불퉁하게 한마디 쏘았다.

"숲을 바라보며 생각에 잠긴 드워프에게 갑자기 나타난 멧돼지의 엉덩이가 반가울 턱이 있겠나."

"미안해. 돌려서 안겨 준다는 것을 잊었어."

나란히 서서 한 짐씩 짊어진 서로의 모습을 보니 정말 엄청난 양의 고기였다. 이런 짐승들이 저 숲의 어느 구석에 숨어 있었지?

당사자인 미칼리스는 유쾌해 보였다.

"구경만 할 텐가? 물이 끓다 못해 졸아들 지경일 텐데."

우리가 도착했을 때 마을 사람들은 대부분 얼빠진 표정을 짓고 있었다. 감상은 나와 동일했다.

"저런 놈들이 어디에 숨어 있었지?"

난 사실 다른 점에서 미칼리스에게 놀랐다. 내가 알기로 엘프는 자연을 사랑하고 동물의 친구인…….

유리카와 놀고 있던 꼬마들이 우르르 몰려오는 바람에 우리는 곧 발걸음도 떼기 힘들게 둘러싸였다. 덕택에 무거운 짐을 오래 짊어지는 꼴이 되었으니 참으로 '도움만' 주는 꼬마들이었다.

"야아, 사슴이에요?"

"우와아, 이걸 다 어디서 잡아왔어요?"

"저걸 봐, 새다, 새야!"

겨우 아이들을 헤치고 여관 마당에 이 엄청난 식량을 내려놓았다. 다음 일은 우리가 손대지 않아도 좋았다. 사람들이 몰려들자 우리는 몇 걸음 물러났고, 곧 유리카가 다가와 미칼리스에게 싱긋 웃어 보였다.

"활 솜씨, 녹슬지 않았네?"

"녹슬었으면 수장의 자리를 내놔야겠지."

"뭐야, 수장이라니, 그 부족 아직도 있었어?"

"나 하나라도 살아남아 있으니 완전한 멸족은 아니잖아?"

다시 보니 사슴 옆구리에는 아직 화살이 꽂힌 채였다. 왜 뽑지 않았느냐고 물어보니 그는 막 뽑다가 화살촉이 상하면 곤란하다며 어깨를 으쓱했다.

"뭐, 바쁠 때에는 그냥 뽑기도 하지만 지금처럼 뼛속에 박혔을 때는 조심하는 게 좋거든. 이따가 칼로 잘 쪼갠 다음 뽑아야지. 은촉은 아무래도 약해서."

그러더니 엘다렌을 쳐다봤다.

"저 친구가 좀 나은 화살촉을 일찌감치 만들어 주었더라면 좋았겠지만. 게으른 건지, 원체 말을 안 들어."

"네 녀석이야말로 내가 만들어 준 화살을 잃어버리지 않았더라면 좋았을 거다."

"뭐야, 어쩔 수 없는 상황이었다는 것을 알면서."

"그러면 강철 촉을 사용하면 되지 않나."

"요즘엔 별로 없는지 몰라도 예전에 은촉이 필요한 적이 얼마나 많았는지 잊은 건 아니겠지?"

뭔가 잘 알 수 없는 옛날이야기를 하는 듯해서 나는 더 참견하지 않고 마당 풍경을 구경했다. 마을 사람들은 어디서 기운들이 났는지 식량들을 여관으로 옮겨 놓더니 남녀노소 가리지 않고 요리 작업에 덤벼들었다. 나는 곁에 선 유리카에게 말했다.

"저 사람들, 기운이 없어서 식량을 못 구했다는 이야기가 정말이었을까?"

한밤중에 여관 마당에는 멧돼지 통구이를 할 모닥불이 이글이글 타올랐다. 이미 사슴 스테이크와 기러기 스튜를 있는 대로 돌려먹은 뒤였지만 며칠은 굶주린 마을 사람들을 만족시키기에는 턱없이 부족했다.

"한술에 배부르려면 되나."

음식을 많이 먹지 않는 미칼리스는 기껏 사슴고기 몇 점을 씹은 것으로 식사를 끝내고 모닥불에서 떨어진 곳에 혼자 서 있었다. 어둠 속에서 거무스름한 윤곽뿐인 그에게 다가가자 그가 너털웃음을 터뜨리며 그렇게 말했다.

어느 마을 아주머니가 손을 붙들고 감사하다는 인사를 수없이 늘어놓은 끝에 내놓은 딸기술을 병째 홀짝이고 있는 미칼리스는 기분이 좋아 보였다. 내가 한 모금 얻어 마셔보니 딸기술은 너무 오래 묵어 빈말로도 맛좋다고 할 수 없는 정도였지만 미칼리스는 개의치 않았다.

"진정한 애호가는 모든 술에서 나름대로 개성을 느낄 수 있는 법이지."

딸기술에선 개성 있는 묵은 냄새가 났다. 미칼리스는 기댔던 나무에서 몸을 일으키더니 다시 말했다.

"이제 내가 처음에 웃은 이유를 알겠나?"

나는 어깨를 으쓱했다.

"사람들이 다 당신처럼 활을 잘 쏘진 않는다고요. 게다가 인간은 엘프처럼 적은 음식만 먹고 살 순 없고요. 기운이 있어야 뭘 해도 하죠. 그러니 쉽게 웃을 수 있는 상황은 아니었다고 생각하는데요."

"해보지 않고는 알 수 없어. 모른다면 배우는 것도 좋겠지."

"열심히 배워도 잘할 수 없는 사람도 많아요."

"배워보고 하는 말인가?"

"내 얘기를 하는 것이 아니잖아요. 여기 사람들은……."

"배우고 싶지 않다면, 몇 시간쯤 배고픔을 잊게 해 줄 만찬 한 번을 얻은 것만으로도 운명은 관대한 편이다."

매몰찬 말이었지만 미칼리스가 딱히 엄숙한 표정이었던 건 아니었다. 그 말의 무게를 새롭게 느끼는 것 같지도 않았다.

"그럼 당신 생각엔 이 사람들이 모두 바보에다 게으를 뿐이란 말인가요?"

아름다운 엘프는 냉정하게 대답했다.

"그렇게 말하지 못할 것도 없지."

"상황을 바꿀 능력이 없었을 뿐인걸요. 그런 일이야 살다보면 흔하디흔한……."

미칼리스가 내 말을 잘랐다.

"세상에 나서 자라고 살아간다는 것이 얼마나 많은 위험을 무릅써야 하는 일인지 알고 있나? 태어날 때부터 매 순간은 죽음의 위기로 가득 차 있어. 자연은 존재 자체가 위협이다. 인간에게든, 엘프에게든. 자연은 인간을 축복하기 위해 만들어진 게 아냐. 자연 역시 자네와 마찬가지로 살기 위해 태어났을 뿐이지. 자네 발밑에 난 풀 한 포기와 자네도 경쟁 관계인 거다. 생명들이 서로 도우며 살고 있다고 말하는 자들도 있지만, 수억의 삶이 드물게 만나 맺는 관계들 중 서로에게 필요한 도움을 준다는 건 지독히 드문 우연에 불과해. 사정이 나빴다는 핑계 따위, 죽은 다음에 묘비명에 새기기라도 할 텐가."

나는 입을 다물었다. 선뜻 동의하기 어려워서였다.

방랑자의 밤공기가 그와 내 뺨을 쓰다듬었다. 어둠 속에서도 반짝이는 눈으로 앞을 볼 수 있다는 엘프가 내 얼굴을 바라보고 있었다. 엘프는 한 몸을 가진 머리들처럼 서로에게 상처 주는 일을 극도로 피한다고 했다. 그런 그들의 생각이 인간과 같긴 힘들 것이다. 인간은 늘 상처투성이이고 습관처럼 서로를 다치게 한다.

"인간은 자연한테서만 위협을 받는 게 아니에요. 누구나 모든 능력을 다 가질 순 없는데, 자기 능력으로 이길 수 없는 위기가 오더라도 다 운명 소관이라고요? 다른 사람이 손 한 번만 내밀어 주면 살아날 수 있는데도요? 물론 근본적인 책임은 본인에게 있겠지만 그렇다고 해서 돕는다는 행동의 가치가 조금이라도 퇴색되는 건 아니죠. 게다가 인간은 같은 인간끼리 가장 많은 상처를 주고받고, 그것들은 또 다른 인간이 치료해 주죠. 그러니까 스스로도 어쩌지 못하는 상황에 빠지는 사람은 너무나 많다고 생각해요. 언제든, 언제나는 아니더라도 기회가 닿기만 한다면 능력도 의지도 없고 심지어 노력조차 안 하는 인간들이라 해도 도와줘야 한다고, 누구나 그래야 하는 거라고 전 생각하는데요."

공짜로 부려 먹히는 걸 무진장 싫어하는 내 입에서 이런 말이 나오다니. 그러나 두 생각이 양립할 수 없는 것 같지는 않았다. 뭐, 모든 게 공짜일 수는 없지만 가끔 외상은 있을 수 있잖아? 그것도 기약 없는 장기 외상.

미칼리스는 방금 전의 나처럼 생각에 잠겨 말이 없었다. 나는 익어가는 멧돼지 구이의 냄새를 맡으며 조금 있다가 모닥불가로 돌아가야겠다는 생각을 했다. 나는 나무열매 몇 개, 고기 몇 조각만으로는 만족할 수 없기 때문에 배부르도록 먹지 않으면 안 된다. 사람들과 마주칠 때마다 매번 미워하거나 사랑하지 않으면 안 된다.

어째서 인간보다 더 조화롭고 정중하다는 종족이 운명과 자연을 더 낯설고 잔인하게 느끼는 걸까? 모든 것이 본인의 책임이고 죽음조차 그런 결정이길 원한다는 건 의지이기 전에 오만이 아닐까? 한 생명으로서 감당할 수 없는 일을 바라는 게 아닐까?

"신기한 일이야. 자네가 방금 한 이야기를 난 2백 년 전에도 들은 일이 있어. 자네도 짐작할 사람, 내가 진심으로 대화했던 처음이자 마지막 인간에게서."

"그게 누군데요?"

그러나 내 손가락은 짚고 섰던 울타리에 이미 한 이름을 쓰고 있었다. 이상한 사람, 이상한 마법사, 긴 그림자를 가진 사람. 내가 잘 아는 줄 알았지만 실은 알지 못했던, 그리고 점차 다시 이해할 것만 같은 사람의 이름을.

“에제키엘 나르시냐크. 자넨 그의 자손이 틀림없군.”

7백 년을 살아왔으면서도 2백 년 전에 고작 몇 년을 함께 보냈을 뿐인 친구를 이야기하는 미칼리스의 목소리는 생생한 열기를 띠었다.

“에제키엘은 나와 달랐다. 그가 인간이었기 때문만은 아니었지. 엘프들이 익숙하게 지켜 온 조화, 또는 배려와 예의가 타인에 대한 사랑을 의미하지 않는다는 것을 나는 그의 삶을 지켜보며 처음으로 깨달았어. 그런데 이제 2백 년이 지나 그의 핏줄로부터 다시 확인을 받는군. 인간은 짧게 살면서도 잃어버리는 것이 하나도 없군 그래.”

매캐한 연기가 별 박힌 하늘로 피어올랐다. 사람들은 몇 명씩 짝지어 어깨에 손을 두르거나 얼굴을 맞댄 채 둘러앉아 있었다. 어머니들은 끄덕끄덕 졸기 시작하는 아이들을 안아서 집으로 데려갔다. 엘다렌과 유리카가 나란히 앉아 이야기하고 있는 모습도 보였다. 멀리서 그렇게 앉아 있으니 마치 또래 같다. 새벽으로 가는 밤은 그렇게 짙었다.

“내게 자연은 서로의 껍질이 부서지지 않도록 극도로 움츠려야 하는 우울한 전쟁터일 뿐이야. 진정한 조화란 결국 고립을 인정한다는 말과 동의어지. 상처와 애증으로 점철된 매듭으로 얽혀 있는 인간만이 진심으로 타인을 위할 수 있는 것은 왜일까? 진심이 전해지지 않아도 진심은 진심 그대로 남는다. 진심을 전하려고 마음을 먹었다는 것만으로도 충분히 아름답지 않은가…… 라고 에제키엘은 말했지.”

미칼리스는 머리카락을 쓸어 넘기며 모닥불 쪽을 보았다. 나는 가만히 허공을 바라보았다.

"파비안, 바보와 무능력자, 게으름뱅이와 악당까지도 살아 있는 한 계속 살아가지 않으면 안 된다고 자네는 말하겠나? 그들이 자네와 마주쳐 간절히 도움을 구할 때 그 손을 잡겠다고, 부득이 돕지 못한다 하더라도 그들에게 품었던 선의 자체를 잃어선 안 된다고, 그렇게 말할 참인가? 단 한 명의 인간을 위해서라도 기꺼이 모든 인간을 버리겠노라고, 또한 인간 전체를 이루는 하나하나의 '단 한 명의 인간' 중 소중하지 않은 자는 없다고, 네 조상처럼 자네 역시 그렇게 말하겠나?"

나는 아직 그의 말을 다 이해할 수가 없었다. 한 인간은 모든 인간보다 가볍지 않고, 동시에 모든 인간은 누구도 잴 수 없는 가치를 갖고 있다면…… 그렇다면 희생은 누구의 몫이야? 모든 사람이 똑같이 중요하기만 하다면, 결국 돌고 돌아 누군가를 위해 희생할 한 인간은 어디에 있는 것이지? 바보와 무능력자, 게으름뱅이와 악당이 살아갈 세상을 위해 자신을 버릴 자, 그러면서도 모든 세상보다 결코 가볍지 않은 한 인간은 누구란 말이야?

미칼리스는 이윽고 스스로 자신의 질문에 대답했다.

"그러나 나는 내 생각을 그렇게 바꾸지는 못해. 자연에 가까운 만큼 엘프는 짐승에도 가깝다. 이 삶을 준 순리의 뜻대로 나는 고립된 삶을 위한 종족이며 동시에 상처를 견딜 수 없는 종족일 뿐이야. 불완전한 건 흔히 말하듯 인간이 아니라 오히려 태어난 그대로의 상태에 가까운 엘프 쪽인지도 모르지. 자연에 가깝다는 종족들은 한 명 한 명이 뛰어난 만큼 사회성은 불완전해. 세상이라는 영속적인 전쟁터에서 다가오는 상대를 향해 난 원하든 아니든 검을 휘두를 수밖에 없다. 그렇지만 어쩌면 이대로가 좋은지도 몰라. 불완전한 인간들이 모여 잘났다는 엘프들보다 나은 사회성을 만들어냈듯, 불완전한 모든 종족이 각자 본성을 유지해 나갈 때 세상은 더 온전하고 평화로워질지도 모르지. 인간은 인간답고 엘프는 엘프다워야 할 텐데. 확실히 난 에제키엘에게 지나치게 물들어 버렸어. 엘프로서의 삶에 지장을 줄 정도로 말이야……."

미칼리스의 얼굴에서 자조적인 웃음이 터졌다.

"이토록 그리운 친구가 아닌가. 에제키엘은 겨우 몇십 년 남짓 살다가 갔을 뿐이야. 게다가 나쁜 녀석이기도 했지. 엘프인 내겐 불량식품 같은 친구였다고. 그런데 어째서 친구에게 세월을 잊고 함께 한 시절을 어제 일처럼 그리워하게 만드느냔 말이다……."

마지막 말은 마치 눈앞에 에제키엘이 있기라도 한 듯한 말투였다. 나는 그를 계속 보지 못하고 고개를 돌렸다. 자다가 깬 꼬마들이 칭얼대며 잠투정하는 소리와 좀 더 큰 아이들이 밤이 깊은 것도 모르고 까르륵대며 뛰는 소리가 끊일 듯 끊일 듯 계속됐다. 방랑자 아룬드의 하늘은 완전히 개는 법이 없기 때문에 서녘은 아직도 막 해가 진 것처럼 불그레했다. 언제고 비를 쏟아낼 준비가 되어 있는 하늘이었다.

그 밑에서 모닥불이 재와 연기를 피워 올렸다. 검은 돌들처럼 모여 앉은 사람 그림자들이 어른어른 움직였다.

"파비안! 얼른 안 오면 남은 것도 다 먹어버린다!"

유리카가 부르는 소리가 들렸다. 엘다렌 곁에서 일어나 이쪽을 보고 있었다.

"그래!"

나는 대답하며 어둠 속에 선 엘프를 돌아보았다.

"가게나."

딸기술 병이 한 차례 올라갔다가 내려왔다. 그늘에 숨은 표정이 잘 보이진 않지만 빛을 받아 가느다랗게 빛나는 그의 입술은 미소의 곡선을 품고 있었다.

"서로 이해할 수 있는 만큼만이라도 이해하려 하는 것은…… 좋은 일일 거예요."

나는 모닥불가로 뛰어갔다. 그래서 내 말에 미칼리스가 어떤 표정을 지었는지는 볼 수 없었다.

날이 밝았지만 공기는 푸르스름한 습기를 머금고 있었다. 오늘은 드디어 비가 올지도 모르겠다. 뺨에 와 닿는 공기가 한결 서늘했다.

아침을 먹고 우리는 마을을 떠났다. 다음 도시에 가면 이들의 소식을 알려주기로 약속하고서. 아쉬운 미소를 머금은 마을 사람들이 몇 명 나와 우리를 배웅했다. 어제 오랜만에 일하고 또 실컷 먹은 터라 곯아떨어져 아직 깨지 못한 사람도 많았다.

"꼬마들한테 안부 전해줘요."

아이들 사이에서 '예쁜 누나' 또는 '예쁜 언니'로 불리고 있던 유리카가 웃으면서 말했다.

"인사도 못했는데 가버렸다고 애들이 아침부터 울지나 않을지 걱정인데요."

여관 주인이 대답하며 머쓱하게 웃었다. 어제보다 생기가 도는 얼굴을 보니 어쩐지 기분이 뿌듯했다. 뭐 대단한 일을 한 것도 아니지만 말이다. 옛날 고향에서도 스텐보름에 눈사태가 일어나 길이 막히자 다른 세 마을 사람들이 합심해서 길을 뚫고 식료품을 날라다 준 일이 있었다. 그때도 보답을 기대하는 사람은 없었다. 물론 그런 걸 받고 나서 최소한의 감사 표시도 안 한다면 예의 없는 동네로 찍히겠지만 말이다.

"애들한테 보고 싶을 거라고, 그리고 다음에 꼭 다시 들르겠다고 전해주세요."

정작 큰일을 한 셈인 미칼리스는 저만치 떨어져 서서 이제부터 갈 길만 바라보고 있었다. 그는 자신이 감사를 받을 만한 일을 했는지 어쨌는지 관심도 없거니와 실제로 알고 있는 것 같지도 않았다. 그가 인간이었다면 저렇게 감사할 기회를 주지 않는 것도 어쩌면 예의 없는 행동일지 몰라.

"……."

미칼리스는 겉으로 보기에 워낙 강건한 전사였기 때문에 그가 입을 다물고 있자 마을 사람들은 쉽사리 말을 붙일 엄두를 못 냈다. 그렇게 인사할 기회조차 주지 않는 그와 함께 우리는 마을을 떠났다.

2. 에제키엘의 화살

"활을 가르쳐 달라고? 왜?"

미칼리스는 영문을 모르겠다는 표정으로 나를 내려다보았다. 왜라니? 배우면 안 된단 말인가?

"못 가르쳐 줄 이유라도 있어요?"

미칼리스는 고개를 흔들었다.

"물론 아니지. 내가 궁금한 건 자네가 배우고 싶은 이유야. 대체 무엇 때문에 활을 배우고 싶어 하지?"

"배우고 싶은 이유라고요?"

그것 참 이상한 반응이기도 하다. 엘프들은 다들 활을 쏠 줄 알지 않던가? 그들이 서로 가르치고 배우지 않았다면 어떻게 쏠 줄 알게 됐겠어? 혹시 선천적으로?

결국 나는 가장 평범하고 당연한 대답을 할 수밖에 없었다.

"활을 잘 쏘고 싶으니까요."

그 말에 대한 미칼리스의 반응도 희한했다.

"활을 잘 쏘고 싶어? 허, 그것 참."

미칼리스는 별종이라도 만났다는 눈으로 나를 쳐다보더니 다시 휘적휘적 걸어갔다. 우리는 억새밭을 지나고 있었는데 그는 우리 중에 가장 다리가 길었기 때문에 걸음도 가장 빨랐다.

"좀 천천히 가!"

유리카가 외치고 나서야 미칼리스는 걸음을 늦춰 우리가 따라오도록 기다려주었다. 하늘에는 연보랏빛 구름이 낮게 깔려 있었고 주위는 완연한 가을 공기였다.

"엘다의 짧은 다리를 생각해야지. 예전에 실컷 가르쳐 놨더니 벌써 잊었어, 긴 다리 미카?"

그러고 보면 나와 유리카는 저도 모르게 엘다렌과 보조를 맞추어 걷고 있었다. 유리카의 질책인지 농담인지 모를 말에 미칼리스는 한 차례 커다랗게 웃음을 터뜨렸을 뿐 별 대꾸는 하지 않았다.

"그놈, 본래 그렇지 않던가."

엘다렌이 말한 '그놈'의 다리는 엘다렌의 몇 배나 됐다. 우리가 걸음을 따라잡자 미칼리스는 각진 얼굴을 개구쟁이처럼 찌푸리면서 아까 한 말을 되풀이했다.

"정말 활을 배우고 싶어? 진심이야?"

"잠깐만요."

나는 묻지 않을 수 없었다.

"활을 가르치는 게 그렇게 어려운 일이에요? 아니면 엘프들은 본래 '죽도록 활을 배우고 싶다'는 상대가 아니면 활을 가르치지 않나요?"

미칼리스가 내 얼굴을 멀뚱히 쳐다보더니 고개를 끄덕여서 나는 더욱 어이가 없었다.

"물론이지. 활을 배우는 건 쉽지도 않고 별로 재미도 없어. 하얀 부리 엘프들은 원하지 않는 아이에겐 활을 가르치지 않아. 즐겁지도 않은 일을 쓸데없이 하며 고통을 받을 필요가 없지 않은가?"

그 말대로라면 활을 쏠 줄 모르는 엘프도 있단 말이야?

"활을 배우는 게 고통스런 일이라고요?"

잠시 후 나는 사정을 알게 되었다. 미칼리스가 자기 활을 내려서 내 손에 쥐어 주더니 말했다.

"자, 이 활줄을 당겨서 화살을 쏘아 보낸다는 것이 쉬운 일로 보이나?"

활에는 시위도 걸려 있지 않아서 나는 그거라도 걸어 보려 했다. 그런데…….

"하하하, 파비안 자네, 활이라고는 만져본 일도 없지?"

"그…… 런지는 모르겠지만……."

나는 영문도 모르고 열심히 활을 구부리려 애쓰면서 대꾸했다. 푸르스름한 기운이 감도는 이 활은 뭐로 만들었는지 엄청나게 탄탄해서 구부리는 일조차 쉽지 않았다. 그래도 약간 휘어 있으니까 조금만 더 구부리면 될 것 같은…… 어라?

활을 거는 데가 이상하게 생겼잖아? 이거, 반대로 거는 건가?

미칼리스는 계속 웃고 있었다.

"이봐, 활시위는 그 쪽으로 거는 것이 아니라고."

그럼 정말 휘어진 방향의 반대쪽으로 건단 말이야?

"휘어진 쪽으로 구부리는 것도 힘든데……."

하지만 엘다렌까지 끼어드는 바람에 더 불평할 여지도 없었다.

"합성궁은 본래 활이 휘어진 방향의 반대쪽으로 다시 휘어서 시위를 걸지 않으면 안 된다. 활이 쉽게 구부러진다는 건 좋아할 만한 일이 아니지. 시위가 헐거워진 활을 무엇에 쓰겠나."

그러니까 이런 말이었다. 활시위가 팽팽해야 활이 잘 나가기 때문에 쓰고 나면 항상 시위를 풀어 두는 거고, 휘어진 방향의 반대로 시위를 거는 거란다. 활이 손에 익어서 매번 잘 휘어지도록 기대해서는 안 되는 거였다. 그렇게 되면 그 활은 버려야 된다.

"이제 알겠나?"

"알긴 알겠는데……."

나는 활을 다루려면 얼마나 팔 힘이 세어야 하는지 시작부터 실감하게 되었다. 미칼리스의 활은 얼마나 빳빳한지 이쪽으로든 저쪽으로든 휘어질 생각을 하지 않았고 시위를 거는 것은 더더욱 엄두조차 낼 수 없었다.

"하얀 부리 엘프는 다 이런 활을 써요?"

"그럼 장난감 활을 가져다가 무엇에 쓰겠나?"

이리하여 모든 것이 확실해졌다.

저런 활을 다루는 걸 아무나 배우려고 덤빌 순 없겠지. 하얀 부리 엘프라고 전부 미칼리스 같은 건 아니겠지? 근육질 엘프 집단이라니 별로 상상하고 싶지도 않고…… 잠깐, 뭐?

엘다렌이 말했다.

"하얀 부리 엘프는 드워프만큼 강한 힘을 가진 종족이지. 드래곤은 우리 같은 종족이라고 치지 않으니 제외하고, 이 둘보다 힘이 센 종족은 하나뿐이다."

간신히 휘어지려 했던 활이 손을 후려치며 튕겨나는 바람에 나는 끔찍한 고통으로 손을 감싸 쥐면서 엘다렌을 돌아보았다.

"으크크큭…… 어느 종족인데요?"

"거인."

거인이라면…… 호그돈?

켈라드리안의 통나무집에서 누워 있던 내 가슴을 가볍게 누르던 호그돈의 힘은 마음만 먹었다면 나쯤은 간단히 짓눌러 죽일 수 있을 정도로 엄청났다. 나는 새삼 엘다렌과 미칼리스를 번갈아 보았다.

"엘프가 장사라니 도무지 상식하고 맞질 않아요……."

미칼리스는 한쪽 입술을 슬쩍 올리며 웃었다.

"인간들은 묘하게 그루터기 엘프를 좋아하더란 말씀이야. 어디가나 그들 이야기만 하고, 옛 이야기도 그들에 대한 것만 퍼져 있어서 항상 곤란해."

"당신은 싫어해요?"

말을 해놓고 아차 싶었다. 미칼리스의 연인이었던 이베카는 그루터기 엘프였지 않은가.

그러나 미칼리스는 거리낌 없이 대꾸했다.

"응, 싫어하진 않는데…… 그 치들은 좀 약골이라서."

어쨌든 하얀 부리 엘프에게 활을 배우려면 그들의 활을 배우는 것 말고 다른 선택은 없었다. 그것 참 심한 노릇이었다. 아까 말했잖아? 거인을 제외하면 하얀 부리 엘프와 드워프가 가장 힘이 세다고 말이야. 그런 주제에 인간인 나한테 뭘 기대하는 거냐고.

젠장, 그루터기 엘프를 만났더라면 좋았을걸.

"그루터기 엘프들은 좀 가벼운 활을 써요?"

"아니."

나는 무슨 소린가 싶어 다시 물었다.

"그럼 그들도 당신처럼 무식한 활을 써요?"

미칼리스는 '무식한 활' 이라는 표현에 잠시 웃었으나 곧 대답했다.

"그들은 장난감을 쓰지."

칫…….

하얀 부리 엘프들이 왜 활을 배우기 싫어하는지 이젠 아주 잘 알겠다. 나는 일행의 뒤에 처져서 걸으며 미칼리스의 활을 휘어 보려고 애썼지만 내심 선택의 기로에 놓여 고민했다. 정말로 활을 배워?

저렇게 말하는 것으로 봐서 한번 가르쳐 달라고 하면 제대로 할 것 같은데. 중도에 포기하게 놔두지는 않겠지? 될 때까지 계속 다그치지 않을까? 괜히 사서 고생문을 여는 게 아닐까?

"어이, 어이, 그런 식으로는 활을 아예 부러뜨리겠는걸."

"제가 무슨 수로 이 쇠테 같은 활을 부러뜨려요?"

미칼리스는 투덜거리는 내게 활을 받아들더니 순식간에 휘어서 시위를 걸고는 다시 내 손에 넘겼다.

"당신은 엘프가 아니라 괴물이 틀림없어……."

나는 왠지 서글픈 생각이 들어서 되는 대로 지껄였다. 미칼리스는 피식피식 웃고 있었다.

"파비안, 뭔가 잘못 생각하는 것 같은데 난 자네보다 어마어마하게 힘이 세진 않아."

"무슨 말도 안 되는 소리예요?"

"어어, 정말이라고."

미칼리스가 팽팽하게 걸린 시위를 몇 번 튕기자 윙, 하는 묘한 음이 났다. 그는 동의를 구하려는 것처럼 엘다렌과 유리카를 번갈아 봤다.

"안 그래?"

그 동안 나는 미칼리스에게 화살을 하나 받아들었다. 화살도 직접 만져보니 보통 억센 게 아니었다.

억새 벌판이 끝났다. 미칼리스는 훌쩍 뛰어서 먼저 억새밭을 벗어나더니 말했다.

"자넨 요령이 없을 뿐이야. 활을 잘 다루려면 힘만큼이나 필요한 것이 요령, 그러니까 도구에 대한 감각이지."

검을 처음 배울 때도 그랬지만 활도 배우려면 나름대로 까다로운 점이 있겠지. 하긴 뭔들 처음부터 쉽겠어? 그렇지만 일단 힘 자체가 부족한 마당이니 요령이고 뭐고 힘부터 길러야 하잖아?

"시위도 하나 못 거는 저는 팔 힘 기르기라도 시작해야 하나요?"

"아냐. 아니라니까."

낮이 되니 기온이 좀 올라갔다. 흐려선지 기분 나쁘게 후덥지근한 날씨였다.

"잠깐 쉬어 볼까."

미칼리스는 우리에게 묻지도 않고 풀밭 한쪽에 주저앉아버렸다. 우리도 곧 줄줄이 뒤따라 둘러앉게 되었다.

"파비안한테 활 얘기를 좀 해줘야겠는걸."

날씨가 끈적끈적해선지 미칼리스는 긴 고수머리를 훑어 잡더니 리본으로 묶어버렸다. 저렇게 묶고 나니 뒷모습은 여자처럼 보일 수…… 는 없겠군. 여자로 보이기엔 키도 너무 크고 어깨와 체격도 범상치 않으니 말이다. 얼굴도 조각칼로 거칠게 깎은 것처럼 선이 강해서 고운 것과는 거리가 멀지만 그렇다고 못생긴 얼굴이냐 하면 천만의 말씀이다. 들판에 흩어진 바위처럼 자연 그대로의 아름다움이랄까, 다듬어지지 않은 매력이 있는 얼굴이었다.

목탄 하나만 갖고 멋진 그림을 그려 내는 사람이 있는 것처럼 조물주도 어떤 날은 그런 재주를 부려 보고 싶었는지 모른다. 그런 얼굴은 미칼리스의 유쾌하고 질박한 성품과도 잘 어울렸다.

미칼리스가 내 쪽으로 다가앉더니 불쑥 말했다.

"나하고 팔씨름을 해보지 않겠나?"

"에엣, 제가요?"

나는 고개를 흔들었다. 될 리가 없었다. 그가 가진 힘은 지금껏 볼 만큼 봤다. 그런 그와 다른 것도 아니고 팔씨름을 하자고?

"스스로를 과소평가하지 마라. 해 보지 않고는 모르는 거야."

유리카가 발딱 일어서더니 씩 웃으며 말했다.

"팔씨름을 하려면 탁자가 있어야지."

"무슨 소리야. 난 분명 안 한다고……."

그러나 하게 되어 버렸다.

황당한 일이었지만 미칼리스와 나 사이에 놓인 탁자는 돌도 아니고 흙바닥도 아니고 그렇다고 나무 그루터기도 아닌…….

엘다렌의 등이었다.

"흐음."

졸지에 탁자가 되어버렸지만 엘다렌은 별로 불평하지 않았다. 미칼리스도 그리 미안해하지 않았다. 그래서 나까지 덩달아 당연한 것처럼 탁자 위에 팔꿈치를 올려놓고 말았다. 뭐, 솔직히 말하자면 키가 작고 등이 넓은 데다 체격이 단단한 엘다렌은 탁자로 딱 알맞았고 말이다. 주아니만이 이 상황에 기가 막혀했다.

"탁자라니 너무하잖아!"

그건 어디까지나 우리 중 가장 선량한 주아니의 입장이었고…….

"자, 시작해야지!"

흥에 겨워 배낭도 한쪽에 치워놓고 '탁자' 앞에 선 유리카를 보니 문득 묘한 생각이 든다. 왠지 유리카 네가 우리 중 가장 어린 것 같아. 네가 아이처럼 행동한다는 말이 아니라 어쩐지 본래 그랬던 것만 같아. 너는 소녀고 나는 어른인 것처럼…… 무슨 기분일까?

네 나이가 내 열 배는 되고, 무엇보다 예전에는 항상 나보다 어른스

럽던 너였는데.

"자, 오른손을 잡고."

유리카의 말대로 손을 잡긴 잡았는데, 미칼리스의 손이 내 손을 다 뒤덮어 버렸다. 게다가 가죽 장갑이라도 낀 것처럼 손바닥이 보통 단단한 게 아니었다. 이렇게 되려면 도대체 얼마나 단련해야 할까?

"나란히, 그럼 하나…… 둘…… 시작!"

둘의 손을 잡았던 유리카의 손이 떨어지자마자 엄청난 힘이 밀려오기 시작했다. 장난이 아니었다.

"흡!"

사실 나 역시 마을에서 팔씨름으로 져 본 일은 없었다. 너무 많은 곳을 여행하고 엄청난 사람들을 많이 만나다보니 옛일은 다 잊고 있었지만…… 후으읍!

"상당한데."

미칼리스는 빙그레 웃었지만 그렇다고 팔씨름에 소홀하지는 않았다. 그의 걷어 올린 팔에서 억센 근육이 꿈틀거렸다.

"좀 더."

"……."

나는 미칼리스처럼 여유 있진 않았다. 저절로 왼손이 다가가는 것을 억눌렀다. 지치지도 않고 밀려드는 힘에, 터지려는 둑을 간신히 막고 선 기분이었다. 처음엔 손, 그 다음엔 팔이 떨리고 나중엔 온몸이 다 부들부들 떨렸다. 손목에서 터질 듯 맥박이 뛰었다.

"파비안, 힘내!"

유리카의 응원에 피식 웃은 것은 미칼리스였다. 그는 여전히 팔에 힘을 주면서 대꾸했다.

"에즈보다 백배나 낫다. 2백 년 동안 그 핏줄에도 발전은 있었어."

"에즈하고 팔씨름 한 적도 없으면서."

"물론 안 했지. 괜히 사람 하나 잡을 일 있나?"

머리 위에서 들려오는 대화에 신경 쓸 겨를이 없었다. 어차피 이기리란 생각은 안 했지만 그래도 최선을 다할 작정이다. 그러나 확실히…… 질 것 같아.

주아니는 엉뚱한 쪽을 응원하고 있었다.

"탁자를 위해서라도 빨리 끝내라고!"

미칼리스는 주아니한테도 대꾸했다.

"나도 이 탁자 녀석이라면 꽤 아끼는 터라 그러고 싶긴 한데, 쉽게 이기긴 어렵겠는걸."

미칼리스는 팔에 힘을 주기 위해 온몸에 힘을 줄 필요는 없는 모양이었다. 오른팔에서는 삐끗하면 내 팔을 부러뜨릴 정도의 힘이 나오고 있는데 동시에 왼손으로 머리를 쓸어 넘겼다. 혹시 최선을 다하는 게 아닌 건가?

"……."

얼굴이 일그러지고, 턱이 후들거리고, 눈앞이 아득해졌다. 미칼리스도 이젠 입을 다물더니 내 손을 꽉 잡았다. 엘다렌에게 미안해질 정도로 두 팔꿈치가 그의 등을 짓찧어 눌렀다. 미끄러질 것 같아서 왼손으로 팔꿈치를 괴었다. 문득 보니 미칼리스도 똑같은 자세를 취하고 있었다. 그럼에도 불구하고 그의 입에서 나오는 말은 이랬다.

"날이 흐린데."

내 팔 아래에서 대꾸하는 소리가 들렸다.

"비가 올 것 같은 공기군."

쿠르릉…….

'탁자'가 고견을 말한 지 얼마 되지 않아 빗방울이 후드득 떨어지기 시작했다. 나무 몇 그루만 드문드문 선 벌판은 곧 비로 하얗게 흐려졌다. 물이 흘러내려 점차 앞을 보기가 힘들어졌다. 맞잡은 손 위로 비가 부서져 안개가 서렸다. 손가락이 차가워지다가 굳어졌다. 그의 금빛 머리도, 내 검푸른 머리도 모두 흠뻑 젖었다.

"감기 걸리겠어."

유리카가 말했지만 우린 쉽사리 멈추지 않았다. 나는 나 자신을 시험하기 위해서라도 버틸 때까지 버텨보려 했고, 미칼리스는…….

"그만 하지."

미칼리스가 갑자기 손을 놓아버리는 바람에 나는 하마터면 그의 팔을 바깥쪽으로 꺾을 뻔했다. 그러나 미칼리스는 솜씨 좋게 왼손으로 내 손목을 낚아채어 멈추게 했다.

"그만. 이 대결은 무승부로 하지."

"…… 후우, 후우……."

아무렇지도 않아 보이는 미칼리스에 비해 나는 숨이 턱까지 차올라 심하게 기침을 했다. 미칼리스는 껄껄 웃으며 내 어깨를 잡고 등을 문질러 주었다. 갑작스레 힘이 빠지자 팔이 어깨에서 떨어져 나가기라도 한 느낌이었다.

미칼리스가 왼손으로 오른팔을 주무르기에 나도 그를 따라했다. 시뻘겋게 됐던 손이 제 색깔을 찾아가는 중이었다. 손등에는 미칼리스가 잡았던 손가락 자국이 생생하게 남아 있었다. 무승부라니 말도 안 된다. 미칼리스가 이긴 거야.

"비를 피할 곳이 없겠는데."

이윽고 '탁자' 도 다시 드워프로 되돌아가서는 주위를 두리번거렸다. 나와 미칼리스는 방금까지 힘을 썼기 때문에 추운 것을 몰랐지만 유리카는 오한이 오는지 어깨를 감싸 안고 있었다.

미칼리스가 말했다.

"파비안, 활은 힘으로 다루는 것이 아니야. 물론 전혀 힘이 없으면야 장난감이나 만지는 것이 적당하겠지만, 자네 정도면 이만한 활도 충분히 다룰 수 있다. 방금 팔씨름도 그 얘길 해주고 싶어서 시작한 거야. 매번 방금 한 팔씨름만큼 힘을 써야 시위를 걸 수 있다면 화살 한 대 쏘아보기도 전에 녹초가 되고 말걸."

미칼리스는 손목을 풀려고 양 손을 털더니 말을 이었다.

"시위를 건 다음에 매번 이런 운동이 필요해서야 시위를 풀어 놓고 다닐 수나 있겠나? 활도 위급한 상황에서 당장 써야 하는 무기인데."

아직은 비가 온다고 주위가 캄캄해지진 않았다. 우리는 짐을 각자 집어 들고 멀찍이 보이던 나무 밑으로 자리를 옮겼다.

"다시 해 봐라."

미칼리스가 다시 활을 넘겨주었고, 나는 10여 번을 되풀이해서 시위를 걸어 보려 했지만 여전히 잘 되지 않았다. 아까 힘을 너무 많이 써서인지 팔 근육도 얼얼한 게 말을 잘 듣지 않았다.

"시위를 걸게 되면 그때 활을 배울지 안 배울지 결정해서 말해라."

저 느긋한 말투는 엄한 교관의 것이 아니었지만 앞으로 그럴 가능성이 없다고 단정할 순 없겠지.

나무 밑에서 비를 긋고 있자니 몸이 점차 서늘해져 왔다. 미칼리스가 나무 위를 올려다보며 중얼거렸다.

"이럴 때는 좋은 술 한 병이 최고다. 하지만 지금은 한 방울도 없지. 그 다음으로는 움직이는 것인데 어디, 다음 마을이 나타날 때까지 뜀박질이라도 해 볼까?"

아, 물론 농담일 거야.

머리와 옷에서 물이 줄줄 흐를 정도인데 개의치 않고 움직이는 미칼리스를 보니 스노이안이 생각났다. 스노이안도 비가 오든 말든 그냥 밖으로 나갔지. 엘프는 자연이 만든 변화에는 그리 영향을 받지 않는다고 했던가.

내가 배낭에서 망토를 뒤져내어 유리카에게 덮어 주고 있는데 갑자기 미칼리스의 기운찬 목소리가 울렸다.

"그렇지! 엘다 자네, 오랜만에 도끼 겨루기나 해 보지 않겠나?"

으, 비오는 와중에 별난 걸 다 하려 든다니까.

그러나 엘다렌과 미칼리스는 정말로 '도끼 겨루기'를 시작할 모양이었다. 나는 몸을 데우겠다는 의도보다 방금 팔씨름을 했던 팔로 다시 뭔가를 하겠다는 미칼리스에게 더 놀랐다. 엘다렌은 도끼를 꺼내 들었고 미칼리스는 도끼창, 그러니까 할버드를 연결하더니 한 바퀴 빙글 돌렸다.

"저, 정말로 여기서 그 겨루기인가 뭔가를 하려고요?"

엘다렌이 나를 흘끗 보더니 말했다.

"못할 이유 있겠나."

둘은 빗속으로 걸어 나갔고 나와 유리카와 주아니는 졸지에 관객이 되어 나란히 앉았다. 키 차이가 세 배는 되는 둘이 마주선 것을 보니 까닭 없이 웃음이 나온다. 비는 계속 내리고 있었다. 그나마 비바람이 몰아치지는 않아서 다행이었다.

"이봐, 우리 둘 다 2백 년이나 잠을 잤으니 옛날 실력은 아닐 거야. 서로 좀 봐주면서 하는 게 어때?"

미칼리스가 큰 소리로 말하는 게 들렸지만 엘다렌이 뭐라고 대꾸했는지는 들리지 않았다. 그러나 미칼리스가 곧 대꾸했다.

"하여간 땅딸막한 몸에 든 건 고집밖에 없다니까."

그 후로도 우리가 들은 건 미칼리스의 큰 목소리뿐이었지만 그것만으로도 대화를 짐작할 수 있었다. 대강 옮기자면 이랬다.

"뭐야, 내 다리가 긴 데다 할버드 자루까지 기니까 유리한 건 당연하잖아!"

"하하, 그렇게 생각할 수도 있는 건가? 하여튼 할버드 자루는 하나 줄이고 할 테니 그건 상관 말라고."

"엘프난쟁이 영감아, 고집 그만 부려. 안 그러면 맨손으로 하자고 하는 수가 있어."

"정말이야? 후회할 일은 하지 않는 편이 좋을 텐데……."

후회할 일이 무엇인지 곧 알 수 있었다. 미칼리스는 그 끔찍한 할버드를 줄이지도, 짧게 고쳐 쥐지도 않은 채 휘두르기 시작했다.

"저, 정말 저런 식으로 겨루긴지 뭔지가 된단 말이야?"

놀란 주아니가 그렇게 말해도 대꾸해 줄 사람은 없었다. 곧 미칼리스의 활기찬 외침이 들려왔다.

"그럼, 간다!"

할버드와 도끼는 빗속에서 힘껏 마주쳐 갔다. 짧은 도끼에 짤막한 드워프, 긴 할버드에 기다란 엘프의 '몸 데울 겸' 해보는 겨루기는 그렇게 시작되었다.

물론 장난은 아니다.

쩌정!

……정말이지 연습도 진짜처럼 하는 양반들이란 말이야.

내 감상은 그것뿐이었지만 유리카는 목청을 높여 소리쳤다.

"둘 다 힘내고, 잘 해봐! 이번이 백스물일곱 번째쯤 되는 건가?"

전부터 느껴온 거지만 유리카는 싸움을 말리기보다 부추기는 데 소질이 있을 뿐 아니라 취미도 있었다. 빗속에서 벌어지는 둘의 진짜 같은 싸움을 보고 걱정하기 시작한 것은 주아니뿐이었다.

"저러다 다치지……."

이때만큼은 엄숙하다고 생각했던 엘다렌도 미칼리스와 똑같이 무모한 유희를 즐겼다. 먼발치에서 봐도 빗속에서 휘두르는 도끼와 할버드의 속도와 위력은 상당했다. 저거, 빗속이다 보니 잘못 보거나 날이 미끄러져 다칠 가능성도 없는 건 아닐 텐데.

목을 빼고 빗물에 젖은 눈을 비벼 가며 싸움을 구경하는 나를 흘끗 보더니 유리카가 핀잔을 주었다.

"파비안, 넌 한눈팔지 말고 활시위나 걸어."

아, 내 할 일은 그거였던가?

비는 그칠 기색을 보이지 않았다. 들판 곳곳에 도랑이 생겼다. 우리가 앉은 관객석에도 비는 줄줄 샜다. 관객이 그럴진대 공연자들의 몰골은 말할 것도 없었다. 미칼리스의 금발은 젖다 못해 생머리가 되어가는 중이고 엘다렌도 물을 흠뻑 먹은 수염을 가누기가 힘들어 보였다. 진짜 결투하는 것도 아닌데 계속 몰아칠 필요는 없었기 때문에 둘은 잠깐씩 쉬며 농담을 주고받았다. 우리에게는 미칼리스의 목소리가 주로 들렸지만, 가끔 엘다렌의 큰북 같은 목소리가 들판을 울리기도 했다. 나는 옆 좌석을 돌아보며 물었다.

"우리 이렇게 느긋해도 되는 거야?"

되든 안 되든 우리는 실제로 느긋했다.

"방랑자 아룬드의 비가 인도자 아룬드보다 따뜻한 느낌이 드는걸."

유리카가 고개를 끄덕였다.

"인도자 아룬드에 비해서 지금이 평화롭기 때문일까?"

인도자 아룬드의 비가 대지에 생명을 불어넣는 비라면, 방랑자 아룬드의 비는 고독하고 우울하며 차가운 비였다. 인도자 아룬드에는 비를 맞아도 쉽게 감기에 걸리지 않지만 방랑자 아룬드에 잘못 비를 맞았다가는 바로 몸살이었다.

그렇지만 인도자 아룬드에 우린 세르무즈 군대의 추적을 피해 달리고 있었다. 머릿속에는 착잡한 고민이 가득했지. 안전하게 도망칠 수 있을까, 나르디를 어떻게 대해야 할까, 또…….

하지만 지금은?

"거봐. 자네나 나나 예전 실력이 아니라니까! 벌써 몇 번 미끄러지는 거야, 이거?"

"……그런…… 변명…… 라."

대강 무슨 말인지 알 만했다.

"잠깐! 다 좋은데 머리카락 좀 짜고 하자!"

"……."

둘은 무기를 바닥에 내던지더니 각자 머리카락과 수염의 물을 훑기 시작했다. 말로 해도 괴상하지만 실제로는 더 우스운 광경이었다. 미칼리스는 아가씨들이 하는 것처럼 머리카락을 한쪽 어깨로 늘어뜨리더니 손에 둘둘 감기 시작했고, 엘다렌은 빨래를 짜는 것처럼 수염을 비틀었다. 둘 다 남의 눈 따위 의식하지 않는 성격이기도 했지만 어쨌든 볼 눈이라고는 두 사람과 한 로아에밖에 없었다.

"다시 해 볼까?"

둘은 동시에 손을 놀려 다시 무기를 잡았다. 나야 엘다렌이 얼마나 도끼를 잘 다루는지 수없이 봐 왔지만, 미칼리스가 할버드를 풍차처럼 휘두르는 모습도 장관이었다. 빗속에서도 둘의 무기가 공기를 가르는 소리가 흩어지지 않고 생생하게 들렸다.

유리카가 망토 자락을 끌어당기더니 말했다.

"저들은 처음엔 진짜로 지독하게 싸웠어. 지금은 장난으로 저러고 있지만 저기에 살기를 더했다고 생각해 봐."

"내 눈엔 지금도 충분히 살기를 띤 걸로 보여."

내 대신 주아니가 대답했다. 마침 두 도끼날이 맞부딪친 참이었다. 번쩍, 마치 번개가 내리친 것처럼 날카로운 불꽃이 튀어 올랐다. 세상에. 이건 정말 끔찍한 장난이야.

나는 그 동안 무심결에 손을 놀려 활을 구부리려 애쓰고 있었다. 활은 걸릴 듯 걸릴 듯 하며 자꾸 뱀장어처럼 빠져나갔고, 나는 반쯤 체념한 채로 활줄을 되풀이해서 당겼다.

"다시!"

두 도끼날이 또다시 부딪쳐갔다. 보통 도끼였다면 일찌감치 날이 몽땅 나가지 않았을까?

즈즈즈…… 쩡!

"다시 감각이 돌아오고 있는데? 좋았어!"

나는 누구의 실력이 더 나은지 모른다. 예전에 백몇 번이나 싸웠다고 하지만 누가 몇 번 이기고 몇 번 졌는지도 모른다. 그러나 내 눈앞의 둘이 세상에서 다시 보기 힘든 전사들이라는 것만은 말할 수 있다.

점차 빨라지고 있어!

"차하!"

슬슬 대화보다 기합이 더 자주 울려 퍼졌다. 보는 내 손에도 땀이 배었다. 추운 것? 벌써 잊었다.

"미카! 거리 조절을 잘 해야지!"

그 와중에도 유리카는 뭘 보고 하는 말인지 하여간 소리를 질러가며 주의를 주었다. 그녀가 그들만큼 대단한 전사는 아니지만 빠른 칼을 쓰는 만큼 눈만은 누구 못지않게 빨랐다.

하늘이 번개를 토해 낼 듯 나지막하게 으르렁거렸다. 비가 세찬 바람을 받아 비껴 쏟아지기 시작했다. 비바람의 조짐이었다. 바람 방향은 엘다렌에게 유리했다. 미칼리스는 얼굴에 사정없이 몰아치는 빗물 때문에 고개를 흔들어 가면서도 빈틈을 노려 몰아쳐 갔다.

"미끄러진다!"

오랜만에 엘다렌의 외침이 크게 울렸다. 그 말에 미칼리스는 다가서려던 걸음을 간발의 차이로 돌렸다. 물이 좌악 튀어 올랐다.

우르르릉…… 콰광!

번쩍, 하늘을 찢는가 싶더니 들판 너머에 선 나무에 벼락이 내리꽂혔다. 이제 말려야겠다 싶어서 몸을 일으키는데 뒤에서 나온 손이 끌어당겼다. 유리카였다.

"말리지 마."

"저러다 다치겠어. 상처는 고사하고 벼락을 맞으면 어쩌려고……."

그런데 유리카는 웃고 있지 않았다. 그녀는 고개를 흔들더니 다시 말했다.

"그래 봤자 저들 팔자소관이야. 우리는 못 말려."

"왜?"

유리카가 어깨를 약간 움츠리더니 말했다.

"에제키엘이 있을 때도…… 못 말렸어."

촤촤촤작!

미칼리스의 할버드가 엘다렌이 뛰어 피한 흙바닥을 찢었다. 흙탕물이 다리 높이만큼 튀어 올랐다. 내 눈으로는 동작을 따라가는 것도 힘들다. 피하는가 하면 어느새 달려들고, 내리치는가 했더니 다시 펄쩍 뛰어 물러난다.

들판이 습지처럼 수십 개의 냇물로 갈라졌다. 미칼리스의 얼굴이며 머리에 흙이 이겨 붙었고, 엘다렌은 아예 머리 아래가 커다란 흙덩어리처럼 보였다. 그런데도 뭐가 그리 신나는지, 또는 다른 무엇 때문인지 계속해서 무기를 내리쳐 갔다. 서로를 죽이려던 기억을 되살리는 것이 즐거울 수도 있는 걸까?

유리카가 내 손을 찾아 쥐더니 말했다.

"걱정 마. 저들은 자신과 상대의 실력을 너무 잘 알고 있으니까. 서로를 다치게 하는 일은 없을 거야."

문득 아까 하던 생각이 떠올라 물었다.

"백몇 번이나 싸웠다면서? 누가 더 많이 이겼는데?"

나로선 우열을 가릴 수 없었다. 나야 둘 중 누구도 따라갈 수 없으니 당연한 일이었다.

"비가 오래 내리려나."

유리카는 내 질문을 잊어버린 것처럼 엉뚱한 소리를 하며 일어나더니 나무줄기 쪽으로 갔다. 나는 영문을 몰라 뒷모습을 바라봤다. 그런데 그때였다.

언제 이 줄이 걸렸지?

나는 저도 모르게 걸어버린 활시위를 보고 뒤늦게 당황해서 입을 벌렸다. 한 번 튕겨 보니 윙, 하는 소리가 났다. 이걸 정말 내가 걸었단 말이야?

"파비안, 화살도 메겨 봐. 응? 어서."

주아니가 재촉하는 바람에 나는 얼떨결에 일어나 미칼리스의 화살통에서 화살 하나를 꺼냈다. 창처럼 억센 대에 날카로운 은촉이 달려 있다. 유리카가 나무줄기에 기댄 채 나를 가만히 바라보고 있었다.

나는 모든 동작이 서툴렀다. 어느 손으로 어디를 잡아야 하는지도 몰랐다. 손을 이리 바꿨다 저리 바꿨다 하며 간신히 활을 잡고 화살도 비슷하게 메겼다. 틀렸을지도 몰라. 하지만 조금은 알 것 같다. 화살 오늬를 시위에 메겨 당기는 순간의 기분이라는 것을…….

"파비안!"

어디선가 외침이 들렸지만 나는 돌아보지 않았다. 시위를 당긴 채 겨냥을 들판 쪽으로 돌렸다. 눈앞에 팽팽하게 당겨진 시위와 잔뜩 도사린 은촉이 보인다. 마치 맹금의 발톱 같다. 묘한 감각이 손바닥을 울리고 있었다. 저만치 비를 쏟아내는 검푸른 하늘이 보였다.

놓았다.

쉬익!

단단히 뭉쳤던 긴장을 간단한 손놀림만으로 풀어버린다. 화살은 한 순간에 시야를 벗어났다. 나는 화살이 어디로 날아갔는지 몰랐다. 다만 화살이 내 손을 떠나면서 짧게 내지른 비명 같은 소리만은 여전히 귓가에 남아 있었다.

"희한한 녀석이군."

"활을 만져본 것은 처음이라고 했나?"

"믿을 수가 없어."

엘프 하나, 드워프 하나, 인간 하나는 한마디씩 차례로 하더니 입을 다물어 버렸다. 한참 만에 로아에 하나도 입을 열었다.

"배고파."

아주 중요한 지적이었다. 나는 무안한 것도 감출 겸 투덜거렸다.

"예전에 유리카가 미칼리스와 함께 다녔을 때는 저녁거리 걱정 같은 건 안 했다고 했는데."

미칼리스는 어깨를 으쓱하더니 다시 불가로 다가앉았다.

"그건 사냥할 짐승이 있을 때 얘기야."

"있는지 없는지 어떻게 그렇게 잘 알아요?"

그러나 모닥불이나마 있는 것도 미칼리스 덕분이었다. 그는 어느 쪽으로 가면 비를 피할 바위 그늘이 있을지, 땔감으로 쓸 관목은 어디쯤 자랄지 짚어 주었는데 모두 신기하게 맞아떨어졌다.

탁, 타닥. 모닥불은 젖은 공기를 태우느라 매캐한 연기를 냈다. 비가 멎은 지 얼마 되지 않았다.

"에…… 에취!"

유리카가 심하게 재채기를 하더니 모닥불에 나무를 더 집어넣었다. 우리가 먹은 건 빗물을 받아 끓인 따뜻한 물이 전부였다. 좀 전에 유리카의 제안으로 젖은 건량을 물에 넣고 끓여 보았더니 그것 참 고약한 맛의 죽이 되어서 거의 코를 쥐고 먹지 않으면 안 되었다.

"그거라도 먹는 게 어디야. 굶고 자면 병난다고."

유리카의 억지스런 주장에 고개를 끄덕여 준 사람은 물론 미칼리스였다. 그는 노력이라도 했다는 것을 평가하는 데 후했기 때문에 기껏 만들어 놓았는데 맛이 없다고 불평할 엘프가 아니었다.

"아까도 봤듯 엘프는 자연의 상태를 살피는데 능하지. 나무에 대해 그랬듯 짐승도 마찬가지다."

미칼리스 대신 엘다렌이 대답했다. 그 말은 자연을 어린아이처럼 돌본다는 듯 들렸지만 반드시 틀린 말도 아니었다. 미칼리스는 풀잎을 보고 흙의 상태를 알아냈으며, 그 흙을 보고 어디쯤에 어떤 식물이 있을지 짐작해 냈다. 따라서 그 식물을 먹을 들짐승이 있을지 없을지도 예상할 수 있을 것이다.

뭐, 그렇다고 그 능력이 지금의 배고픔을 달래는데 조금이라도 도움이 되는 건 아니지만.

"물이라도 더 마셔봐."

결국 이런 것들도 다른 셋의 고뇌일 뿐, 엘프는 음식조차 많이 먹을 필요가 없었기 때문에 사실상 궁극적인 승리자였다. 거기다가 그는 지금 웃통을 다 벗고 있었다. 비가 막 그쳐서 서늘해진 날씨에! 인간이었다면 저러다가 다음날 동료들이 떠메고 가도 시원찮을 텐데.

"안 추워요?"

"으응?"

미칼리스는 아무 생각 없이 날 본 거겠지만 나는 저절로 웃음이 터졌다.

"왜 그래?"

뭐, 그렇게 건장한 몸—게다가 웃통까지 벗고—에 남자다운 얼굴을 한 미칼리스가 머리를 하얀 수건으로 감아 올린 것을 보고 내가 웃는대도 날 원망할 처지가 아니라고.

"아, 아니라고요……."

말해준대도 소용없었을 것이다. 미칼리스는 긴 머리를 싸매든 묶든 땋든, 심지어 리본을 달든 전혀 개의치 않았으며 그런 걸로 내가 웃는 것도 이해하지 못했으니까. 오죽하면 그 하얀 수건이 자기가 준비해 갖고 다니는 거였겠어.

미칼리스는 아이처럼 무릎을 세우고 턱을 괴더니 고개를 끄덕거렸다.

"인간들한텐 좀 추울 수도 있는 날씬걸."

"비 맞고 야영하기 좋은 날씨는 아니죠."

"우리가 이 꼴로 마을을 찾았대도 환영받긴 힘들었을걸."

유리카의 말에 모두 동감이었다. 좀 전까지 우리, 특히 엘다렌과 미칼리스의 '몰골'에 한몫 했던 옷가지들은 우리가 자리 잡은 큰 바위 위로 튀어나온 나뭇가지에 주렁주렁 널려 있었다. 빨래해 놨다고 하긴 뭐한 것이 시냇물도 강도 없어 빗물에 대충 헹구는 걸로 만족할 수밖에 없었기 때문에 대부분 아직도 흙투성이였다. 내일 저게 마른다면 흙을 손톱으로 긁어내면서 다녀야 하려나.

우리도 조금 건강이 받쳐준다면 미칼리스처럼 옷을 벗고 있는 편이 나을지도 모른다. 갈아입을 옷조차 모조리 젖어 버렸으니 말이다. 나와 엘다렌, 그리고 유리카는 흙이 묻지 않았다는 한 가지 이유만으로 배낭

속에서 흠뻑 젖은 옷을 꺼내 꾹꾹 짜서 입고 있었다. 모닥불 가에 앉아 있자니 무릎이나 팔 같은 데는 대강 말랐는데 등이나 엉덩이는 아직도 기분 나쁠 정도로 축축했다. 이럴 때면 단벌로도 끄떡없는 주아니가 부럽다.

"다들 돌아앉아서 등도 말려보는 게 어때?"

미칼리스의 제안으로 우리는 모닥불을 등지고 앉게 되었다. 캄캄한 들판을 보초 서는 기분으로 바라보고 있자니 기분이 묘했다. 어둠이 들판 너머에서 들짐승처럼 웅크린 채 우리를 바라보고 있었다.

뒤를 흘끔 보니 문득 낯설게 느껴지기도 하는 동료들이 모닥불을 둘러싸고 앉아 있었다. 내가 낮에 만졌던 활도 다시 시위가 풀린 채 바위에 얌전히 기대 세워져 있었다. 그런데 내가 쏘았던 화살은 되찾지 못했다. 다들 보고 있었는데도 어디론가 사라져버렸다. 마치 다른 세계로 가버리기라도 한 것처럼.

"어때. 그만하면 활을 힘으로 쏘는 게 아니란 건 알았겠지?"

지금은 아무렇지 않은 목소리로 말하고 있지만 낮에 내가 활을 쏜 직후 다가왔던 미칼리스는 그렇지 않았다. 그는 활을 넘겨받은 후에도 내가 건 시위를 한참이나 바라보고 있더니 말했다.

"자네, 무서운 사람이었군 그래."

미칼리스의 눈은 불그레한 불빛을 받고도 파랗게 빛났다. 그의 눈 속에서만 하늘이 개어 있는 것 같았다.

"솔직히 우연이었어요. 쉽사리 또 될 것 같지도 않고요."

"그야 당연하지. 누구나 단번에 될 것 같으면 세상에 어려운 일 따위가 있겠나?"

나는 어깨를 움츠리며 고개를 끄덕였다. 모닥불에서 튀어 오른 불똥이 허공에서 부딪쳐 다양한 무늬를 그리는 중이었다.

"그렇지만 신기해."

미칼리스가 싱긋 웃었다. 나는 저런 얼굴의 인간 전사한테는 도저히 느낄 수 없을 순수한 인상에 고개를 갸웃거렸다.

"나는 이 활을 백 살쯤 되던 때 만들었어. 그러니 6백 년은 된 물건인 셈이지. 내게 푸른 활이라는 별명을 붙여준 놈이기도 하고. 하지만 아직까지 이놈의 시위를 걸 수 있었던 건 나밖에 없었어. 쏘아본 사람은 한둘 있었던가."

"아니, 그런 활을 줘 놓고 시위는 힘으로 거는 게 아니라는 둥, 그런 소릴 한 거예요?"

나는 기가 막혀 항의했지만 미칼리스는 여전히 웃고 있었다.

"아냐. 사실 내 활이니 다른 사람이 만져볼 기회가 많았던 것은 아니거든. 어쨌든 잘 걸었잖아? 난 자네가 해낼 줄 알았어. 역시 생각대로였는걸?"

"뭐라고요?"

이 양반이 처음부터 나를 시험했잖아?

"그래서 활은 배울 테냐? 어떻게 할 거야?"

"그게……."

활을 쏘던 순간, 시위를 당긴 팔과 활을 잡은 손에 느껴지던 떨림은 분명 매력적이었다. 그런 것만 생각하면 배워보는 것도 괜찮을 것 같은

데. 흐음, 하지만 역시 게으른 건지 사서 고생하는 것도 어쩐지 싫고.

"내일 아침까지 생각해 보고 결정해도 돼요?"

미칼리스는 고개를 끄덕였다. 악독한 교관 같지는 않은 얼굴로.

등이 따뜻해지자 졸음이 오기 시작했다. 옷이 쭈글쭈글하게나마 마르고 나자 우리는 널어놓은 담요들도 걷어서 만져 본 다음 바닥에 폈다. 아직도 좀 축축하다. 추운 밤이 되겠구나.

담요 속으로 기어 들어가 누워 있는데 유리카가 나를 불렀다.

"파비안."

"응?"

누워 있으니 목소리가 이상하게 잠긴 것 같다.

"에즈 얘긴데."

"에제키엘이 왜?"

유리카는 잠시 사이를 두더니 말했다.

"미카의 활을 쏘아봤다던 사람, 에즈야."

"에제키엘이 활도 쏠 줄 알았어?"

내가 놀라 묻자 유리카가 고개를 저었다.

"쏠 줄 알았다기보다는 쏴 봤다는 거야. 에즈는 너처럼 시위를 직접 걸 힘은 없었고 그냥 활만 쏜 거였지. 그런데 그가 장난처럼 처음 쏘았던 화살도…… 결국 찾을 수 없었어."

"……"

가끔 처음 해본 일, 처음 가본 곳에서 언젠가 한 번 해보거나 와본 듯한 느낌이 들 때가 있다. 에제키엘과 나는 엄연히 다른 사람이고 내게는 새로운 상황일 뿐이야. 그러나 2백 년을 뛰어넘어 온 미칼리스와 유리카, 엘다렌에게는 어쩌면 똑같은 일이 되풀이된 것처럼 느껴졌을지도 몰라. 확실히 그들은 크게 놀랐으니까.

같은 활쏘기, 그리고 잃어버린 화살.

"넌 알아갈수록 에즈하고 비슷해……."

나는 한기를 느끼며 잠에 빠져들었다.

3. 라-메르이르

"그래서 에제키엘도 활을 배웠어?"

유리카는 고개를 저었다.

"아니."

나는 고개를 끄덕이며 미칼리스를 봤다.

"그럼 저는 활을 배우기로 하죠."

이런 결정이 무엇을 의미하는지 나도 모르겠다.

미칼리스는 엄숙한 선언이라도 들은 것처럼 고개를 끄덕였다. 그의 금발은 빨리 말라서 벌써 곱슬곱슬한 결이 살아나는 중이었다. 빗지 않은 머리가 부석부석 뒤엉켜서 마치 머리 위에 금빛 구름이 내려앉은 것처럼 보였다. 내 머리는 아침 이슬에 젖어서 찰싹 달라붙어 있는데 말이다.

"좋다. 그럼 자넨 나한테 뭘 가르쳐 줄 거지?"

나는 눈을 둥그렇게 떴다. 내가 가르쳐?

"잠깐, 그게 무슨 소리예요?"

그러나 미칼리스는 농담하는 얼굴이 아니었다. 오히려 내가 정말로 그럴싸한 가르침을 줄 거라고 생각하는 것처럼 기대를 담은 눈빛을 보냈다.

"이, 이것 봐요. 혹시 내가 당신한테 하나라도 가르칠 게 있다고 생각하는 건……."

우리가 이야기하는 동안 엘다렌과 유리카는 짐을 챙겼다. 모닥불을 정리하고 배낭 끈을 묶은 다음 유리카는 마지막 불씨로 데운 물을 한 잔씩 마시고 가자고 말했다.

"그, 그래……."

컵을 받아드는 동안 생각할 여유가 있었지만 여전히 답은 떠오르지 않았다. 내 표정을 보더니 미칼리스가 말했다.

"이봐. 자네와 나는 다른 삶을 살아왔어. 이번에 열아홉 살이 되었다고 했지? 나는 비록 칠백 살이 넘었지만 자네하고 겹칠 만한 경험은 거의 없었을 거야. 자넨 자네의 19년 동안 쓸모 있는 것을 배운 일이 한 번도 없단 말인가?"

"그야 그렇지는 않지만…… 내가 배운 게 당신한테 쓸모 있으리란 보장이 어디 있어요? 당신은 훌륭한 전사인데다 대단한 사냥꾼이고……."

"무슨 소리야. 세상에 쓸모없는 재능이 어디 있나."

물을 마시니 몸이 따뜻해지면서 조금 기운이 났다. 어제 저녁부터 아침까지 굶은 뱃속에도 위로가 되었다. 미칼리스는 자기 짐—거의 짐이랄 것도 없는—을 집어 들면서 말했다.

"우리 일족의 풍습으로는 누구도 일방적인 스승이나 제자가 될 수 없다. 자네가 내게 가르쳐 줄 것이 없다면 나 역시 자네에게 아무것도 가르칠 수 없어. 한쪽에서만 가르침을 베풀면 둘 사이에 불필요한 빚, 즉 위계가 생기기 마련이지. 내 천성은 그런 것을 용납 못해. 자네가 내 아랫사람이 아니듯 난 자네의 윗사람이 아냐. 그러니까 잘 생각해 봐. 자네가 19년 동안 배운 것들을. 남에게 줄 수 있는 것을 하나라도 갖고 있지 않다면 참 쓸모없는 인생이었다 하겠지."

벌판을 걸으며 생각해 봤지만 이건 정말 어려운 요구였다.

책에 나오는 스승들처럼 '내 제자가 되고 싶으면 3년 동안 식사 준비 하고 물도 긷고 나무도 하고 마당까지 쓸어라' 하는 편이 차라리 나을 뻔했다. 똑같은 3년을 준다 해도 스승으로 받들 만큼 대단한 사람한테 가르칠 만한 새 재주를 얻어 온다는 게 쉬운 일인가?

솔직히 나는 혹시라도 이런 요구, 그러니까 하루에 백 번씩 시위를 걸었다 풀라든가 하는 그런 훈련 과정이 있을지도 모른다는 생각에 망설이기도 했다. 그러나 미칼리스는 내 그런 잔머리에 벌이라도 주려는 것처럼 전혀 엉뚱한 숙제를 냈다.

"어때. 생각해 냈나?"

점심때가 다 되었다. 미칼리스는 이 문제로 슬슬 나를 놀리기까지 했다. 나는 볼이 부루퉁해져서 지금 생각하는 중이니 참견 말라고 쏘아붙였다.

"미카, 여긴 점심거리가 좀 있을 듯한데."

엘다렌이 걸음을 멈추며 말했다. 내 표정을 구경하느라 한눈을 팔고 있던 미칼리스도 덩달아 멈추어 섰다.

"흐음, 과연 그런데."

여전히 히스가 자란 들판일 뿐이라 나는 뭐가 달라졌는지 알 수 없었다. 내가 한참 두리번거리고 있는데 유리카가 내 팔을 툭툭 쳤다.

"저길 봐."

그제야 살펴보니 뭔가 있는 것 같기도 했다. 풀을 헤치고 간 흔적이었다. 하긴 엘다렌이 발견한 거니까 내 눈에도 띄는 거지. 엘다렌은 엘프가 아니라고.

엘다렌이 입을 열어 내 예상을 뒤집어버렸다.

"주아니가 말해 주더군."

하, 하긴…….

그런데 풀에 난 자국이 꽤 커서 나는 턱을 매만지며 생각에 잠겼다. 설마 또 멧돼지? 으음, '또' 라고 하지만 따지고 보면 한 번밖에 본 적이 없구나.

"그럼, 활을 좀 써 볼까."

나는 미칼리스가 눈 깜짝할 사이에 시위를 걸고 화살을 하나 뽑아 메기는 동작에 감탄했다. 내가 저렇게 하려면 얼마나 오래 걸릴까.

첫, 그것도 배울 수 있게 되고 난 다음의 얘기지.

"아, 따가워."

길게 자란 풀이 드러난 피부를 찔러댔다. 그거 말고도 뭔가가 어깨를 자꾸 건드리는데 지금처럼 멧돼지라도 튀어나올지 모르는 상황에서 왜 자꾸…….

"그런데 말이야, 파비안."

결국 돌아보니 내 어깨를 건드린 건 미칼리스의 화살 끝이었다. 으, 저 저 창대 같은 화살을 활에 메긴 채로 건드리다니 머리털이 쭈뼛 설 것 같아.

"왜 그래요?"

"자네를 보고 있으면 기분이 이상해져."

"에에?"

당황한 나머지 목소리가 이상하게 나왔다. 내가 재차 묻기 전에 미칼리스가 다시 말했다.

"에즈하고 너무 닮아서."

"……."

문득 이렇듯 짐승의 소리에 귀를 곧추세우고 긴장한 나 자신이 이 세상에 처음 존재했던 게 아닐 거란 기분이 든다. 어디선가 한 번 있었던 일을 그대로 되풀이하고 있는 것은 아닐까? 그게 에제키엘이 아니라 하더라도, 또 다른 생명이었다 하더라도 말이다. 한 마리 짐승으로서 이 들판을 헤매었을지도 모를…….

딸랑…….

갑자기 들린 소리에 나는 긴장하여 어깨를 아플 정도로 움츠렸다. 이건 방울 소리잖아?

딸강, 달그랑…….

이미 방울 소리에 한 번 당한 적이 있는지라 몸이 딱딱하게 굳어졌다. 유리카의 손도 칼자루로 갔다. 미칼리스가 꼬리 긴 눈썹을 꿈틀, 하더니 물었다.

"무슨 소리야, 이건?"

미칼리스는 방울에 대해 모르니 긴장하지 않는 것이리라. 나는 주머니 속의 주아니에게 물었다.

"혹시 다른 소리는 안 들려? 방울 말고."

"음…… 발굽 소리 같은 게 나."

나는 미간을 찌푸리며 되물었다.

"발굽 소리?"

다음 순간 주아니에게 더 물을 필요가 없어졌다. 내 귀에도 들렸으니까. 문제의 방울 소리도 커졌다. 달강, 달강, 따그랑.

하긴, 전에 들었던 방울 소리와 좀 다르긴 했다. 전의 것이 날카로웠다면 이번에는 투박하면서 음…… 한가롭다고 할까? 곧이어 소리의 주인공이 풀 더미에서 머리를 불쑥 내밀었다.

엘다렌도 이럴 땐 당황하는 모양이다.

"소 아닌가!"

허허벌판 한가운데서 소라니?

첫, 그것도 길 잃은 소였다.

우리는 맥 빠진 얼굴로 서로를 보고는 허탈하게 웃을 수밖에 없었다. 소는 목에 방울뿐 아니라 코뚜레까지 달려 있는 것이 '주인 있는 소' 임에 틀림없는 모습이었다. 뭐가 불만이냐고?

젠장, 잡아먹을 수가 없잖아!

"고삐가 풀려서 나왔나 봐. 어디에서 온 녀석일까?"

유리카가 가만가만 다가가 고삐를 잡고 목을 어루만져 녀석을 금방 얌전하게 만들어 놓았다. 그러고 보면 소는 본래 사람에게 익숙한 것처럼 처음부터 우리를 경계하지도 않았고, 특히 유리카가 쓰다듬는 손길에 만족한 듯 무우, 하는 울음소리를 냈다. 그래 봤자 아무 소용없다. 먹을 수도 없는데 길을 들여 봤자잖아.

아…… 저 모습을 보고 있자니 배가 더 고파.

"다음 마을까지 끌고 가지 뭐."

미칼리스는 멋쩍은 표정으로 활을 내리더니 어깨를 으쓱했다. 그동안 엘다렌은 소 궁둥이 쪽으로 돌아가 낙인이 있는지 살펴본 모양이었다. 갑작스런 뒷발 공격에 차이지 않도록 조심하면서 소 궁둥이를 살펴본 그는…….

"으음……."

불쾌한 일을 당하고 말았다. 소는 그 자리에서 똥을 누기 시작했다.

"……이건 뭐 어쩌라고……."

으, 냄새도 만만찮다. 이윽고 인상을 찌푸리고 있던 엘다렌이 말했다.

"'고림보' 라는 낙인이 찍혀 있군. 농부의 이름일지도 모르겠다."

"마을에 가 보면 알겠지. 낙인을 찍어 놓은 걸 보면 큰 목장의 소인 것 같아."

"우시장에 가봐야 하는 거 아냐?"

"난 외양간만 되어도 만족하겠어."

얼떨결에 발견한 먹지도 못하는 소 한 마리 때문에 잘나가는 모험가들에서 소치기들로 전락한 것부터 기분 나빴지만, 일껏 발견한 걸 내버리기도 뭣하고 결국 데리고 갈 수밖에 없었다. 그나저나 그 자리를 빨리 떠나는 것이 여러 모로 이로울 듯했다. 유리카가 고삐를 끌고 우리가 따라 걷는 동안에도 분위기 파악 못하는 소는 끊임없이 똥을 누고 있었다.

"말이었으면 타기라도 하지. 아니, 안장이라도 있으면 짐이나 실을 거 아냐."

물론 말도 아닌데 안장이 있을 턱이 없었다. 똥냄새가 꽤 오래 가시지 않았기 때문에 일행의 표정은 모조리 말씀이 아니었다. 나는 어제 저녁과 오늘 아침을 내리 굶고서 점심을 먹을 기회의 문전에서 좌절당한 자의 심정에 어울리는 불평을 내뱉었다.

"거참, 확 구워서 소갈비로 만들어버릴까 보다."

"파비안, 소들은 그런 말 알아들어."

의외로 유리카가 소의 편을 들었다. 오는 내내 고삐를 잡은 것도 그녀였다.

"알아들으라지. 알아들은들 어쩔 거야? 내 생각인데 저 녀석은 소들 중에서도 꽤 눈치 없는 놈이 틀림없다고."

"파비안, 우리 재 이름이나 하나 지을까?"

나는 웃지도 못한 채 유리카의 얼굴을 보았다. 바람을 받은 그녀의 뺨이 발그레하게 상기되어 있었다.

"금방 마을에 돌려줄 건데 이름은 지어서 뭘 하게?"

"왜, 저 녀석 표정 봐. 꽤 귀엽지 않아?"

소는 주제에 칭찬인 것은 알았는지 겸양하려는 사람처럼 고개를 이리저리 내젓다가 길게 울음소리를 냈다.

음무우우우우…….

그래, 예전에 호그돈의 통나무집에서 농가의 소녀로 보일 때부터 알아봤어야 했어. 아주 장단이 잘 맞는다, 잘 맞아.

"아예 소를 타고 가라, 응?"

"맞아. 그럴까?"

잠시 후 우리는 소를 타겠다고 고집을 부리는 유리카를 전부 달려들어 뜯어말리지 않으면 안 되었다. 야, 야, 소를 아무나 타는 줄 알아? 소는 말이 아니란 말이야!

무우…… 음메에에에…….

석양 무렵, 우리가 심심할까봐 적당한 시점에 한 번씩 뱃고동처럼 울어대는 소와 함께 우리는 마을 입구에 도착했다. 지도에 나온 대로 마을 이름은 펜로즈였다.

지금껏 소에 대해 별 반감을 가져본 일은 없었는데 말이야. 소 한 마리가 이렇게까지 사람의 인상을 바꿔 놓는 줄은 몰랐어. 우린 아무 짓도 한 게 없어. 소 한 마리를 끌고 나타난 죄밖에 없었다고.

그러나 결과는 우울했다.

커다란 검, 커다란 도끼, 커다란 활을 가진 세 남자와 한눈에 봐도 빼어나게 예쁜 소녀 하나가 우리 일행의 모습이다. 검이든 도끼든 활이든 커다랗다는 점으로는 어디 내놔도 빠지지 않았다. 또 미칼리스는 시골 마을에서 보기 힘든 역전의 용사다운 풍모였고 나 역시 겉보기에는 꽤 그럴듯해 보이는…….

하지만 그래봤자 소 팔러 나온 농부 이상의 무엇으로는 절대 보일 수 없다는 사실을 우리는 곧 알게 되었다. 우리야 어떤 모습이든 일행에서 가장 중요하고 남의 눈을 끄는 것은 저 소 녀석이었단 말이다. 농촌 마을이면 소가 많을 법도 한데 왜 다들 그렇게 소에 관심이 많은 거야?

그리고 흠흠, 사실을 말하자면 비 맞고 대강 말린 우리 차림이 멋지게 보이기엔 좀 무리도 있었고 말이다.

마을에 들어선 우리는 광장에서 멈추어 섰다. 많지도 않은 사람들이 지나갈 때마다 우리 쪽을 흘끔대는 가운데 나는 의견을 말했다.

"얼른 여관이나 잡죠?"

유리카가 끼어들었다.

"외양간이 있는 여관이라야 해."

"그보다 소를 주인에게 찾아줄 궁리부터 해야 하는 것 아닐까?"

"촌장을 찾아가는 편이 좋겠다."

……이렇게 우리의 여정조차 모조리 소의 편의를 중심으로 움직이기 시작했다.

"녀석이 길에서 똥이나 안 쌌으면 좋겠어."

모든 것을 포기한 나의 마지막 소망은 이것밖에 없었다.

촌장을 찾아가고 어쩌고 하는 복잡한 과정을 거쳐 사정을 알게 되었다. 물론 소 이야기를 꺼내기에 앞서 고립된 헴넨 마을에 대한 이야기도 해 두었다. 우리가 이보다 큰 마을에 언제쯤 들르게 될지 알 수 없는 일이니까. 촌장은 영주에게 전갈하겠다고 대답했다. 영주가 무슨 조치를 취할지 그것까진 모르겠지만 우리가 할 수 있는 일은 다 했다.

그 다음으로 우리가 알게 된 것은 이 소가…… 글쎄, 주인이 없다는 사실이었다.

"아니, 낙인이 찍혀 있는데 주인이 없다니요?"

"그게 말이지, 고림보 목장은 얼마 전에 괴물들의 습격을 받아 완전히 망해 버렸어. 주인 부부는 죽었고, 가축들도 죽거나 제 갈 길로 흩어져버렸지. 외지에서 들어온 사람들이라 재산을 물려받을 친척도 없다고 하더군. 이놈은 그 와중에 살길을 찾아 나온 놈인 모양인데 이런 놈을 발견하다니 운이 좋았군. 그냥 자네들이 갖지?"

"네…… 네?"

그건 전혀 친절한 발언이 아닌데!

나는 흥분해서 한마디 하려다가 아무 도움이 안 된다는 걸 느끼고 그냥 입을 다물어 버렸다. 게다가 촌장이 주인 없는 소를 주운 우리를 몹시 부러워하는 눈빛을 보내고 있어서 내 생각을 바꾸는 데 또한 한몫했다.

흠, 여행하며 소를 데리고 다닐 수도 없고 어떻게든 처분해야 하겠지만 그렇다고 나는 과감하게 '그럼 당신이 가져요!' 하고 말하는 성격은 절대 아니다. 저것도 살려면 다 돈인데 미쳤다고 공짜로 줘?

으음, 귀찮아 죽을 지경이면서 남 주긴 싫다니, 하여간 나도 웃기는 성격이라니까.

내가 이런 생각을 하는 동안 내 동료들은 괴물이라는 이야기에 주목했다. 유리카가 물었다.

"괴물이라니, 어떤 건데요?"

유리카가 물은 것은 그리 좋은 생각이 아니었다. 촌장은 갑자기 거드름을 피우며 말했다.

"이름이 중요하겠나? 어쨌든 사나운 놈들인 모양이야. 여행자들은 특히 조심해야 할 텐데, 아가씨 같은 사람은 조용해질 때까지 마을에 숨어 있는 편이 나을걸."

유리카는 피식 웃더니 미칼리스를 바라봤다. 미칼리스는 일부러 그러는 것처럼 유리카의 말투를 따라했다.

"괴물이라니, 어떤 건데요?"

"아, 자네들이 말하면 알겠나? 괴물들이 자취를 감춘 지 벌써 수십 년도 넘었는데."

보기 좋게 한 방 먹었다. 촌장은 예순쯤 되었는데 미칼리스나 심지어 엘다렌조차 그보다 턱없이 젊어 보였으니 말이다. 미칼리스는 재미있어 하는 기색이더니 갑자기 턱까지 괴며 말했다.

"그러지 마시고 얘기 좀 해주세요. 궁금해 죽겠는데요."

"어, 그게 말이야. 내가 듣기로는 키가 사람보다 크고, 날개가 달린……."

촌장이 거기까지 말하기가 무섭게 대답들이 튀어나왔다.

"가고일(Gargoyle)?"

"와이번(Wyvern)?"

"그리폰(Griffon)?"

2백 년 전에서 온 엘프, 드워프, 인간이 저마다 한마디씩 하자 촌장은 눈을 커다랗게 떴다. 나야 저것들이 뭔지 알 것 없다만 이만하면 좀 그럴싸해 보였겠지?

"거, 요즘에도 괴물을 쫓아다니는 모험가들이 있었나?"

나는 씨익 웃어 보이기만 했다. 촌장은 다시 한 번 우리 일행의 면면을 살펴봤다. 몸집보다 큰 배낭에 전투용 도끼를 꽂은 남자, 거대한 활과 어울리는 키에 탄탄한 체격을 가진 전사, 촌장이 지금껏 본 중 가장 큰 검일 내 멋쟁이 검, 수상한 검은 옷을 입은 소녀……. 비록 옷차림은 후줄근하지만 하여간 이런 특징을 가진 우리를 그는 차근차근 훑어보더니 말했다.

"혹시 괴물에게 쫓겨 오는 길이오?"

쳇, 우리가 만났다가 쫓겨 온 건 괴물이 아니고 주구장창 쏟아진 비란 말이야!

그러나 마을 사람들의 편견을 뚫을 길은 전혀 없었다. 촌장은 끝까지 '괴물한테 쫓겨 온 사람들' 이라는 견해를 바꾸지 않았고, 마을 사람들 역시 '소 끌고 다니는 사람들' 이라는 견해를 고수했다. 심지어 여관에 갔더니 여관 주인이 우리가 묵을 방을 일러주면서 한바탕 웃더니 말했다.

“하하, 역시 이리로 올 줄 알았다니까. 소 끌고 다니는 사람들이 외양간 있는 우리 여관이 아니면 어딜 가겠어.”

“그, 그렇긴 하…….”

결국 우리도 그 견해에 물들어버리고 말았다. 소를 맡기고 방으로 들어가자마자 나는 소똥 냄새에서 해방된 기쁨으로 침대 위에 벌렁 드러누워 버렸다.

“생각해 보면 우리가 카라드-리테에 꽤 가까이 왔잖아. 그렇다 보니 괴물이 날뛴다는 이야기가 마음에 걸리는데.”

자기 방에 짐을 두고 건너온 유리카가 의자를 끌어당겨 앉으면서 말했다. 나는 의아한 눈을 했다.

“괴물이 날뛴다는 건 언제 어디서든 마음에 걸리는 얘기 아니냐?”

“내 말은 그게 아니라…….”

옆에서 미칼리스가 끼어들었다.

“그런 건 마음에 걸린다고 하는 게 아니지. 다행스러운 일이 아닌가? 옛 친구랄까, 아니, 친구라고 하긴 뭐해도 어쨌든 오래 살아온 자를 만나 이야기를 나눠보는 건 썩 괜찮은 일이지. 요즘 종족들은 다들 너무 어려서.”

“뭐라고요? 괴물이 오랜 친구예요?”

내가 되묻는데 유리카가 손을 저어 말을 막았다. 그녀는 비를 맞은 이래 감지도 못한 머리가 가려운지 흔들어대면서 말을 이었다.

“우린 카라드-리테에서 흰 보석을 찾을 거잖아.”

"그건 알아. 그런데 그게 뭐?"

"흰 보석의 수호자가 깨어 있으면 이렇게 괴물들이 날뛰게 되거든. 그러니 미칼리스의 말대로일 수도 있겠지. 하지만 난 웬만하면 만나지 않고 보석을 찾아오길 바랐는데. 그 얼굴을 마주보는 건 영 취향이 아니라서."

"수호자라니? 이번엔 누가 보석을 맡아 가지고 있어?"

"응."

"아니, 왜 이번에만?"

"다른 경우는 보석과 함께 나나 엘다렌, 미칼리스가 봉인되었어. 하지만 에제키엘은 봉인될 수 없었잖아. 그래서 보석을 대신 지킬 수호자가 필요해진 거야. 그걸 맡아주기에 딱 맞는 자였지."

내가 이어지는 말을 기대하는 걸 눈치챈 유리카는 가볍게 한숨을 내쉬었다.

"사실 너한텐 카라드-리테 앞에 가서 말해줄 생각이었어."

"왜?"

"놀랄 것 같아서. 흰 보석의 수호자는, 음, 그게……."

미칼리스가 끼어들었다.

"뭘 그리 망설이나? 처음 들어보는 이름도 아닐 텐데."

"처음 들어보는 이름이 아니라니요? 제가 아는 사람인가요?"

유리카는 곤란한 표정이었다.

"그게, 인간은 아니고……."

"엘프도 드워프도 다 나왔으니 무슨 새로운 종족이지? 아, 엘프의 피가 섞인 스노이안을 봤으니까 이번엔 드워프의 피가 섞인 사람이 나올 차례…… 흠흠."

엘다렌이 내게 심술궂은 영감 같은 눈길을 보내는 바람에 나는 멈칫하며 목을 가다듬었다. 그러나 내가 마음의 준비를 다 하기도 전에 대답이 튀어나왔다.

"드래곤이다."

나는 그들의 예상을 깨뜨리고 잠잠하게 앉아 있었다. 농담인가? 그런 것 같진 않은데? 참, 드래곤이 뭐였지?

다음 순간, 나는 펄쩍 의자에서 뛰어오르다시피 하며 부르짖었다.

"뭐, 뭐, 뭐, 뭐라고요?"

"자, 그런 이야기는 카라드-리테 밑에 가서 해도 늦지 않아. 우린 근방에 나타난 괴물들에 대해서나 얘기해 보자고."

충격을 받은 내가 그 후 한마디도 않는 것이 다들 마음에 걸리긴 한 모양이었다. 그들은 일부러 쾌활함, 아니 태연함을 가장하며 이야기를 주고받았다.

"와이번 떼라. 와이번이 떼를 짓는다는 이야기는 2백 년 전에도 들어본 일이 없는데."

촌장이 말해준 괴물의 이름이 와이번이었다. 나야 어디선가 듣기만 해보고 만나본 적은 절대 없는 놈이다. 유리카의 말에 미칼리스가 고개를 저었다.

"아냐, 와이번은 필요하면 떼를 지을 수도 있어. 난 백여 마리도 넘는 와이번 떼를 본 일도 있으니까."

"그리고 벽화에도 나와 있지."

자기 배낭을 타고 앉아 있던 엘다렌이 그렇게 말하더니 미칼리스의 얼굴을 흘끗 보았다.

"하얀 부리 엘프 족과 대치한 적이 있지 않나? 물론 날개가 있던 시절에."

또 그 날개 얘기다.

미칼리스는 무안한 얘기라도 들은 사람처럼 실실 웃으며 고개를 젓더니 다른 소리를 했다.

"와이번 한두 마리 정도라면 걱정도 하지 않겠지만, 카라드-리테 쪽으로 가다 보면 그런 일이 점점 많아질 것 같은데."

그 말에 겨우 입을 열 기분이 든 내가 한마디 보탰다.

"카라드-리테에서 무슨 괴물 대회라도 열려요?"

내게는 드래곤도 수천 마리의 괴물들을 합한 정도로밖에 느껴지지 않았다. 내가 아는 드래곤이라면 딱 하나 있다. 뭐랬더라, 그래, 달 갸라누. '라베닌드의 천벌' 이라고 불렸다던 드래곤…… 이 아니고 그걸 본뜬 조각상. 진짜 드래곤은 그보다 훨씬 크다고 했는데.

드래곤은 말을 하던가? 다른 종족과 대화를 곧잘 하곤 하던가?

옛날이야기 같은 거, 믿어도 될까?

옛 이야기에서 드래곤은 주로…… 제멋대로였던 것 같은데.

생각에 잠겨 있는데 주아니가 주머니에서 나와 탁자 위로 올라갔다. 주머니가 축축해서 그런가 하는데 그게 아니었다.

“와이번이 어떤 거야? 새야? 무서운 거야? 사람도 잡아먹어?”

주아니는 물론 그 다음에 드래곤에 대해 물을 생각이었을지도 모르겠지만, 드래곤 이야기가 나온 와중에 와이번부터 묻다니 이건 드래곤의 굴욕인데. 아니, 물론 주아니 입장에서는 둘 다 ‘큰 괴물’이라는 점에서 똑같은지도 모르겠지만…….

“와이번은 말이야.”

미칼리스가 재빨리 입을 열었다. 주아니와 대화할 기회가 좀처럼 없었기 때문에 기회를 놓치고 싶지 않았을 것이다.

“외양은 일단 드래곤을 줄여 놓은 것 같지. 키는 내 두세 배 정도? 대신 앞발이 없고 뒷발로만 설 수 있어. 드래곤과 비교할 때 몸집보다 날개가 큰 편이고 비늘과 가죽으로 덮여 있지. 갈고리 달린 긴 꼬리가 있어서 그걸로도 공격할 수 있고. 이빨에는 독이 있어서 조심해야 해. 그렇지만 드래곤과는 달라서 불길 같은 건 뿜지 못하고 말도 못 해. 바보거든.”

하필 드래곤하고 비교하는 것은 무슨 심술일까.

미칼리스는 주아니의 환심을 살 절호의 기회라고 생각했는지 난로에서 숯을 꺼내 와 탁자 위에 그림까지 그렸다. 이번만은 미칼리스도 엘프에 대한 세상의 기대를 어그러뜨리지 않아서 그림 실력은 과연 보통이 아니었다.

이윽고 완성된 와이번의 모습은 정말 그럴듯했다. 나도 말로만 들었지 이렇게 자세한 그림을 보긴 처음이었다. 게다가 살아오면서 멋진 그림을 볼 기회가 그다지 없어서인지 미칼리스가 순식간에 끼적거려 놓은 그림은 내가 살아오며 본 중 가장 멋진 그림인 것 같았다. 이런 식으로 길 가다 들른 여관에 예술 하나 남기고 가는구나.

"우와, 진짜 잘 그렸는데요?"

미칼리스는 아예 그림 위로 기어 올라간 주아니와 머리를 맞대고 와이번을 연구하는 데 푹 빠져서 내 말에 대꾸할 여유가 없었다. 엘다렌이 대신 말했다.

"인간들이 예술이라고 부르는 것 치고 엘프가 못하는 건 없지."

"다른 것도? 그러면 노래도? 시도? 음…… 춤도?"

미칼리스는 주아니와 한참 동안 신이 나서 떠들었다. 둘이 와이번 박사가 되어 가는 동안 유리카가 어깨를 으쓱하더니 말했다.

"춤은 안 봐서 모르겠지만 시와 노래라면 엘프들의 특기지. 한번 시켜 볼까?"

유리카는 의자 위에 앉은 채 미칼리스의 발치를 툭툭 걷어차서 돌아보게 하더니 말했다.

"파비안이 노래를 듣고 싶대."

"노래? 어떤 노래?"

그런 생각까지 해두지 않았던 나는 요령부득으로 미칼리스와 빤히 마주보게 되어 당황했다. 그러나 주아니가 미칼리스의 머리카락을 잡아당기며 다시 물었다.

"여기 봐봐. 와이번은 날개 꼭대기에 발톱도 있어? 응?"

"에, 그게, 뭔가…… 엘프들한테 전해 내려오는 노래라든가……."

"응, 거기 발톱이 있어. 왜냐하면……."

제멋대로 어수선해진 우리의 이야기는 결국 엉뚱한 방법으로 일단락되었다. 여관 주인이 방문을 두드리더니 머리를 내밀고 말했다.

"목욕물 준비되었습니다."

"그렇게 걱정하지 않아도 돼. 무지막지한 친구는 아니야."

미칼리스는 나를 안심시키려는 것처럼 말을 꺼냈지만 곧 특유의 솔직함으로 진실을 고백하고 말았다.

"드래곤치고는 말이지."

결국 불안 해소는 내 마음속 깊은 곳에 잠재해 있을지도 모를 '불굴의 용기' 한테 맡기는 수밖에 없을 듯했다. 그런데 '불굴의 용기' 님께서는 최근 드래곤처럼 수면기에 들어가기라도 했는지 아까부터 아무리 툭툭 치고 걷어차도 꼼짝도 하지 않았다. 이거 큰일 났는데.

"미칼리스, 전에도 궁금했던 건데요."

"응, 뭔데?"

"당신은 사냥에 아무 가책을 느끼지 않아요? 엘프란 제가 듣기로는……."

"자연을 사랑하고, 동물의 친구인 엘프?"

그렇게 말하는 미칼리스의 표정은 수증기 때문에 잘 보이지 않았다. 그도 내 얼굴이 안 보였을 것이다. 나는 물이 뚝뚝 떨어지는 머리를 감싸 쥐며 그가 들어가 앉은 커다란 나무 욕탕으로 들어갔다. 커다랗다고는 하지만 셋이나 들어가 앉으니 그다지 넓진 않았다. 하지만 시골 여관에 이런 호사스런 크기의 욕탕이 있다는 것만 해도 기적 같은 일이지 뭐야.

"이번에도 그루터기 엘프들 때문에 생긴 편견이다, 그건가요?"

미칼리스는 드러난 어깨에 젖은 머리를 늘어뜨린 채 천장을 바라보고 있었다. 내가 쳐다보니 그의 턱선밖에 보이지 않았다. 대답은 결국 천장까지 올라갔다가 내 귀에 들어왔다.

"그렇진 않아."

엘다렌은 죽은 드워프처럼 턱까지 잠근 채 꼼짝도 하지 않았다. 내가 들어왔기 때문에 수면이 올라간 건지도 모르겠지만, 하여튼 조금만 움직였다가는 코로 물이 들어갈 것 같은 상황이다. 그러나 미칼리스와 나한텐 겨드랑이까지밖에 차지 않았다.

물은 적당히 따뜻했고 나는 몸이 나른해졌다. 차가운 비를 맞고 흙탕물에 젖었던 일, 축축하고 우글쭈글했던 옷, 그리고 소똥 냄새까지…… 어제오늘 쌓였던 피곤이 다 가시는 기분이었다.

"그러면요?"

찰박, 찰랑. 톡, 토독.

한동안 욕탕 벽에 부딪치거나 천장에서 떨어지는 물의 소리 말고는 아무것도 들리지 않았다. 내가 한 질문을 잊어버릴 즈음 미칼리스가 말했다.

"우리 아스테리온께서 가끔 하던 말씀이 있지. 죽음은 때로 산 자를 위한 식량이 된다고 하던가."

나도 예전에, 그러니까 켈라드리안에서 화전민 이야기를 하다가 유리카한테 그런 말을 들었던 것 같다. 미칼리스는 물속에서 팔을 빼서 머리카락을 훑어 넘겼다. 물에 잠긴 머리카락이 물 밑에서 수초처럼 흔들리고 있었다.

"이 세상에 후회 없는 삶이 있겠나? 삶은 어제 했던 일에 대한 후회의 연속이야. 짐승을 죽이면 난 안타까워지지. 그러나 그 죽음으로 많은 사람이 기운을 차렸다. 내 후회의 대가로 게으른 사람 몇을 네 말대로, 또는 에제키엘의 말대로 '도왔잖아'."

"그렇긴 하죠. 그렇다면 그런 점에서 엘프도 인간과 그리 다른 건 아니군요?"

"그렇진 않지."

죽은 드워프가 갑자기 살아나 대화에 끼어들었다.

"인간이든, 엘프든, 드워프든, 로아에든, 적을 만나면 자기 생명을 지키려고 맹렬히 싸우는 것은 똑같다. 멧돼지나 사슴도, 작은 쥐나 곤충들도 마찬가지지. 그렇지만 늘 네가 이긴다는 보장이 있는가? 너는 질 수도 있다. 죽어서 맹수의 먹이가 되거나 악당의 노리갯감이 될 수도 있다. 그러면 기분이 어떻겠나."

"죽었는데 무슨 기분이 있어요?"

내 대꾸에 엘다렌은 어이가 없는 표정이었다.

"하다못해 네 친구나 가족의 기분이라도 생각해 봐."

"아주 더럽겠지요."

내가 냉큼 대답하자 엘다렌은 다시 내 얼굴을 보았다. 물 찰랑이는 소리, 고요가 되풀이되고서 말이 이어졌다.

"엘프들은 복수를 하지 않는다는 이야기, 알고 있나?"

물론 처음 듣는 이야기였다.

"복수를 안 해요?"

"부당한 습격, 이를테면 어린아이를 죽이거나, 돈이나 재물을 목적으로 죄 없는 자들을 학살하거나 했을 때에는 얘기가 다르지. 그러나 서로 이익을 위해 투쟁하다가 한쪽이 졌을 경우, 엘프들 사이에서는 죄를 따지지 않는 것이 불문율이다. 연인의 복수? 부모의 피 값? 아무도 그런 것을 묻지 않는 거다."

말을 맺으며 엘다렌은 미칼리스를 쳐다보았다.

"설명이 제대로 된 거냐?"

미칼리스는 기다란 손가락으로 수면을 튕기며 잠시 물장난을 하는데 열중했다. 그러더니 고개를 들어 나를 봤다.

"아아, 당연한 거야. 별다른 게 아냐. 내가 죽지 않았으면 상대가 죽지 않았겠느냔 뜻이지. 내가 호랑이를 사냥하지 않았다면 호랑이가 나를 사냥했겠지. 살아 있기 위해 우리는 매 순간 주위의 모든 것과 투쟁을 벌이고 있단 말이야. 누가 이기고 누가 지는 일쯤은 항상 벌어지지. 내가 지금까지 살아 있는 것도 내 대신 죽어 줬던 수많은 생명들 덕택이 아니겠나?"

미칼리스는 편안한 표정으로 말했지만 나는 말문이 막혔다. 지금 들은 건 일전에 헴넨 마을에서 했던 말과 똑같은 것 같으면서도 달랐다. 그때는 다가오는 존재들에게 어쩔 수 없이 자기 보호라는 무기를 휘두르는 '엘프'일 수밖에 없는 자신에 대해 말했었지. 투쟁의 자연, 고통의 자연에 대해. 그리고 지금은…….

"남을 위해 굳이 자신을 희생할 필요는 없어. 그건 다른 생명들도 마찬가지지. 전에도 말했지만 엘프들은 남을 잘 돕지 않아. 나도 그렇고. 살아 있는 동안은 나 자신과 내가 사랑하는 사람들을 위해서만 살아가지. 그러다 보면 어느 날 드디어 내가 희생될 차례가 온단 말이야. 그렇다고 억울해 하거나 화를 낼 필요는 없어. 판결이 나기 전까진 다들 최선을 다해 싸우는 거지. 결정되면, 그걸로 그만이야. 왜 쓸데없이 원한을 만들고, '내게 이런 일이 일어날 리 없어!' 라고 외쳐야 하나? 자신은 남과 다른 특별한 존재인 줄 아는 건가? 그렇게 산다고 영원히 살기라도 해? 누구한테나 언젠가 한 번은 일어날 수밖에 없는 일인데."

미칼리스는 잠시 사이를 두었다가 씩 웃으며 말을 맺었다.

"죽음이란 건."

앞뒤가 안 맞는 것 같으면서도 이해가 될 것도 같고, 머릿속이 복잡했다. 본래 생명은 이기적인데, 싸움이 다 끝난 마당까지 이기적일 필요가 뭐냐는 말일까? 아니면 살아 있는 동안의 이기심은 생명으로서 당연한 특성이지만 그건 평등한 위치에서 투쟁하는 동안만 가치가 있다는 말일까?

"네게 쉽사리 활을 가르치지 않는 것도 어쩌면 비슷한 이유지."

생각이 정리되지 않았지만 나는 입을 열었다.

"그렇지만 사람들 사이의 온갖 관계가 그렇게 단순하지만은 않잖아요."

"그야 그렇지. 그렇지만 복잡한 것 속에도 간단한 원리는 숨어 있는 거야. 그걸 찾아 따르지 않는다면 살아 있으면서 배울 게 뭐겠나?"

어찌 보면 깨끗한 사고방식 같기도 했다. 이런저런 인연에 얽매여 어쩔 줄 몰라 하며 살아가는 인간보다는 말이다. 그렇지만 엘프라고 사랑하는 사람의 죽음을 잊는 것이 쉬울까? 자신의 죽음이 두렵지 않을까? 난 여전히 어머니의 죽음을 잊을 수가 없고, 드래곤이 날 잡아먹을까봐 무서워 죽겠는데 말이다. 으, 이 생각은 '불굴의 용기'가 잠에서 깰 때까진 안 하기로 했는데.

혹시 그래서 이베카의 일도 쉽사리 정리할 수 있었던 것일까? 아니지. 정리했는지 아닌지 물어본 것도 아닌데 짐작으로 알 수 있는 일은 아냐. 그렇지만 겉으로는 저렇게 평온해 보이잖아. 만약 일전의 중독으로 유리카가 살아나지 못했다면 나는 과연 겉으로나마 아무렇지 않을 수 있을까?

"어쨌든…… 엘프가 자연을 사랑하는 것만은 틀림없네요. 인간이었다면 이성이 없는 멧돼지라 해도, 예를 들어 그게 아버지를 죽인 놈이라면 미친 듯이 찾아서 무슨 수를 써서든 죽이고 말았을 텐데."

미칼리스는 고개를 저었다.

"엘프는, 살아가기 위한 엘프다."

엘다렌도 말했다.

"다른 모든 종족과 마찬가지로."

나는 할 말이 없어져 버렸다.

참, 이상한 종족들이야. 나중에 드워프는 어떻게 다른지도 물어봐야겠어. 그러고 보면 파하잔에 갔을 때 드워프들이 세워 놓은 달 갸라누의 조각상을 보고도 몹시 당황했지. 드워프 족이 아끼고 자랑하던 '천

년의 라베닌드' 를 파괴하고 그들을 지하로 쫓아 보낸 원수 같은 드래곤이 아닌가. 그런데 그 드래곤을 정성 들여 조각해서 도시 한 가운데 세워 놨잖아. 잊지 않기 위해서라고 했던가…….

로아에는? 인간 사이의 전쟁을 이해하려 노력하지 않는 것이 그들의 방식이라고 했던가? 그럼 인간은? 인간은 뭐지?

어쩌면 다른 종족들은 비슷한데 인간만 특이한 게 아닐까? 얽히고설킨 애증에 익숙하고, 우연히 마주친 사람도 뜻 없이 도울 수 있고, 배반과 복수에도 능하지만 연민과 희생에도 익숙한 인간 말이다.

목욕이 끝날 때까지 했던 생각들이었다.

"오늘의 안건은 세 가지입니다."

유리카가 장난스럽게 엄숙함을 가장하며 종이를 집어 들더니 수건을 하나씩 들고 머리를 말리고 있는 세 남자를 향해 입을 열었다.

"첫째, 카라드-리테로 가는 도중에 많은 괴물들과 마주칠 것 같다는 정보가 입수되었어요. 이에 대한 대책은 있으면 좋고…… 뭐, 없으면 할 수 없고."

우리가 나왔을 때 유리카와 주아니는 이미 머리도 말리고 '안건' 인가 하는 것까지 준비해 놓고 우리를 기다리고 있었다. 괜히 머리 아픈 논쟁을 하는 바람에 남자들 쪽의 목욕이 늦어져서 말이지. 목욕을 오래하긴 했다. 손가락이 쭈글쭈글하게 불었고 수증기에 섞인 땔나무 연기 때문에 목이 매캐할 정도니까.

"둘째, 우리 귀염둥이 '라-메르이르' 의 거취를 정할 필요가 있어요.”

미칼리스가 멀뚱하게 질문했다.

“라-메르이르라면 ‘친근한 꼬마’ 정도 되나? 그런데 그게 누군데?”

유리카가 턱을 치켜들더니 냉큼 대답했다.

“누구긴, 외양간에서 쉬고 있는 우리 동료지.”

나는 당황해서 외쳤다.

“야, 그 녀석이 어떻게 동료야! 게다가 귀염둥이라니!”

유리카는 내 외침에는 아랑곳 않고 마지막 안건을 읽었다.

“셋째, 파비안 크리스차넨이 미칼리스 마르나치야에게 가르칠 수 있는 것이 뭐가 있을지 조사해 봤습니다.”

라-메르이르인지 뭔지, 고대 이스나미르 어로 붙인 이름 같은데 조금도 어울리지 않았다. 그 소 녀석은 절대 꼬마가 아니었다. 친근하지 않은 것은 말할 것도 없고. 무엇보다 소한테 고대 이스나미르 어 이름이 가당키나 한가?

나는 엉뚱한 생각을 하고 있다가 중얼거렸다.

“차라리 똥쟁이라고 이름을 붙이지…….”

“파비안!”

유리카가 발끈해서 소리 질렀지만, 옆에서 미칼리스가 한마디 하는 바람에 유감스럽게도 효과는 반감되고 말았다.

“똥쟁이? 그쪽이 훨씬 어울리는 이름 같은데.”

유리카는 눈썹을 치켜 올렸다.

“미카, 그러고도 네가 음률과 시에 능한 엘프야?”

"좋은 시인이라면 어울리는 시어를 찾을 줄 알아야 하는 법이야."

"똥쟁이가 어딜 봐서 어울리는 시어야?"

"어디까지나 대상과 상황에 어울리는 것만이 좋은 시어로써 가치가 있지."

유리카와 미칼리스 사이에서 한바탕 주거니 받거니 입질이 오고가려는 참인데 전부터 싸움 말리는 당번이던 주아니가 하품을 하더니 한마디 했다.

"그만들 둬. 지금 소 이름이 중요해? 다들 유리카가 말한 문제들에 대해서나 생각해 보자고."

"아아, 그래. 마지막 문제부터 생각해 보자."

미칼리스가 당장 동의하더니 자세를 고쳐 바로 앉았다. 오, 태도 전환이 진짜 빠른데. 배워둘 만해.

유리카는 종이를 읽어나가기에 앞서 나를 슥 봤다.

"파비안에게는 물건 값 깎는 법, 잡화점 운영하며 손님 등쳐먹는 법, 남의 눈에 안 띄게 구시렁대는 법, 신기한 일이 벌어졌을 때 건전하고 평범한 사람답게 '깜짝 놀라기' 등을 배울 수 있습니다. 아 물론, 참새 그물 짜는 법도."

유리카 너…….

유리카는 내가 화를 내기 전에 잽싸게 내 쪽으로 돌아서서 생긋 웃었다.

"사실 그 말고도 좋은 점이 아주 많은데, 그런 건 남한테 가르칠 수가 없잖니."

아무리 그래도 그렇지. 미칼리스는 대체 무슨 표정을 짓고 있을까? 나를 아주 이상한 놈으로 보는 건 아닐까?

"그래, 그럼 그중 뭘 가르쳐 줄 건가?"

"네…… 네?"

나쁜 예측이 맞지 않는다고 해서 늘 좋은 것만은 아니다.

4. 괴물이 돌아온 세계

"에제키엘의 모험이라고 다른 여행자들과 별나게 달랐던 것은 아니야. 여관을 찾거나 노숙을 하고, 식당에 가거나 들짐승을 사냥하고, 좋은 사람을 만나거나 방해꾼을 만나는 그런 여행이지."

"그럼. 저녁거리 준비할 녀석도, 저녁상 차릴 놈도, 설거지할 친구도 필요한 그런 여행이지."

미칼리스가 기분 좋게 덧붙였다. 소문에 따르면 그는 여전히 내가 자신한테 '유리카의 목록' 중 뭔가를 가르칠 거란 기대를 접지 않았다고 한다.

"응. 총감독도 필요하고 말이야."

맑은 하늘이었다. 막 떠오르기 시작한 저녁 별들이 총총했다. 풍경은 평화로웠다. 어제 내린 비로 생긴 물웅덩이 말고는 우리를 방해하는 것도 없었다. 이야기를 듣고 잔뜩 긴장했는데 와이번이나 기타 괴물 비슷한 것들도 눈에 띄지 않았다. 공기는 적당히 시원했고, 저녁을 든든히 먹었으며, 동료들은 쾌활했고, 우리 뒤에서는……

음무우우우우…….

한가로운 소 울음소리까지…… 제, 젠장, 이건 아니란 말이다!

"시골길을 걷는 기분이야."

미칼리스는 소에게 아무런 경쟁심…… 아, 아니, 불만을 품지 않았다. 나는 시골에서 살아본 사람의 자격으로 논평했다.

"제가 살던 시골은 이런 분위기가 아니었다고요."

그러고 보면 난 왜 이리 저 소를 싫어하게 된 걸까?

어젠 오랜만에 여관에서 푹 쉬었다. 그저께 들어가서 다음날 세 끼 식사를 다 하고 하룻밤 더 자고 왔을 정도니까. 어제 저녁에 떠날 수도 있었지만 괴물이 나올지도 모르는 길을 밤에 걷는 것은 바보짓이지. 그런데 유리카가 제기한 안건들은 어떻게 됐냐고?

첫 번째 안건에 대한 답으로 이렇게 낮에 걷고 있고, 두 번째는? 우리 뒤에 똥쟁이 소가 여전히 따라오고 있는걸 보면 몰라? 펜로즈 마을엔 왜 우시장도 하나 없는 거야!

그럼 세 번째는?

"파비안, 웬만하면 빨리 고르지."

미칼리스는 별로 할 일도 없는 참에 활이나 가르쳐 보는 것도 좋을 것 같다는 둥 지분대며 알게 모르게 날 들볶았다. 그러나 그런 게 어디 가르칠 만한 재능인가? 손님을 등쳐먹는 법이라고? 잡화점도 태워먹고 없는 마당에 그런 걸 어떻게 가르쳐?

내가 고른다는 건 불가능한 노릇이라 나는 한숨을 한 번 푹 내쉬고 나서 미칼리스에게 선택을 일임해버렸다. 그래서 그가 고른 것은 물건값 깎기였다.

엘다렌은 미칼리스에게 마르텔리조에서 있었던 일들을 얘기하는 걸 좋아했다. 그렇다 보니 경매를 하고, 흥정하고, 거래하고 하는 얘기가 주로 나오게 되는데 내가 한 일인지 의심쩍을 정도로 변형된 후일담을 듣는 미칼리스의 반응은 주로 이랬다.

"오! 그거 참 괜찮은데? 그 다음은?"

인상 깊었던 얘기를 고른 건 좋았지만 이런 어이없는 강의를 해야 하는 나는 입장이 난처했다. 왜냐고? 그러니까…… 이런 건 주로 나 자신의 인간성과 평가를 갉아먹는 방향으로 진행되기 마련이거든.

"물건의 가격을 낮추려면 일단, 음, 음, 상품을 살펴보고…… 트집을 잡지 않으면 안 돼요."

"물건에 문제가 있다면 당연히 말해야겠지."

"아, 그런 게 아니라…… 별 문제가 아닌 것도 크게 부풀려야 된다는…… 다시 말해 없는 하자도 만들어내야 된다는 얘긴데……."

"없는 하자를 만들어 내? 상인이 안 보는 사이에 물건에 흠집을 내라는 건가?"

참으로 답답한 노릇이었다.

"무, 물론 그런 말은 아니죠. 다시 말해 세상에 문제가 전혀 없는 물건이란 존재할 수가 없기 때문에 지나치게 비싼 가격이라든가, 아주 조그마한 흠집이라든가, 유행이 지난 색깔이나, 만든 지 오래된 재고라든가, 다른 데서 이보다 더 좋은 물건을 봤는데 더 싸게 팔더라는 얘기나……."

말을 하면서 미칼리스의 얼굴을 흘끗 봤지만 이해하고 있는 표정이 아니어서 나는 염치 불구하고 예를 들어야겠다고 생각했다. 말을 꺼내고 보니 이것도 장광설을 늘어놓고 싶어지네.

"이를테면 단지를 산다고 쳐요. 겉으로 보기엔 멀쩡해도 약간 이지러진 데가 있을 수도 있고, 금이 갔을 수도 있고, 뚜껑이 잘 맞는지, 손잡이는 편리하게 되어 있는지, 손이 긁힐 위험은 없는지 다 살펴본 다음에 나이 드신 어머니께서 들기엔 지나치게 무겁다거나, 주둥이가 너무 커서 물이 넘칠 거라거나, 반대로 주둥이가 너무 좁아서 물 담기 번거롭겠다거나, 크기에 비해 값이 너무 비싸다거나, 손잡이가 너무 작아서 물을 가득 담고 들면 손이 아플 거라거나, 심미적 관점으로 보아 너무 투박하다거나, 색깔이 마음에 안 든다거나, 내가 아니면 팔 데가 마땅치 않을 거라거나, 일전에 이보다 더 큰 단지가 더 싼 것을 봤다거나, 누군가가 이 집의 물건은 믿을 수 없다고 말했다거나, 옆집에서 산 단지가 금방 깨진 걸 봤다거나, 그런 얘기들 중에서 한두 가지를 꺼내란 말이에요."

"……."

내가 간신히 말을 마쳤을 때, 아니 저절로 움직이던 내 입을 겨우 멈출 수 있었을 때 미칼리스는 내 얼굴을 멀거니 쳐다보고 있었다.

"그런데 말이야, 물건을 사용하는 데 별 문제가 안 된다면 왜 귀찮게 그런 것을 생각해 내지?"

"값을 깎는다면서요!"

"아, 아참 그랬지."

그건 예의상 한 대답이었던 건지, 미칼리스는 여전히 이해가 안 가는 표정을 짓고 있었다. 이윽고 그는 다른 동료들은 이해했는지 확인하려는 것처럼 엘다렌과 유리카를 차례로 돌아보았다. 그 표정을 본 유리카가 한숨을 푹 내쉬더니 말했다.

"미카, 이상한 고민은 때려치워. 잘 하는 걸 하려고 해야지. 맞아, 어제 말했던 대로 노래나 한 곡 해봐. 오랜만에 듣고 싶은데."

"노래? 노래라면 너도 잘 하잖아?"

미칼리스는 갑자기 유리카를 흉내 내어 노래를 불렀다.

"아침 식사는 감자 피클, 점심 식사는 완두콩……."

"푸하하하……."

"헛헛……."

이번엔 엘다렌까지 웃어버렸다. 미칼리스가 흉내낸 유리카의 목소리가 코맹맹이 네 살 꼬마 같았던 것이다. 유리카는 무안한 듯 코를 씰룩이다가 갑자기 나를 붙들고 늘어졌다.

"저 노래가 어때서? 저보다 나은 노래를 알면 네가 불러봐."

"내가 알 턱이 있냐? 아라스탄 호수에서도 말했듯 내가 끝까지 아는 노래라고는 구원 기사단의 장례식 노래밖에 없어."

미칼리스가 참견했다.

"노래를 꼭 알아야만 하는 건 아니잖아."

"아니, 모르는 노래를 어떻게 불러요?"

미칼리스는 아주 엘프다운 대답을 했다.

"만들면 되지."

칫, 내가 엘프인줄 알아요? 없는 노래를 갑자기 만들어 내게.

그러나 내가 마음속으로 해버린 간단한 대답을 듣지 못한 미칼리스는 잠시 생각하다가 갑자기 웃음을 참는 표정이 되었다.

"엘다렌도 했던 일인데 뭐. 인간들도 꽤 멋진 노래를 하지만 드워프도 드워프다운 노래를 부르지."

"드워프가 노래를 해요?"

그러나 엘다렌은 내가 아무리 대답을 기대하며 째려봐도 꿋꿋이 아무 대꾸도 하지 않았다. 물론 그가 째려본다고 노래하는 드워프가 아니란 건 안다. 가만있자, 그럼 예전엔 어떻게 노래하게 만들었던 거지?

"방법이 있고말고."

미칼리스에게 질문하는 눈빛을 던졌더니 금방 대답이 왔다. 그는 엘다렌을 흘끔 보면서 목소리를 낮췄다.

"너도 이미 알지 모르겠는데, 엘다렌은 다른 건 몰라도 설거지만은 질색하거든."

오오, 그거라면 이미 알고 있었던…… 건 아니고 짐작하고 있었지. 그 말을 듣는 즉시 내게도 엘다렌에게 노래를 시킬 방법이 떠올랐다.

"그럼 에제키엘이?"

미칼리스가 고개를 끄덕이더니 잘 됐다는 듯 엘다렌의 어깨를 한 대 때렸다.

"좋아! 내일 설거지는 누가 할지 다시 한번 정해볼까?"

거기에 엘다렌뿐 아니라 나도 해당된다는 사실을 깨달은 나는 황급히 외쳤다.

"아, 아니, 그게 아니라!"

그러나 나의 항변은 무시되었다.

"좋아. 파비안, 너도 엘다렌이 평생 처음으로 설거지를 해볼 수 있도록 멋진 노래를 한 곡 만들어 보라고. 협조는 필수다."

그러니까 내가 노래를 만들고 안 만들고는 문제가 아니고, 내가 못 만들면 엘다렌 대신 설거지를 해야 한다는 것이 문제인 거였다. 쳇, 그런 내기가 몇 시간 만에 가능하다고 생각하면 오산이지. 이게 내 문제라면 그냥 설거지를 하는 걸로 마무리해 버렸을 텐데.

우리는 내기의 내용을 '그날 저녁식사의 설거지'가 아니라 '사흘 후 저녁식사의 설거지'로 바꾸지 않을 수 없었다. 꼴찌가 결정되지 않으면 이런 내기는 하등 소용이 없으니까. 사흘 동안 골머리 썩일 걸 생각하면 그냥 설거지 몇 번 하는 편이 나았을걸.

다시 말해 엘다렌과 나의 꼴찌 경쟁은 아직도 진행 중이었다.

"다 되어 가?"

"음…… 어느 정도는."

그 사흘 동안 나는 까닭은 모르겠지만 이번엔 공짜로 가르쳐 주면서도 전혀 가책을 느끼지 않는 것 같은 미칼리스에게 노래 짓는 법에 대해 질릴 정도로 들을 수 있었다. 노래인가 시인가 하는 것의 소재를 결정하고 착상을 떠올리는 것에서부터 운율을 맞추는 법에 이르기까지,

예정에도 없던 공부를 하느라 내 머리는 터질 듯했다. 그래서 내가 어떤 소재를 골랐느냐고?

쳇, 뭐…… 뻔한 거 아니겠어.

"전무후무한 노래가 나올 거야. 기대해도 좋아."

야영할 자리를 물색할 때가 됐다. 주위는 여전히 히스 들판이었다. 카라드-리테는 이틀 전 새벽부터 위용을 드러내기 시작했다. 우리는 그날 고개를 하나 넘었는데 다시 들판으로 내려오면서 톱니처럼 무시무시하게 생긴 봉우리들이 저만치 솟은 것을 발견했다.

'드래곤의 이빨' 이라는 별칭으로도 불리는 산이다. 융스크-리테와는 비교도 안 되는 높이고 하얀 산맥의 산들보다도 낮다고 하지만 평야에 우뚝 솟은 산은 유난히 높아 보이기 마련이었다. 더구나 카라드-리테는 높이보다 규모로 압도하는 산이었다. 여기서 보니 하늘을 할퀴려고 발톱을 세운 웅장한 벽 같다.

모닥불을 준비하고, 미칼리스가 오다가 본능처럼 사냥한 새 한 마리를 손질하는 동안에도 나는 조금씩 완성되어가는 노래에 정신이 팔려 있었다. 아참, 아까 깜빡 했는데 내가 택한 주제가 뭐였냐면…….

금화였다.

멋지지 않아? 끝내주는 노래가 나올 테니 두고 보라고.

"한 개의 금화, 1존드의 매끈한 표면과, 황홀한 광채와, 경쾌하게 짤랑이는 소리와…… 으음……."

이런 정신이니 머리 위로 다가오는 것을 발견하지 못한 것은 당연했다. 역시 이유는 모르겠지만 왜 위기를 눈치채는 데 엘프보다 소가 더 빠른 거지?

음무우우우웃!

"뭐야!"

소 치고는 날카로운 울음이라고 생각하는 참인데, 유리카가 날카로운 외침으로 주의를 일깨웠다.

"위!"

모았던 장작들을 내팽개치며 나는 방향도 모르고 뒤로 펄쩍 뛰었다. 검을 뽑아드는 순간 허공을 가르는 날개 소리가 울렸다. 뭐지?

"머리 숙여!"

나는 검을 쳐드는 것과 동시에 넘어지다시피 바닥에 엎드렸다.

"어딜!"

공기를 울리는 시위 소리에 귓가가 바짝 섰다. 흙먼지 속이지만 고개를 들고 미칼리스가 활을 쏘는 걸 보려고 했다. 그러자 나를 공격하려 한 거대한 새의 모습도 보였다. 거대한 가죽 날개와 삐죽한 머리에 날카로운 발톱은 저, 뭐더라, 어느 그림에서 많이 본 것 같은데…….

키유르르르륵!

울음소린지 뭔지 괴상한 비명을 지른 와이번은 내 머리 위에서 발톱을 휘둘렀다. 급한 김에 고개를 수그리고 몸을 굴려 길게 자란 풀 속으로 들어갔다. 뒤엉켜 지나가는 풀잎 말고는 아무것도 보이지 않았다. 몸을 멈추려던 순간이었다.

음무웃! 음메에에엣!

자기도 전투 중인 것처럼 울어대는 소 쪽으로 누군가의 빠른 발소리가 다가왔다. 구르는 바람에 방향 감각이 엉망이라 누군지 짐작도 안 갔다. 다음 순간 외침 소리가 울렸다.

"안 돼!"

뭐가 안 돼?

말 비슷한 동물이 달아나는 소리가 나고, 내 옆까지 달려왔다가 멈춰선 미칼리스의 다리가 바로 옆에서 보였다. 밟힐까봐 얼른 일어나고 보니 눈앞의 광경이 희한했다.

메에에에엣!

키유륵, 키큐큐큐큐!

보기 드문 추격전이 벌어지고 있었다. 와이번은 고기도 적은 주제에 저항이 심한 두 발 짐승들보다 소를 노리는 편이 낫겠다고, 보기보다 합리적인 판단을 한 모양이었다. 그런 이유로 와이번과 소는 필사의 추격전을 펼치고 있었다. 그런데 멀리도 안 가고 이 주위에서만 빙글빙글 돌았다.

"헤에……."

우스운 건 이 와이번이란 놈들이 바보라는 미칼리스의 말이 맞는 건지 녀석은 일단 땅에 내려앉자 날아오를 생각을 못했다. 와이번이 날아올랐다가 소 등을 잡아챈다면, 비록 저 덩치를 들고 날아가지는 못하더라도 등심 몇 점은 뜯어먹고 남을 텐데.

하지만 와이번은 미쳤는지 계속해서 두 다리로만 달리고 있었다. 그런데 상당히 빠르기도 했다.

"오오…… 무섭군."

나는 '안 돼' 를 외친 유리카의 심정을 모르진 않았지만 이 진풍경에 먼저 감탄하고, 그 다음에야 대책을 고민했다. 내가 택한 대책은 이랬다. 나는 손나팔을 하고 소리쳤다.

"똥갱아! 힘내! 고지가 눈앞이다!"

고지가 어디인지는 나도 모른다. 미칼리스는 활을 준비하는 중이었다. 유리카는 '친근한 꼬마' 가 행여 다칠까봐 발을 동동 굴렀다. 물론 나도 내 식량…… 흠흠, 뭐, 하여튼 그런 걸 와이번한테 줄 생각은 없었기 때문에 검을 꼬나들었다.

"이쪽으로만 와라!"

그러나 소도 와이번도 무척 빨라서 우리가 뛰어서 따라갈 수준이 아니었다. 미칼리스도 겨냥을 하기가 마땅치 않은 모양이었다.

"저건 와이번 중에서도 새끼인데."

혼이 빠져라 달리는 소를 뒤따라 질주하고 있는 와이번의 키는 미칼리스에 엘다렌을 합한 정도? 엘다렌이 보다 못해 나섰다.

"파비안, 미카가 있는 쪽으로 저놈들을 몰아라."

위험한 생각 같았지만 어쨌든 우리는 미칼리스의 의견도 물어보지 않고 양쪽으로 갈라졌다. 유리카가 평소 하던 대로 총감독, 아니 총지휘를 맡은 것처럼 손을 내저으며 외쳐댔다.

"엘다, 저쪽! 파비안은 좀 더 가! 그래. 됐어! 미카는 준비됐지?"

다들 대답은 필요 없었다. 마주보고 갈라선 나와 엘다렌은 각자의 무기를 꺼내들고 신호를 보낸 다음 와이번과 소가 약 10초 후에 도달할 위치를 향해 달려가기 시작했다. 오, 이거 생각보다 신나는데?

"너무 가까이 가지 마!"

물론 신만 나는 것은 아니었다. 추격자와 도망자는 처음엔 우리쯤은 염두에도 없는 듯했으나, 내가 녀석들보다 더 큰 소리를 지르기 시작하자 그제야 우리의 존재를 인식했다.

"으아아아아아아앗!"

어째 죽어가는 건 소가 아니고 내 쪽 같군.

소는 한바탕 울어대는 정도로 의사 표명을 마쳤지만 와이번은 의견이 달랐다. 녀석은 위기가 다가오고 있음을 깨달았는지 소의 등허리를 겨냥하여 갑자기 펄쩍 뛰어올랐다.

"어어억!"

와이번이 소한테 업혔네?

소는 당황해서 아무 쪽으로나 달리기 시작했다. 와이번이라고 벼락처럼 달리고 있는 소 등에서 안락할 것 같진 않았다. 나는 속으로 소리쳤다. 야, 바보야, 날면 되잖아! 참, 그건 내가 할 소리가 아닌데.

소는 어느새 미칼리스가 선 쪽으로 달리는 중이었다. 활이 겨눠져 있는데도 소는 뵈는 게 없는지 미친 듯 질주했다.

"방향을 바꿨다! 미카! 조심해!"

엘다렌이 외치자 미칼리스는 친절하게 마주 외쳤다.

"조심은 와이번더러 하라고 해야지!"

미칼리스는 과녁이 열 걸음 앞까지 다가올 때까지 기다리고 있다가 다시 한번 외쳤다.

"과녁이 너무 커! 이건 묘기도 안 돼!"

"에이 참, 자꾸 거짓말 할래요?"

"빈말이 아냐. 예전에 괴물 고기를 먹으면 괴물들이 두려워서 도망친다는 얘기가 정말로 있었단 말이야."

"괴물이 나타나기 전엔 절대 증명되지 않겠군요."

나는 미칼리스의 억지 주장을 믿는 척이라도 해 주려고 와이번 고기를 구웠다. 겉보기에는 그럭저럭 괜찮고 굽는 냄새도 생각만큼 나쁘진 않았다. 그러나 그런게 다 뭐란 말인가. 맛은 전혀 없는데.

나는 하늘을 올려다보고 외치고 싶었다. 바로 이렇게.

"젠장, 이러니까 괴물밖에 못하지!"

"그래, 와이번이 맛있었으면 예전에 인간이 가축으로 키웠겠지."

유리카는 그렇게 말하면서 와이번 고기에 손도 대지 않았다. 우리가 사흘쯤 굶주렸다면 모르겠지만 그것도 아니고, 무엇보다 저기 떡하니 새 구이—이름은 모르겠지만 맛에 있어서는 와이번이 신발 벗고도 못 쫓아올—가 버티고 있으니 그럴 만도 했다. 쳇, 그런데 와이번은 신발이 없잖아.

"너무 상심하지 마. 우리가 와이번을 요리해 먹는걸 보고 저기서 라-메르이르가 좋아하고 있잖아."

"좋으면 자기나 먹을 일이지."

무슨 말로도 수고는 보상되지 않았다. 와이번 고기는 정말 지독하게 질기고 맛없었다. 와이번은 새끼라 해도 살이 연하거나 그런 건 없는 모양이지? 쳇, 가죽 부츠를 통째로 삶아 놓아도 이것보다는 낫겠다.

어쨌든 새끼였던 덕택에 미칼리스의 화살 한 대로 배가 꿰뚫린 와이번은 쉽게 죽어 주었다. 소 등에 올라선 와이번이 얼마나 겨냥하기 쉬웠을지는 굳이 설명하지 않겠다.

오늘 하루만으로 평생 한 것보다 더 많은 운동을 했을 것 같은 소 녀석은 아직도 정신이 덜 든 것처럼 슬금슬금 어둠 속을 돌아다니고 있다가 지금은 방울소리도 들리지 않았다. 나는 녀석이 들판 한구석쯤에서 자빠져 자고 있을 거라고 멋대로 짐작해 버렸다.

마지막으로 온통 힘줄로 된 게 아닐까 의심되는 와이번의 다리 고기를 찢어 보려 애쓰다가 포기한 나는 새삼 투덜거렸다.

"역시 와이번보단 똥쟁이 녀석을 잡았어야 했다니까."

유리카가 발끈해서 외쳤다.

"똥쟁이가 아니라니까!"

그러나 유리카를 제외한 모두가 녀석을 똥쟁이라고 부르는 쪽을 훨씬 좋아했다.

"뭐, 똥쟁이 녀석이 맛있긴 하겠지만 오늘은 운동을 많이 했을 테니 잡는 건 다른 날로 미루자."

"미카! 어쩌면 똑같이……."

이렇게 말하는 양반이 엘프라니 아무도 안 믿을걸. 저 말이 진심이 아니라고 믿고 싶어 하는 건 아마 나뿐이 아닐 거야.

주아니는 며칠 전 그림으로만 보던 와이번이 실제로 나타났으니 호기심을 보일 줄 알았지만 자기가 언제 와이번에 대해 궁금해 했느냐는 것처럼 완전히 안면을 몰수했다. 게다가 그 와이번을 잘라서 굽니 볶니 토론을 벌이는 나와 미칼리스를 똑같은 괴물 보듯 하며 끔찍한 표정을 지었다.

“로아에는 아무리 배가 고파도 들쥐 같은 건 안 먹어.”

그래, 들쥐는 나도 먹고 싶지 않아. 아냐, 와이번보다는 들쥐 쪽이 좀 더 맛있지 않을까?

나는 어깨를 으쓱한 다음 일행을 둘러보며 결론을 내렸다.

“와이번 잡기보다 와이번 먹기에 훨씬 체력이 많이 소모된단 걸 깨달은 하루였어요. 이만 잠이나 자는 편이 좋겠네요.”

우리가 간과한 것이 있었다. 와이번이 괴물일 수밖에 없는 까닭은 다른 데도 있었다.

스스스슥, 파샤샤사사…….

나는 누운 채로 눈을 번쩍 떴다. 그리고 동정을 살폈다. 동료들은 담요 속에 누워 꼼짝도 하지 않았다. 그들이 자는지 아닌지 알아낼 길은 없었지만 분명 나처럼 깨어 주위를 살피고 있을 것이다.

그때였다.

키큐르르르르륵!

더 생각할 것도 없었다. 검을 잡아당기면서 번개처럼 담요를 박차고 일어섰다. 그러나 상황을 파악하기도 전에 먼저 뭔가가 날아들어 오른쪽 다리를 할퀴고 지나갔다. 이어 나를 밀쳐 바닥에 넘어뜨렸다. 아니, 무게를 버티지 못하고 내가 휘청거리다가 주저앉아 버렸다. 긁힌 다리가 순식간에 뻣뻣해졌다. 억지로 다리를 끌며 몸을 돌리는 순간, 이번에는 단단한 가죽 날개에 호되게 얻어맞았다.

"풋!"

입술이 터져서 피가 흘렀다. 본능적으로 담요를 끌어당겨 머리를 감싸면서 움켜쥔 칼자루를 방금 전 뭔가 있던 쪽을 향해 힘껏 내질렀다.

키륵!

칼자루 끝에 얻어맞은 놈이 비명을 지르며 퍼덕거렸다. 그 순간을 놓치지 않고 앉은 채로 검을 한 바퀴 휘돌렸다. 제대로 맞은 느낌이 왔다. 그런 다음 나는 소리를 질렀다.

"다들 깨어 있는 거야? 습격이야! 한두 놈이 아냐!"

주위를 메운 캬르륵대는 소리 때문에 동료들이 뭐라 대답했는지 알 길이 없었다. 다시 소리치려 입을 벌리는데 아까 얻어맞은 뺨이 부풀어 오른 것이 느껴졌다. 입을 움직이기가 거북했다.

"불, 불!"

엘다렌의 목소리를 알아듣고 아직 꺼지지 않은 모닥불로 서둘러 달려갔다. 그러는 동안에도 검을 휘둘러 다가오는 괴물들을 막아야 했다. 불가로 가니 주위가 한결 잘 보였다. 우리를 습격한 것은 와이번 떼였다. 꺼져가는 모닥불의 빛만 갖고는 수백 마리로도 보이고, 수천 마리로도 보였다.

당장 모닥불 가운데로 뛰어들어 불붙은 장작들을 주위로 걷어찼다. 에제키엘의 부츠다 보니 불에 탈까봐 걱정할 필요는 없었다. 캬악거리는 괴성과 함께 펄쩍펄쩍 물러나는 10여 마리의 와이번들이 보였다. 불붙은 나무토막들이 흩어지자 동료들의 모습도 보였다. 유리카가 외쳤다.

"부리를 조심해! 이빨에 독이 있어!"

아직까진 뭐가 뭔지 모를 와중에도 이빨에 물린 것 같진 않았다. 그런데 와이번이 새야? 무슨 부리가 있어? 하긴 와이번이 새인지 아닌지 내가 알 바 있겠어?

"파비안! 장작 좀 던져줘!"

미칼리스는 언제 할버드를 맞춰 끼웠는지 이미 종횡무진 휘두르는 중이었다. 나는 검을 한 손으로 쥐고 왼손으로 장작을 하나씩 이곳저곳으로 던졌다.

"조심해요!"

벌판에 불이 옮겨 붙는 것은 시간문제였다. 사방에서 타오르기 시작한 불에 와이번들은 괴성을 지르며 이리 뛰고 저리 뛰었다. 그중 날개에 불이 붙은 놈이 내 쪽까지 오는 것을 보고 구멍을 몇 개 더 뚫어 주었다. 하지만 여전히 와이번의 수효는 많았다.

"도대체 왜 이렇게 몰려온……."

대답이 등 뒤에서 들렸다.

"이놈들, 우리가 낮에 잡은 와이번 새끼 때문에 몰려온 거야."

어느새 모닥불이 있는 곳까지 다가온 미칼리스였다. 이윽고 유리카와 엘다렌도 합세했다. 나는 물었다.

"아니, 와이번이 새끼의 복수를 위해 떼 지어 몰려올 정도로 머리가 좋다면 미리 말해 줬어야죠!"

"무슨 소리야. 저런 놈들이 복수 따윌 알 리가 있어?"

"그, 그럼……."

대답을 다 듣지도 못한 채 다시 검을 내리쳤다. 포위된 상황에서 넷이 전투하는 방식도 슬슬 잡혀갔다. 나, 유리카, 미칼리스, 엘다렌의 순으로 등을 대고 돌아섰는데 길고 무거운 무기를 휘두르는 나와 미칼리스, 짧은 무기를 쓰는 유리카와 엘다렌으로 저절로 역할 분담까지 되었다.

"젠장, 왜 이렇게 많아!"

멀찍이서 다가오는 놈들은 나와 미칼리스의 차지다. 가장 긴 무기인 할버드가 놈들의 머리를 몇 개 날려버리고 뱃가죽에 구멍을 뚫었다. 나는 주로 날개를 찢었다. 그리고 안 되면 좁은 몸통에 검을 쑤셔 박았다.

"위를 봐!"

날아서 달려든 와이번 한 마리의 다리를 유리카의 검이 긋고 지나갔다. 발목이 잘라진 와이번은 고통으로 몸을 비틀며 우리 사이로 떨어졌다.

"엘다!"

놈의 숨통은 엘다렌의 도끼가 끝장냈다.

얼마간 싸우면서 줄긴 했으나 아직도 끄떡없는 대군단이었다. 날이 밝아야 미칼리스가 활을 좀 쏘든가 할 텐데, 새벽이 되려면 멀었나?

미칼리스가 말했다.

"놈들은 시체 냄새를 맡고 온 거다."

"시체라니요?"

나는 그게 시체에서 더럽게 맛없는 고기 요리로 바뀐 지가 언젠데 아직도 그 냄새를 맡는단 말인가, 하고 생각하면서 계속 싸웠다. 처음에 얻어맞은 뺨이 얼얼했고 오른쪽 다리가 몸을 돌릴 때마다 거슬렸지만 아직까지는 버틸 만했다.

쳇, 그런데 미칼리스의 말대로라면 우리가 와이번 고기를 별로 안 먹어서 이놈들이 이렇게 덤비는 건가?

"그런데 와이번이 왜 이렇게 다 작죠?"

"그게 이상해. 어찌된 건지 전부 새끼들뿐이란 말야. 어미라면 저놈들의 세 배는 될 텐데. 그랬다면 우리가 이렇게 쉽게 처리하고 있지도 못하……."

미칼리스는 말을 맺지 못했다. 힘껏 휘두른 할버드가 와이번 한 놈을 머리부터 발끝까지 쪼개버렸다. 유리카는 싸우면서도 불안하게 중얼거렸다.

"라-메르이르, 어디로 갔니. 귀여운 메르이르……."

그 소가 어느 와이번의 새벽 간식이 되었을지는 신성한 영혼들만이 알 거다. 와이번을 각각 10여 마리씩 쓰러뜨렸을 무렵 동편 하늘이 밝기 시작했다.

"날이 밝으니 놈들이 한결 잘 보여."

"안 좋은 점도 있는데요."

좋은 점을 따지자면 남은 놈들이 10여 마리 정도라는 것, 그리고 안 좋은 점은…… 어미 와이번이 등장했다!

"으음……."

엘다렌마저 저렇게 신음할 만했다. 밤새 저러고 있었던 거라면 생각만으로도 등골이 떨려올 정도로 거대한 와이번 한 마리가 싸움터에서 멀찍이 떨어져 웅크린 것이 보였다. 아까 세 배라고 했잖아! 순 거짓말! 저건 우리가 베어 넘기던 새끼들의 다섯 배도 넘어 보인다!

미칼리스조차 약간 질린 듯 중얼거렸다.

"과자 조각 몇 개에 달려들 군단이 아닌 것 같은데."

"과자 조각이라뇨?"

미칼리스는 우리 셋이 만든 원 안으로 들어와 활을 꺼내들었다.

"우리 자체도 과자인 셈이지만, 와이번 같은 놈들은 서로가 서로를 잡아먹는다. 죽은 동족은 가장 좋은 간식거리지."

"그, 그런……."

미칼리스한테 불평해 봤자 소용없었다. 하려면 와이번들한테 해야겠지. 야, 이 경우 없는 놈들아! 어떻게 어제의 친구가 오늘의 점심거리…… 가 되든 말든 그 질긴 고기를 무슨 맛으로 먹냐!

"라-메르이르!"

유리카는 희망을 버리지 않고 소를 찾는 눈치였지만 이미 소의 흔적은 어디에도 없었다. 유감인지 다행인지는 아직 모르겠다만. 어쩌면 저기 버티고 앉아 우리를 가소롭게 구경하고 있는 어미 와이번이 밤참으로 꿀꺽하셨는지도 모르지.

"저놈을 보고 있자니 왠지 맥이 빠지는데."

미칼리스가 먼 산을 바라보고 앉은 어미 와이번을 흘끔거리면서 중얼거렸다. 내 생각도 마찬가지였지만 일단은 눈앞의 놈들을 처리하는데 집중했다. 미칼리스는 활을 메기긴 했으나 어미 와이번을 겨냥하지는 않았다. 저러고 점잖게 계시니 귀찮은 것들을 처치할 때까진 그대로 두는 편이 낫다. 괜히 일찌감치 성질 건드려 봐야 한꺼번에 처리하느라 우리만 죽어나겠지.

미칼리스는 첫 화살을 가장 멀찍이서 퍼덕이는 와이번 새끼를 향해 쏘았다. 목이 꿰뚫리자 와이번은 벌렁 나자빠져 고통스럽게 버르적거렸다. 어떻게 저렇게 멀리 있는 녀석의 가느다란 목을 겨냥할 생각을 하는지 모르겠다. 이어 다음 화살에 또 한 녀석의 머리가 달아났다.

점차 괴성도 줄어들었다. 엘다렌이 노성을 지르며 뛰어나가더니 두 마리를 나무 베듯 연이어 토막 냈다. 지저분한 액체가 사방으로 튀었다. 나 역시 다가오는 한 놈의 피막을 찢고 머리를 쪼갰다. 검에서 불꽃이 일지는 않지만 뼈째 잘도 잘라져 나간다. 눈앞에서 한 놈이 펄쩍 날아올라 발톱으로 머리를 채려 했다. 나는 동시에 뛰어올라 놈의 발목을 싹둑 잘라 버렸다.

피가 머리 위로 쏟아져 기분이 나빠졌다. 검을 솟구쳐 올려 비틀대는 와이번을 꿰어 땅바닥에 내리쳤다. 그러고 돌아보니 주위에 남은 것은 단 두 놈뿐이었다. 그런데 와이번이 좀 이상하게 생겼는데?

아냐. 아까 덤비던 놈들은 저렇지 않았는데? 하지만 이놈들은 어딘가 기형이란 말이야.

우리가 쓰러뜨린 놈들 중에도 기형 와이번이 섞여 있었다. 머리가 펑퍼짐하고 목이 짧았으며, 어떤 놈은 다리가 유난히 길거나 날개가 기묘하게 접혀서 날 수도 없을 것처럼 생겼다. 눈이 사람처럼 나란히 달려서 앞만 볼 수 있는 놈도 있었다. 이건 집단 전염병이라도 되나?

한 놈이 유리카의 검에 목을 세로로 잘려 기괴한 신음 소리를 냈다. 목에서 뭔지 모를 허연 조각이 나와 너덜거렸다. 조금 후에 소리도 나지 않게 되었다.

"이제 한 놈!"

그놈을 끝장낸 것은 엘다렌이었다. 나는 그가 반으로 쪼개버린 와이번의 모습을 잠시 들여다보았다. 뭔가와 닮은 듯한 기분은 착각인가? 그런데 뭐하고 닮았냐고? 글쎄…….

"헉, 헉, 휴우, 이제 일차 청소는 끝인가?"

"이차가 남았군."

엘다렌이 그렇게 대답하며 어미 와이번 쪽을 돌아봤다. 그러자 그놈은 지금 생각났다는 것처럼 몸을 움직여 자세를 바꿨다. 그제야 우리 눈에 뭔가가 띄었다.

"라-메르이르!"

소였다. 아니, 쇠고기…… 아니, 아직 소였다.

그제야 와이번이 가만히 있었던 까닭을 알 수 있었다. 어미 와이번은 앉은 채 뒷발로 소의 목덜미를 누르고 있었던 것이다. 소도 기절이란 걸 하는지 모르겠지만 죽었는지 살았는지 그 말 많던 소가 아무 소리도 없었다.

나는 새삼 불만스러워져 투덜댔다.

"난 좀 더 멋진 것을 구출하는 용사가 되고 싶었는데."

유리카는 내 의견에 동의하지 않았다.

"미카, 활을 쏴!"

유리카가 소를 구하고 싶어 하지 않았더라도 활은 쏘아야 했다. 등 뒤에 거대한 와이번을 내버려두고 한가하게 여행을 계속할 만큼 우린 무신경하지도 않고 어리석지도 않다.

키유우우!

와이번은 거대한 부리인지 주둥이인지 모를 것을 쳐들고 기이한 울음소리를 냈다. 그리고 미칼리스가 활시위를 놓으려는 순간 드디어 활동을 개시했다.

"저, 저놈이!"

와이번은 소를 움켜잡은 채 하늘로 가뿐하게 비상했다. 피막으로 된 날개가 좍 펴지자 까마득한 곳으로 날아오르는 데는 잠깐의 시간밖에 걸리지 않았다. 그런데…….

"저걸 봐!"

하늘엔 또 한 마리의 와이번이 있었다. 둘은 부부라도 되는 것처럼 사이좋게 하늘을 몇 바퀴 돌았다. 한 놈이 소를 잡아채고 있어 높이 날지 못하자 다른 놈이 도와주려는 것처럼 아래로 내려왔다.

물론 우리 두 발 가진 종족의 생각은 완전히 틀렸다. 새로운 와이번은 소를 채간 와이번의 높이까지 내려오더니 갑자기 한층 아래로 떨어져 내렸다.

캬와아아아악!

"전부 비켜! 달아나!"

"수그려!"

놈의 목표는 물론 우리였다. 우리 넷은 동시에 네 방향으로 갈라져 필사적으로 달리다가 들판 한구석에 몸을 처박고 달리기를 멈췄다. 우리 중에서 누굴 쫓아왔을까? 누가 제일 맛있게 생겼지?

미칼리스!

다양한 종족으로 이루어진 먹이들 가운데 엘프를 택한 와이번은 거

센 날갯짓으로 사방에 바람을 일으키며 그쪽으로 날았다. 어미 와이번의 움직임은 아까 손쉽게 때려잡던 새끼들과는 차원이 달랐다. 날개를 몇 번 치자 주위의 공기가 와이번 쪽으로 빨려드는 느낌이었다. 미칼리스는 어디로 갔지?

나와 유리카, 엘다렌은 벌떡 일어나 미칼리스가 있던 쪽으로 달렸다. 미칼리스가 그 사이에 활을 메길 시간이 있었을까?

키큐큐큐큣!

흙바닥에 바위 두 개가 박혀 있었다. 그 바위 사이에 사람 몸 하나가 들어갈 법한 틈새가 있었다. 그곳에서 외침이 들려왔다.

"새 사냥이군! 그것도 아주 큰데!"

저거, 우리한테 들으라고 외친 거지?

세 방향에서 달려온 우리는 와이번과 거의 동시에 바위틈 앞에 다다랐다. 바위틈 사이에 교묘하게 누운 미칼리스의 머리 위로 와이번이 바짝 다가왔을 때, 이미 지평선을 달군 태양빛이 은빛 화살촉에 부딪혀 부서졌다. 한 줄기 섬광이 갈라지더니 다음 순간 사나운 창처럼 날았다. 저 상태에서? 저 위치에서?

정수리에 화살이 꽂힌 와이번은 허공에서 퍼덕거리며 끔찍한 비명을 질렀다. 미칼리스는 지체 없이 몸을 일으키더니 활을 내던지고 뒤로 몸을 날렸다. 이어 땅이 갈라질 법한 충격과 함께 떨어진 와이번이 바위 사이에 처박혔다.

나는 내 눈을 믿을 수가 없었다. 저만한 크기의 괴물을 한 방에 죽이는 화살이라고? 급소만 꿰뚫어서?

미칼리스는 펄쩍 뛰어 다시 일어나더니 얼빠진 표정의 나를 보며 위를 손가락질했다.

"볼일 끝난 거 아니잖아!"

아 맞다, 쇠고기!

처음의 와이번은 동료의 불행을 보고 쇠고기 수확에 만족하기로 했는지 날개를 퍼덕이며 기수를 돌렸다. 그대로 도망갈 심산인 듯했다. 미칼리스가 죽은 와이번 시체 밑에서 활을 되찾지도 못한 참이라 우리는 멀어지는 와이번을 속수무책으로 바라볼 수밖에 없었다. 하지만 가준다니 다행스럽기도 하고, 이제 끝난 건가?

그런데 소의 모습이 어딘가 이상하다. 저 발에 달린 게 뭐야?

"저거 네 배낭 아니냐?"

한참 만에, 그러니까 와이번이 이미 검은 점으로 변한 다음에야 미칼리스가 추리 결과를 내놨다. 여기서 '너'란 내가 아니었다. 내 배낭은 그러기엔 너무 컸으니까.

그건 유리카였다.

유리카의 배낭은 천으로 된 긴 끈이 달린 가벼운 물건이었다. 내 생각인데, 아까 해뜨기 전에 와이번 새끼들한테 습격당해서 정신없이 흩어졌을 때 소도 마찬가지로 놀라 날뛰었을 것이다. 저 좌충우돌하는 소가 우리가 자던 자리까지 밟지 말란 보장은 없고, 그러다가 발굽에 저게 휘감겼겠지.

나는 멍한 표정의 유리카를 위로할 겸 말을 건넸다.

"저기 뭐 중요한 거라도 들었냐? 비싼 거라도 있어?"

유리카는 대꾸하지 않았다. 망연자실한 표정이어서 더 말을 건네기가 곤란할 정도였다. 미칼리스가 어깨를 툭툭 치고 엘다렌이 눈썹을 꼬며 한참이나 바라보는데도 여전히 그랬다. 내가 답답해져서 머리를 굴리다가 물었다.

"아, 블로지스틴의 구슬? 저 안에 들었지? 그보다 더 중요한 거라도 있었어?"

유리카가 자기 품을 뒤지더니 나를 향해 뭔가를 내밀었다. 들여다보니 블로지스틴의 구슬이 든 병이다. 어라, 제대로 있잖아? 그럼 대체 뭘 잃어버린 거야?

"왜 그래? 왜 그렇게 심각해?"

유리카는 내게 구슬병을 줘버렸다. 그러면서 내 얼굴을 보지도 않았다. 굳어진 얼굴로 와이번이 사라진 하늘만 바라볼 뿐이었다. 아참, 소 때문에 그러나? 하긴 소를 꽤 예뻐했었지.

"야, 똥쟁…… 아니, 라-메르이르 문제라면……."

그때 유리카가 정신이 든 것처럼 우리 쪽으로 몸을 돌리더니 손을 내저었다. 고개도 저었다. 그러더니 야영하던 장소로 가서 털썩 주저앉았다. 나는 영문을 몰라 그녀를 불렀다.

"유리?"

그러나 유리카의 입에서 흘러나온 말에 나 역시 사색이 되었다.

"주아니……."

이런 말도 안 되는 일이!

우리는 야영 장소는 물론 죽은 와이번들의 시체 사이와 들판을 태우다 꺼진 장작 조각들이 날아간 곳까지 뒤지고 돌아다녔다. 되풀이해서 이름도 불렀다. 귀청이 찢어져라, 목이 터져라 불렀다.

"주아니! 주아니! 주아니! 주아니!"

그러나 '왜 그렇게 소리 지르고 난리야' 라고 말해야 할 주아니는 나타나지 않았다. 우리는 각자의 배낭을 바닥까지 털어냈다. 별가지 물건이 다 나왔다. 엘다렌의 솥 같은 것부터 부시쌈지, 지도, 단검, 기름주머니, 물주머니, 램프, 보석, 은 숟가락, 말라비틀어진 식량 나부랭이, 빨지도 않고 쑤셔 박아 놓은 냄새나는 옷 뭉치……. 기타 코 풀다 놔둔 손 수건 쪼가리까지 모조리 있었지만, 우리가 찾는 조그마한 친구의 모습은 보이지 않았다. 그러고도 모자라 배낭을 뒤집어 탁탁 털어냈다.

빌어먹을 먼지만 쏟아져 나왔다.

"에, 에취! 에취! 에취!"

재채기를 그치고 돌아본 동료들의 얼굴은 모두 딱딱하게 굳어져 있었다. 비록 정신없는 싸움이었지만, 기습을 당해 위험했지만, 우리도 군데군데 타박상이니 긁힌 자국이니 하는 것들을 잔뜩 얻었지만, 그렇다고 해서…… 아예 잊어버릴 순 없는 것이다.

유리카는 말했다. 어젯밤 주아니가 자기 배낭 안으로 들어가 잠을 청하는 걸 똑똑히 보았다고. 다른 가능성은 없었다. 잃어버린 것이다. 우리 친구, 동료, 상냥하고 사려 깊은 꼬마 종족, 여행을 시작할 때부터 죽 나와 함께였던, 나를 가장 걱정해 주는 주아니를 잃어버렸다.

글썽해진 눈물을 간신히 삼켰다. 다들 말이 없었다. 주아니는 다리가 성치 못했다. 와이번이 어느 구석쯤에 있는 자기 둥지에서 운반해온 쇠고기를 시식할지는 모르겠지만 그 사이 숨거나 도망칠 수 있을 것 같지는 않았다. 혹시 작다보니 몸을 숨기는데 성공한다 하더라도, 그렇게 없어진 주아니를 우리가 무슨 수로 다시 찾는단 말인가! 주아니인들 어떻게 다시 우리를 찾아오겠어?

늘 곁에 있었으니 이런 일은 생각도 못했다. 이럴 줄 알았더라면 유리카가 전에 쓰던 마법, 멀리 떨어져 있어도 대화할 수 있는 그거라도 걸어 두었을 텐데. 그랬더라면 얼마나 좋았을까.

"……와이번이 어디로 갔을까요."

"저 산이겠지."

미칼리스가 카라드-리테를 가리켰다. 나는 한참 묵묵히 있다가 다시 물었다.

"어째서요."

"괴물들은 드래곤이 있는 곳에 몰려들기 마련이거든."

"드래곤이 있는 곳이라고요……."

카라드-리테는 동네 뒷산도 아니고 언덕이나 고개는 더더욱 아니었다. 구름에 가려진 위용은 한층 더 크고 까마득해 보였다. 저 안에 얼마나 많은 봉우리와 골짜기, 바위틈이 있을까. 거기서 주아니를 찾아낸다는 건 불씨만한 가능성에 불과했다.

"그렇더라도……."

그렇더라도 가야 했다. 미안해. 정말 미안해.

제발 살아만 있어줘.

5. 드래곤의 산

한 닢의 메르장, 반짝이는 은화가 있네.
뒷면의 여왕님 얼굴은 기막히게 아름답고
짤랑이는 소리도 더할 나위 없이 경쾌하지만

한 닢의 메르장, 너무나도 적은 것이라
방 하나 빌리면 다음날 아침에 쫓겨날 테고
만찬 한 끼 먹었다간 사흘은 내리 굶겠지.

한 닢의 메르장, 지나치게 잘 만들었어.
완벽한 은은 금으로 변할 생각일랑 전혀 없고
'1' 이라는 숫자는 장님이라도 알아볼 수 있네.

한 닢의 메르장, 불평해도 늘어나진 않지.
손에 쥔 게 그뿐이라도 그거나마 찬양할밖에
굶고 길바닥에서 잠드는 것보단 낫지 않겠는가.

— '균열의 날(Chasm' s Day)'
이전 시대에 불렸던 가난한 기사의 노래

좋은 노래지.

내가 존드 대신 메르장을 등장시킨 것은 세 글자 운을 맞추기 위해서였다. 예전에 그렇게 마브릴 족을 싫어하던 내가 고작 그런 까닭으로 세르네즈의 돈을 노래에 등장시키게 되다니, 여행이 내게 남긴 것이 있긴 한 모양이었다.

아참, 여왕은 누구냐고? 저번에 듣기로 유리카의 모국이라는 로존디아에 '주드마린' 이라는 여왕 폐하가 계신다지 않아? 거기도 세르네즈처럼 메르장을 쓰지 않을까?

어쨌든 내가 돈에 대해 품은 기분을 적나라하게 표현한 노래라 개인적으로는 만족스러웠다. 아무리 불평해도 늘어나지 않고 장님한테도 속여먹을 수 없는 동전 하나, 그렇지만 없는 것보다는 백 배 나으니 소중하게 여겨라…… 그것 참, 진리다, 진리야.

이 노래를 느긋하게 동료들한테 불러줄 수 있는 상황이라면 얼마나 좋을까. 며칠 동안 진을 빼가며 드디어 완성시킨 건데.

그러나 지금은 노래를 부를 때가 아니었다.

"잠깐 쉬었다 갈까?"

"싫어."

유리카는 그게 자기 가방이었다는 것 때문에 책임감을 더 느끼는 듯했다. 미칼리스가 보다 못해 한 제의를 딱 잘라 거절하더니 바위 틈새를 딛고 풀뿌리를 부여잡으며 필사적으로 절벽을 올랐다. 내가 빌려준 장갑을 끼고 있긴 했지만 손가락 끝은 다 부르텄을 것이다.

조금 뒤처져 올라가는 내 심정도 착잡했다. 들판을 가로질러 산에 이르기까지 하루 낮과 밤 동안, 마음은 자꾸 절망적인 쪽으로 기울어졌다. 다시는 그 또록또록한 눈망울, 싸움을 말리던 목소리, 동료들의 일이라면 자기 일인 양 흥분하던 꼬마를 보지 못할 것 같은 느낌에 목구멍에서 뭔가가 자꾸 치밀어 올랐다.

만약 만분의 일의 가능성이 맞아 들어가 되찾게 된다면 다시는 떨어지지 않게 할 거야. 배낭 같은 데 들어가게 두지 않을 거야. 내 손으로 다시 동굴 속 로아에들의 나라로 돌려보내 줄 때까지 놓치지 않고 꼭 품고 다닐 거야.

내 무심함을 용서해 줘…….

까악, 까악, 까아아아악!

어디선가 까마귀가 우짖는다. 그 소리조차 나를 비웃는 것처럼 들렸다. 이미 죽었어. 바위에서 떨어지거나, 발을 헛딛거나, 와이번의 주둥이에 물려서 녀석은 죽었어.

듣기 싫다.

"저리 가지 못해!"

그렇게 조그만 꼬마의 시체에 저렇게 많은 까마귀가 몰려들 리 없잖아? 안 그래? 안 그러냐 말이야!

까아악! 까아악!

"저 까마귀 새끼들이!"

앞으로 날개 달고 다니는 것들이라면 모조리 증오하게 될지도 몰라. 와이번이든 까마귀든 싹 다 죽여 버렸으면 좋겠다.

"까마귀……."

앞서 가던 유리카가 중얼거리는 소리가 들렸다. 그녀의 머릿속에서도 나와 같은 상상이 떠올랐을지 모른다.

사방이 절벽인 카라드-리테를 쉬지 않고 기어오른 지 세 시간여가 되었다. 생각할수록 한심한 노릇이었다. 이 병풍 같은 산에서 그런 꼬마를 찾아낸다는 건 바다에 빠진 동전을 건지겠다는 거나 같았다. 그래도 미칼리스의 말대로 와이번 같은 놈들이 둥지를 틀 법해 보이는 저 첫 번째 봉우리까진 올라가야 했다.

"안 되겠어. 유리, 넌 쉬어야 돼."

산중턱에 이르렀다. 꼭두각시 인형처럼 늘어진 팔을 억지로 움직이며 다음 능선으로 가려는 유리카를 미칼리스가 막아섰다. 그녀는 미칼리스를 올려다보더니 고개를 흔들며 그를 밀어젖히려 했다. 그러나 팔에 힘이 없어 그것도 되지 않았다.

"유리, 쉬어라. 그 몸으론 끝까지 가지도 못하고 절벽에서 떨어진다."

엘다렌이 말하자 유리카는 뒤를 돌아보았다. 이어 나와 눈이 마주쳤다.

"……."

유리카와 주아니가 처음 만났던 메르농 샘이 떠오른다. 그때 유리카는 말했다. '내가 파비안보다 주아니 너를 더 좋아하게 될지 누가 아니?'

이제 유리카에게도 주아니는 소중한 친구였다. 와이번 그림을 그려가며 신나게 설명하던 미칼리스, 같은 땅의 종족이라며 소중하게 데리고 다니던 엘다렌에게도 마찬가지였다.

"유리, 잠깐만 쉬어. 우리는 이미 최선 이상을 하고 있어."

잠시 후 유리카는 맥없이 미끄러지듯 주저앉았다. 내가 한 말이 반드시 진심이었던 건 아니었다. 최선을 다하려면 처음부터, 싸움이 벌어졌던 때부터 주아니를 챙겼어야 했다. 와이번이 날뛰고 불붙은 장작이 날아다니는 자리에 혼자 내버려둬선 안 되었다.

그때 나는 무슨 생각을 했을까? 엘다렌이 데리고 있으리라는 생각을 언뜻 했던 것 같아. 정말 무책임하다.

목적지인 첫 번째 봉우리는 비교적 낮았다. 손가락으로 치면 마치 엄지 같았다. 그 너머로 삐죽삐죽한 봉우리들이 성의 첨탑처럼 줄줄이 솟아 있었다. 봉우리 사이에는 짙은 구름이 깔려 있었다.

이윽고 구름이 날려 왔다. 양떼들처럼 조각조각 밀려왔다. 땀이 흠뻑 솟은 등허리를 바람이 오싹하게 씻어갔다.

"뭘 먹어야지."

먹을 것은 없었다. 우리는 사냥할 틈조차 없었던 것이다.

엇그제 배낭 속에서 발견한 말라비틀어진 식량을 나누었다. 이번에 먹으면 식량도 끝이었다. 허기가 져서 배가 홀쭉했다. 앉아서 뭔가 씹고 있자니 그제야 그게 느껴졌다. 억지로 바짝 마른 음식을 넘겼더니 뱃속에서 이상한 소리가 났다. 그걸 들으니 주아니를 처음 만났을 때, 내 뱃속에서 울린 꾸르륵 소리에 놀라 도망가려 하던 녀석의 모습이 떠올랐다.

"올라가 봐서 없으면 어떻게 할 거지?"

미칼리스의 말에 아무도 대꾸하지 않았다. 그저 턱을 움직여 딱딱한

육포를 씹고 있을 따름이었다. 육포는 얼마나 말랐는지 한참이나 씹었는데도 육즙이 전혀 나오지 않았다.

"목이 마르군."

주머니에 물을 채운 지도 오래되었다. 살펴보니 몇 모금씩 돌려 마실 정도밖에 없었다.

"그냥 다 마셔버리죠."

나는 두 모금 들이킨 다음 가죽 물통을 옆으로 돌렸다. 다들 마시고 났는데도 물이 약간 남았다. 나는 유리카에게 물주머니를 밀었다.

"싫어. 그냥 둬."

목소리에서 유리카의 상심이 느껴졌다. 그렇게 쾌활하던 일행은 완전히 침울해져서 이 식사 같지도 않은 식사가 끝날 때까지 더 이상 한마디도 오가지 않았다. 나는 내 대신 에제키엘이 있었다면 금방 찾아내지 않았을까 하는 생각을 했다. 마법이든 뭐든 써서. 이들에게 에제키엘 대신 내가 있어서 좋은 점은 대체 뭘까.

"다시 갈까."

엘프와 드워프에겐 지친 기색이 없었다. 인간 몇 명을 합한 것 같은 엘다렌의 체력은 자주 경험했고, 미칼리스는 들판을 달리거나 산을 오르는 정도로는 체력 소모가 아예 없는 느낌이었다. 내내 가뿐하게 절벽을 오르고 바위를 타넘어 나아갔다. 어떤 때는 반쯤 나는 것처럼 보일 정도였다. 엘프들은 자연과 가까이 있다는 것만으로도 일정 정도의 기력이 계속 솟아난다고 했던가.

엘다렌이 말한 것처럼 하얀 부리 엘프에게 아직도 날개가 있었더라면 좋았겠지?

……다 쓸데없는 생각인걸.

조금 더 올라가니 현무암 바위가 즐비하게 나타났다. 휴화산인 카라드-리테가 예전에 폭발한 흔적인 모양이다. 잘못 디딘 바위 하나가 부서지면서 굴러 떨어졌다. 내가 맨 뒤여서 천만다행이었다. 조심해야 했다. 여기부터는 돌이 그리 단단하지 않았다. 그러나 서두르지 않을 수는 없었다.

이번엔 아까보다 훨씬 빨리 힘이 빠졌다. 그러나 아무도 쉬자는 말을 꺼내지 않았다. 산을 잘 오르지 못하는 유리카의 걸음은 힘겨웠고 나도 허기진 채로 계속 걷느라 허덕거렸다. 점심때가 넘어서야 우리는 첫 번째 봉우리 정상에 도달했다.

"휴우……."

먼저 올라간 미칼리스가 긴 숨을 내쉬며 주위를 두리번거렸다. 바람이 반대로 불어 긴 머리가 시야를 가리는 바람에 그는 한참 만에 머리카락을 헤치고 밖을 내다보았다.

"이것 참."

봉우리 위는 한때 와이번 떼나 그 비슷한 놈들의 둥지가 있었던 흔적이 뚜렷했다. 이런 곳을 오르내리며 살려면 날개가 없고는 안 될 테니까. 무슨 동물인지 몰라도 먹고 남긴 뼛조각들도 흩어져 있었다.

그러나 다 소용없었다. 뭔지 모를 새들은 한 마리도 남아 있지 않았다. 옮겨간 지 오래된 듯했다. 말라비틀어진 잔가지와 부서진 흙덩이들, 그게 전부였다.

"젠장."

한참이나 망연히 바람을 맞았다. 주저앉을 기분조차 들지 않았다. 배낭도 없이 빈손인 유리카의 얼굴이 가장 그늘져 보였다. 희망은 없었지만 한 차례 외쳐 보았다.

"주아니!"

"저긴 뭐야?"

대답 대신 들린 것은 유리카의 목소리였다. 유리카가 가리킨 쪽을 보니 분화구처럼 패인 정상 한구석에 둥근 바위가 무더기져 있었고, 그 사이로 거무스름한 틈이 보였다. 내 눈에는 그저 부서진 바위틈일 뿐이었다.

"뭘."

그 말에 반응하여 그리로 간 것은 엘다렌뿐이었다. 그는 자갈을 헤치다가 손으로 바위 몇 개를 들어냈다. 그러자 아래로 이어지는 통로가 나타났다.

"……."

와이번이 들어갈 만한 통로는 아니었다. 내 키 정도의 인간이나 드나들면 알맞을 통로다. 미칼리스가 들어가려면 고개를 좀 숙여야 되겠다.

엘다렌이 말했다.

"안 들어갈 테냐."

"뭘 하러 들어가요?"

내 대꾸가 좀 기분 나쁘게 들렸을지도 모르겠다. 신경이 곤두선 것은 모두 마찬가지일 텐데. 그러나 엘다렌은 쉽게 친절해지지 않는 것처럼 쉽게 화를 내지도 않았다.

"로아에 친구는 없겠지. 그러나 우리는 산 안으로 들어가야 한다."

"아니, 대관절 왜요?"

미칼리스가 눈썹을 약간 올리더니 말했다.

"우리가 드래곤의 둥지를 찾고 있다는 것을 잊었어?"

뭐라고?

나는 잠시 말없이 서 있었다. 산 정상에서 불어오는 바람에 머리가 뒤엉켰지만 손댈 마음도 나지 않았다.

"주아니는 아직 찾지 못했는데요."

엘다렌의 무뚝뚝한 대답이 울렸다.

"우리의 목적은 니스로엘드의 심장을 찾는 것이다."

"……."

가능성은 거의 없더라도 해볼 노력은 충분히 남았어. 벌써 주아니를 포기한다고? 지금 그 말은 여기까지 급히 올라온 것도 주아니를 위해서가 아니라 그 보석인지 하는 것을 찾으러 온 거였다는 뜻인가? 그런 말이 되는 거야?

"……난 주아니를 찾기 전엔 아무 데도 안 가요."

"그 꼬마를 찾을 가능성은 거의 없어."

미칼리스가 뜻밖에도 그렇게 말했다. 나는 고개를 홱 돌려 그를 쏘아보았다. 화가 치밀었다. 아니다. 화가 난 건 엘다렌이나 미칼리스에게가 아니었다. 나 자신에게였다.

잘하는 것이 없으면 성실하기라도 해야겠지. 성실하지 못하면 그러려고 노력이라도 해야지. 그것도 못했다면, 결말을 바꾸기 위해 자기 것을 내던지기라도 해야 하는 거지.

만일 그것도 못하면?

"더 찾아볼 겁니다."

"어디를?"

산꼭대기의 바람은 추웠다. 이 상황은 내게 너무 추웠다.

"파비안. 네가 그 꼬마를 걱정하는 마음은 알지만……."

알고 있어. 이해한다는 것도 다 알고 있어.

나는 몸을 돌려 혼자 산을 내려가기 시작했다.

"파비안!"

올라왔던 반대 방향으로 튀어나온 돌 곶을 넘어갔다. 부르는 소리는 엘다렌의 것이었다. 나는 더 대꾸하고 싶지 않았다. 그래서 대답하지 않았다. 대신 그들의 시야에서 사라지기 직전에 말했다.

"오늘 밤에 여기서 다시 만나죠."

바보가 된 걸까? 도대체 뭘 하려는 걸까?

카라드-리테에는 식물이 거의 자라지 않았다. 특히 산중턱을 넘고 나서부터는 붉고 검은 바위들뿐이었다. 가끔 바위틈에서 자라는 이끼나 이름 모를 고산 풀만이 눈에 띄었다. 생명 없이, 죽어 있는 것 같은 산이었다.

완만한 능선은 거의 없었다. 가는 곳마다 삐죽삐죽하게 갈라진 협곡과 험로뿐이었다. 날씨는 축축했다. 곧 다시 비가 내릴지도 몰랐다.

후두둑…….

젠장, 난 역시 예언자로 나섰어야 했어.

바위뿐인 산에 비가 내리자 산행은 더욱 힘들어졌다. 디디는 곳마다 미끄러지지 않도록 조심했고, 곱아진 손이 부여잡은 것을 놓칠까봐 긴장했다. 목표는 첫 번째 봉우리에서 올려다보였던 두 번째 봉우리의 정상이었다. 저기까지는 가볼 테다. 그 다음은…….

거기까지 간 다음에 생각해 보겠어.

비는 다행히 금방 멎었다. 비가 그치고 나니 휘파람 소리 같은 바람이 사방에서 몰아쳤다. 드래곤의 이빨 속에는 수많은 잔 이빨이 가득했다. 그 틈을 바람이 휘돌아 나가며 기묘한 소리를 울렸다. 피리 소리 같기도 하고, 비파 소리 같기도 하다

나는 혼자 그 연주를 들으며 허우적허우적 걸었다. 공기에 습기가 가득해서 뺨에 물기가 맺혔다. 비가 내린 뒤로 솟기 시작한 안개였다. 잠시 후 마치 눈물처럼 흘러내렸다.

잡을 데가 없을 정도로 매끈한 바위다. 어떻게 올라갈까. 좀 돌아가긴 하지만 저쪽에 튀어나온 돌을 잡고 오르는 편이 낫겠어. 아, 저기 칡덩굴이 늘어져 있다. 하지만 썩었으면 어떻게 하지.

저쪽 틈새에 손을 짚고 한숨 돌려야겠다. 그 위의 바위를 넘어가면 저쪽 봉우리 너머가 보일지도 몰라. 이만하면 절반 넘게 오지 않았을까. 절벽에서 떨어질 듯 고개를 내민 나무가 보였다. 우툴두툴한 껍질이 흉터처럼 덮인 소나무다. 송진이라도 씹을 수 있을까. 아냐, 저긴 너

무 위험해. 자칫하다가 아래로 떨어질 거야.

배가 고프기보다 아프고 쓰렸다. 물은 아까 비를 받아 마셔서 그럭저럭 해결되었지만, 하루 넘게 제대로 먹지 못하자 배에서 끊임없이 트림이 올라왔다. 간혹 손가락이 갑자기 마디가 없어져 버린 것처럼 꺾어지질 않았다. 그럴 때면 다른 손으로 손마디를 하나하나 풀어 주어야 했다. 길어진 머리가 눈가를 자꾸 찔렀다. 마지막으로 머리를 자른 것이 언제였지. 하비야나크에서였나.

"주아니……."

이름을 중얼거려 보았지만 왠지 현실성이 없는 느낌이었다. 이 넓고 높은 산에서 조그마한 로아에 하나를 어떻게 찾을까. 7백 년을 산 미칼리스도 처음 볼 정도로 잘 숨는 종족인데. 난 지금 잘하고 있는 걸까.

어쩌면 난 산을 오르는 것 자체를 목표로 삼고 있는 것이 아닐까? 자기 양심을 충족시키기 위해서.

동료들이 옳았을 수도 있다. 현실적인 판단이었지. 그러나 나는 매번 그렇게 하지 못했어. 그러지 못하고 살아왔어. 왜 그랬지? 왜 나는 지금도 이러고 있지?

"아얏!"

잡았던 돌 하나가 부서지는 바람에, 팔꿈치가 바위에 세게 부딪쳤다. 한동안 꼼짝달싹 못할 정도로 팔이 저렸다. 온몸에서 맥이 탁 풀렸다. 위를 올려다봤지만 하늘은 보이지 않았다. 시야가 점차 하얗게 변했다. 구름 속에 들어온 걸까?

"후우……."

한참을 그러고 있다가 다시 움직이려 하자 이번엔 정말로 굳어 버렸는지 관절이 잘 움직이지 않았다. 겨울 진흙탕의 수레바퀴처럼 한참이나 움직이려다가 멈추고, 다시 움직이려 애쓰다 늘어졌다. 겨우 바위를 넘어가자 사방 열 걸음이나 될까 싶은 평지가 나타났다. 바닥에 앉아 절벽에 몸을 기댔다. 잠깐만 쉬어야겠어. 팔다리를 좀 주무르고 나서 가야겠어.

앉은 채로 내가 올라오던 쪽을 내려다보았다. 구름이 잠시 흩어지며 산 아래의 풍경이 처음으로 보였다.

카라드-리테는 무뚝뚝하고 싸늘한 표정을 가진 산이었다. 수백 수천의 돌 인간, 또는 한 명의 검붉은 거인이 내게 등을 돌리고 앉은 것 같다. 회색 근육이 보이지 않는 능선, 바닥을 드러낸 계곡, 그늘에 숨어 도사린 바위의 모습으로 퍼져나갔다. 눈은 어디에 있을까? 나를 보고 있을까?

바람이 불어오는가 싶더니 산의 흰 머리카락이 일어났다. 휘말리며 갖은 모양을 만들다가 너울거리며 덤벼들었다. 잠시 만에 나 자신을 빼고는 아무것도 보이지 않았다. 흡사 흰 어둠에 갇힌 꼴이었다.

물방울이 눈가에 맺혀 차가워지자 몸이 떨렸다. 적대적인 안개였다. 내게서 뭔가 빼앗아가려 했다. 아니면 뭔가를 감추려 했다. 안개 너머에서 어떤 괴물이 나를 바라보고 있을지도 모른다.

고향사람들은 이런 산에 그림자 거인이 산다고 했다. 안개가 자욱한 곳에서만 나타난다는 거인의 머리에는 빛으로 된 고리가 있었다. 가끔은 무지개 색으로도 빛난다고 했다. 그런데 그 거인이 사람을 해치던가?

그만 일어나야 했지만 발이 떨어지지 않았다. 구름으로 가려지기 전에 이곳이 어떻게 생겼는지 다 보았는데도 불구하고 지금은 한 발짝만 내디디면 절벽의 끝일 것처럼 두려웠다. 나는 안개로 된 바다에 솟은 좁디좁은 기둥 꼭대기에 웅크리고 있는 거다. 몇 뼘밖에 안 되는 좁은 동그라미이고, 다른 곳은 허공뿐이야. 등을 떼면 이 절벽도 사라져 버릴지 몰라. 그 다음엔 한 번만 휘청하면 떨어지는 거야. 까마득한 구름 바다로.

꼼짝할 수 없다. 안개에 묶인 것처럼.

나는 주아니를 생각했다. 산은 안개 속으로 사라져버렸으니 주아니는 어디서 찾을 수 있을까. 동료들도, 유리카도……. 그렇다면 나는 지금 어디에 있는 거지?

손을 뻗어 바닥을 만졌다. 단단했다. 돌바닥을 천천히 더듬으며 손을 뻗었다. 어디까지 닿을까. 금방 날카로운 절벽 끄트머리를 만지게 되겠지. 여기가 끝일까. 아직이야. 다음일까.

더 손을 뻗을 수가 없어.

나는 움직이는 것을 포기했다. 다 착각이라 하더라도 어쨌든 이토록 짙은 안개 속에서 움직이는 것은 어리석었다. 배낭에서 망토를 꺼낸 다음 더듬더듬 어깨를 감쌌다. 그러는 동안 나는 우스꽝스럽게도 떨어지지 않으려고 바짝 몸을 긴장시키고 있었다.

절벽에 기대어 안개가 지나갈 때까지 기다리기로 했다. 잠시만 쉬면 몸도 좀 나아지고 시야도 트일 것이다. 산 위에서의 일기는 좀처럼 종잡을 수 없지만. 눈을 감았다. 눈꺼풀이 몹시 무거웠다.

말을 해보려 했다. 실제로 말했다고 생각했지만 어쩌면 목소리가 나오지 않았는지도 몰랐다. 내 귀가 들었는지, 내 마음이 들었는지 알 수 없지만 나조차 믿을 수 없는 다짐들이었다.

기다려. 금방 갈게…….

따뜻한 침대의 꿈을 꾸었다.

그 다음에는 다른 꿈을 꾸었던 것도 같다. 그러나 기억나지 않았다. 하얀 것은 침대 시트 같기도 했고 구름덩어리 같기도 했다.

이어 느껴진 것은 불이었다. 따뜻한 것이 내 곁에서 너울거리고 있었다. 몸이 데워지자 기분이 좋아졌고, 점차 더 깊은 잠이 손짓하는 듯했다. 모닥불일까? 아니면 벽난로?

머릿속에서 하루 종일 보던 것들이 어른거렸다. 산의 숨겨진 근육들, 검고 구멍이 뚫린 용암의 흔적, 희고 차가운 안개……. 나는 자갈과 돌바닥의 감촉에 몸을 맡겼다.

그때였다.

이상한 돌기가 뺨에 닿았다. 울퉁불퉁하고 거칠게 날이 선, 비늘 같기도 한 돌기들이다. 다시 생각하니 손 같기도 했다. 하지만 마치 버터를 만지는 사람처럼 손에 닿은 것을 단숨에 뭉개버릴 수 있으면서도 조심스럽게, 스스로를 절제하며 건드리고 있었다.

눈을 떠봤지만 아무것도 보이지 않았다. 혼례 베일 같은 안개가 짙게 드리워져 있었다. 꿈속에서조차도.

내게 말을 거는 목소리를 인지하기까지는 한참이 걸렸다. 어쩌면 내가 깨기도 전부터, 아주 오래 전부터 말했던 것 같기도 했다. 하지만 내 귀에 들어온 첫 마디는 이러했다.

「용기일지도 모르고 만용일지도 모른다. 그러나 잘못은 아니며 현명한 일은 더더욱 아니다.」

잠시 후 주위는 어두워졌다. 그러나 그건 성긴 어둠이었다. 어디선가 희미한 광선이 눈꺼풀로 스며들었다. 나는 눈을 감은 채 떠오르기 직전의 태양처럼 가벼운 따스함을 즐겼다. 이어진 목소리가 들리기까지는.

마치 청동으로 만들어진 듯한 목소리였다. 차가웠지만, 동시에 뜨겁게 달궈진 기억을 품고 있었다.

「기다리지 않았으나 예상했었지. 짐작한 바이나 또한 다르구나.」

친절하지 않았으나 무례하지도 않았고, 내게 말하고 있었지만 어떤 어조도 느껴지지 않았다. 벽을 보고 말하는 것처럼, 듣는 사람 없는 독백이었다.

나는 대답하지 못한 채 누워 있었다. 이 낯선 목소리의 방문자를 일어나서 맞아야 할지, 아니면 곰을 만난 여행자가 죽은 체 하는 것처럼 계속 이러고 있어야 할지 판단이 안 섰다.

이윽고 그 목소리는 드디어 질문의 형태를 띤 말을 했다.

「너는 어떤 자이기에 이 자리에, 이곳에, 이런 모습으로, 이렇게 누워 있을 수 있는가」

그 순간 나는 눈을 번쩍 떴다.

살풍경한 바위벽이 눈앞에 있었다. 곧 그것이 머리 위로 불쑥 튀어나온 쟁반 모양의 바위라는 것을 깨달았다. 천장과 바닥을 제외한 다른 곳은 훤히 뚫려 있었다. 나는 움푹 들어간 곳에 뉘여 있었다. 담요 같은 것은 없었기 때문에 등이 조금 아팠다.

모닥불이 타오르고 있었다. 멀지 않은 곳에. 여기는 내가 있던 곳이 아니었다. 물론 어떻게 옮겨졌는지 전혀 기억할 수 없었다. 내 마지막 기억 속의 안개는 사라진 후였다. 그러나 아직도 희미한 기운이 바람자락에 묻어 있었다. 주위는 보였지만 먼 곳은 보이지 않았다.

그런데 낯선 목소리의 주인공은 어디에도 없었다. 눈을 뜨는 순간 사라져버린 환영처럼, 그런 목소리를 가졌을 거라고 생각되는 무엇도 없었다. 안개가? 혹시 바위가? 그들이라면 그런 목소리를 낼 수 있을지도 모른다.

그렇다면 꿈을 꾼 건가?

머리가 아파지려는 순간 뭔가가 구석에서 움직였다. 처음에는 석상이나 돌 그림자처럼 꼼짝도 하지 않았지만, 내가 깬 것이 분명해지자 이쪽으로 왔다. 모닥불 때문에 그의 느린 움직임이 맞은편 벽에 선명하게 비쳤다. 빛과 그림자로 된 연극처럼.

"안녕하시오."

낯설었다. 아까만큼은 아니지만, 인간이 가질 수 있는 중 가장 낯선 목소리였을 것이다. 그렇더라도 안개나 바위는 아니었다.

나는 인사에 대답하는 대신 머릿속으로 말을 더듬기만 했다. 갑작스런 등장만큼이나 상대는 나를 당황하게 만드는 뭔가를 가지고 있었다. 내가 말을 하지 않자 그는 모닥불을 살피더니 말을 이었다.

"그런 곳에서 주무시다니 대담한 건지 어리석은 건지 모르겠소. 자칫했다간 천길 벼랑으로 떨어질 곳에서 그래, 잠이 오더란 말이오?"

자꾸 말을 하면서 목소리에서 낯선 느낌은 사라지고 그는 평범한 남자로 돌아왔다. 나는 겨우 이 말만을 할 수 있었다.

"이런 곳에 불을 피우시다니 대단하군요."

사방의 공기는 축축했고 주위에는 장작으로 쓸 만한 것이 전혀 없었다. 그는 가볍게 대꾸했다.

"노련한 여행자는 위급한 때를 위해 차 한 잔 끓일 준비는 해 가지고 다니는 법이오."

"아, 네……."

그 말을 증명하듯 컵 하나가 건네졌다. 나는 몸을 일으켜 그것을 받으며 고개를 꾸벅 숙였다가 상대의 얼굴을 보았다.

짙은 크림색 얼굴빛을 한 그는 외견상 30대 후반으로 보였다. 어깨 언저리에 닿는 머리채를 가죽 끈으로 질끈 묶고 있었는데 머리가 새카매서 실제보다 얼굴이 희어보였다. 그런데 그가 몇 걸음 더 다가오자 나는 놀라운 사실을 깨달았다. 그의 머리는 완벽한 검은색이 아니었다. 푸른빛이 섞인 검정이었다.

나는 당황했다. 저 사람, 설마 우리 집안인가? 그럴 리가. 이런 곳에서 갑자기 처음 보는 핏줄과 맞닥뜨리다니 말이나 되는 일이야?

저 머리 빛깔이 우리 집안에만 있으란 법은 없지. 그렇지만 대륙 곳곳을 여행하면서도 내가 본 검푸른 머리는 나와 아버지, 그리고 하르얀뿐이었다.

내 의문을 아는지 모르는지 그는 내 얼굴을 가만히 들여다보았다. 뒤로 묶은 짤막한 머리꼬리가 작은 새처럼 어깨 너머로 갸웃이 나를 쳐다보고 있었다. 거기서 창날처럼 날카로운 윤기가 흘렀다.

"내가 아니었으면 굴러 떨어지지 않았더라도 몸이 얼어버렸을 거요."

말투가 무심해졌다. 여기가 어딜까? 그것부터 물어놓아야 했다. 저 사람은 슬슬 나를 두고 가버릴 수도 있었다. 나는 다치거나 아픈 데 없이 멀쩡하니까. 그가 돌보아 줄 이유는 없으니까.

그는 정말 그러려는 것처럼 몸을 일으켜 자기 배낭을 끌어당겼다. 나는 묘하게 당황했다. 그를 막고 싶은 기분이 들어서였다. 빠뜨렸어. 뭔가 할 말이 있는데.

감사하다는 말도 못했구나.

"도와주셔서 정말 감사합니다. 덕분에……."

그는 치하를 들으려고 한 일이 아니라는 듯 손을 휘휘 내저었다. 동작이 몹시 컸다. 차림새도 그렇지만 몸짓이 약초와 버섯 등을 전문으로 캐러 다니는 산꾼을 연상시켰다. 고향에서 그런 사람들을 본 적이 있었다.

"차를 마저 마시는 게 좋을 거요. 밤이 되면 산은 더 추워지니까."

나는 시키는 대로 차를 다 마셨다. 무슨 차인지 몰라도 풀 냄새와 함께 또 다른 향기…… 뭐랄까, 더운 향기가 났다. 여름을 한 조각 녹여 넣기라도 한 것처럼 온도 이상의 열기를 품고 있어서 금세 몸이 훈훈해졌다. 이름을 붙인다면 '더위의 차' 라고 불러도 좋을 듯했다. 한 잔 더 마신다면 땀이 날지도 몰랐다.

"저…… 이런 곳을 혼자 여행하는 사람은 저밖에 없을 거라고 생각했는데요."

물론 내 말은 거짓말이었다. 나는 저쪽 봉우리에 동료들을 두고 왔다. 그들과 헤어진 지 몇 시간밖에 되지 않았다.

그는 어깨를 으쓱했다.

"나도 그렇게 생각했소."

질문이 막혔지만 어차피 내가 물어볼 것은 많았다.

"여긴 어디죠? 제가 있던 곳에서 많이 떨어진 곳인가요?"

"아니. 바로 근처요."

"저를 옮기느라 고생이 많……."

그는 이번엔 고개를 내저어 내 말문을 막았다. 칭찬을 듣는 것이 몹시 어색한 듯했다. 천성적으로 그런 말을 듣기 싫어하는 사람이 있다는 건 알고 있지만.

"……이곳까진 어떻게 오신 건가요?"

나는 도중에 질문을 바꿨다.

그는 고개를 기울인 채 나를 보았다. 아니, 정확히 말하면 고개를 돌리고 마치 한쪽 얼굴로만 나를 보려는 것 같은 자세를 취했다. 한쪽 눈이 나쁘기라도 한 건가?

나는 그의 연녹색 눈동자가 나를 관찰하도록 기다리고 있었다. 그러는 동안 그가 가진 무거운 짐으로 눈이 갔다. 엘다렌의 것만큼 크지는 않았지만 만만찮은 크기의 배낭은 뭔지 모를 야릇한 빛깔의 가죽으로 만들어져 있었다.

이윽고 고개를 돌린 그는 배낭 안에 차를 끓였던 도구들을 챙겨 넣었다. 내가 쳐다보든 말든 할 일을 다 하고 나서야 대답이 돌아왔다.

"이 산에 드래곤이 있다는 이야기는 들었을 거요."

"에……."

나는 뭐라 대답하지 못한 채 우물쭈물했다. 그는 배낭 주둥이의 끈을 매면서 덧붙였다.

"물론 봤다는 사람이 아무도 없으니 사실이 아닐 수도 있을 거요. 그러나 사실이든 아니든 그게 내 일에 별 영향을 끼치지는 못하오."

"어떤 일을 하시는데요?"

"보다시피."

그제야 그가 허리춤에 달고 있는 주머니에 눈이 갔다. 약초를 채취하는 주머니 같은데, 이런 산에 약초가 있나?

"이런 산을 다니시려면 고생이 많으시겠어요. 약초도 많지 않을 것 같은데……."

"약초뿐이라면 이런 산에 오지 않을 거요. 당신 말대로 바위뿐인 산이라 쓸 만한 약초는 별로 없소. 그러나 드래곤이 정말로 있든 없든 이 산에는 상당한 괴물들이 있으니 그들이 내 밥벌이를 해주는 거요."

그는 자리에서 벌떡 일어섰다. 정말로 가려는 듯했다. 나는 망토를 털고 따라 일어나면서 물었다.

"괴물이 무슨 도움을 주는데요?"

"괴물들 중에는 보물을 모으기 좋아하는 놈들이 있다는 소문을 못 들었소? 드래곤이 그렇듯, 드래곤이 있는 곳에 들끓기 마련인 괴물들도 조촐하게나마 드래곤을 따라하지. 드래곤의 보화라면 훨씬 엄청나겠지만 그런 것을 건드리려면 목숨을 걸어야 할 테고, 몇 마리 괴물을 잡아가며 건지는 보석 정도는 꽤 수입이 좋소."

그의 몸에 무기가 보이지 않았기 때문에 무엇으로 괴물을 잡는지 궁금했지만 굳이 묻지는 않았다. 실력을 의심하는 말은 무례하게 들릴 수도 있고, 짙은 눈썹과 튀어나온 이마, 강한 턱선을 지닌 것이 고집스런 사람으로 보이기도 해서다. 그는 유연하게 몸을 돌려 배낭을 메었다. 한 치 낭비도 없는 동작이었다.

저런 식으로 사는 사람도 있구나. 보물 사냥꾼이라고 해야 할까? 고향에서 만난 미르보하고도 느낌이 비슷한 사람인데.

순간, 그가 이 산을 오래 드나든 산꾼이고 더구나 괴물을 쫓고 있다면 물어보아야 할 것이 있다는 사실에 생각이 미쳤다. 갑자기 떠오른 생각에 가슴이 쿵쿵 뛰었다.

"호, 혹시…… 이 근처에서 와이번을 본 일은 없습니까? 와이번들이 둥지 트는 곳을 아시나요?"

그는 내가 흥분하든 말든 동요하지 않았다.

"물론이오."

"어, 어디죠?"

그는 말하지 않고 잠시 나를 훑어봤다. 그는 자세히 보려고 할 때면 버릇처럼 얼굴을 약간 돌리고 한쪽 눈으로 쳐다보았다. 마치 얼굴 한쪽에 난 흉터를 감추려는 사람 같았다. 그러나 흉터 같은 것은 없었고 그가 얼굴을 돌리는 방향 역시 일정치 않았다. 그의 크림빛 피부는 단단해 보이는 만큼이나 잡티 하나 없이 말끔했다.

"와이번을 보고 싶소? 와이번은 보물을 숨기지 않는데."

"보물을 찾으려는 것이 아니에요! 다른 까닭이 있어서……."

그 와이번은 보석 쪼가리 몇 개 하고는 비교도 되지 않는 걸 훔쳐갔다. 주아니를 되찾기 위해서라면 보석 몇 개쯤은 조금도 아깝지 않았을 것이다.

"무얼 찾는 중이든 와이번이 있는 곳이라면 가르쳐 줄 수 있지. 나를 따라오면 될 거요."

나는 연신 고개를 끄덕였다. 이 사람을 만난 것은 천행이었다. 하늘이 도운 거야. 이 사람을 만나려고 내가 고집을 부렸던 거야.

연녹색 눈동자가 조그마한 불꽃처럼 나를 향해 반짝거리고 있었다. 그는 볼수록 미르보를 닮았다. 나는 배낭을 집어 들고 고개를 숙였다.

"저는 파비안 크리스차넨입니다. 이렇게 구해 주시고, 또 도와주기까지 하시니 어떻게 감사해야 할지 모르겠습니다."

그는 이번엔 손을 내젓거나 하지 않았다. 대신 눈썹이 짧게 꿈틀거렸다. 이어 그는 이름을 말했다.

"테아키라고 부르시오."

테아키는 이런 산을 타며 괴물들의 보물을 훔칠 수 있을 정도로 노련한 산꾼이었다.

내가 지친 탓도 있겠지만 그의 뒤를 따라가는 것은 여간 힘든 일이 아니었다. 그는 나는 듯이 이 바위에서 저 바위로 건너뛰었고, 미끄러질까봐 걱정하는 기색은 조금도 없었다. 틀림없이 미끄러질 것 같은 곳을 디디고도 손발에 흡반이라도 달린 것처럼 척척 앞으로 나아갔다.

"휴우, 휴우……."

숨이 찼지만 불평을 할 수는 없었다. 테아키는 자기 일을 제쳐놓고 나를 와이번의 둥지가 있는 곳까지 안내해 주기로 한 것이다. 귀찮은 기색도 보이지 않았다. 지도도 없고 지형도 모르는 상황에서 말만 듣고 찾는 것은 무리라는 그의 말은 옳았다. 혼자 왔더라면 벌써 길을 잃었을 것이다. 나는 여기가 어느 봉우리로 가는 길인지도 헷갈렸고, 오늘 밤에 약속한 곳으로 돌아갈 수 있을지도 확신이 안 섰다.

힘들긴 했지만 희망을 품고 테아키의 뒤를 따라 몇 시간을 걸었다. 산세는 여전히 험했고 몇 번이고 미끄러졌지만 그때마다 지체 없이 일어났다. 테아키가 준 이상한 차 덕택인지 그래도 기운이 좀 났다. 주아니를 찾을 수 있다는 기대 덕택일지도 모른다.

"다 왔소."

몇 시간 만에 테아키가 입을 뗐다. 나는 걸음을 멈췄다.

우리가 웅크리고 숨은 능선 너머로 비죽비죽한 바위들이 나뒹굴고 있는 비스듬한 평지가 보였다. 그 너머는 다시 솟아오른 절벽이었다. 사방에 흩어진 바윗돌은 모두 검었다. 평지라고는 하지만 실은 바위 사이로 이어진 험로였다.

둥지 같은 것은 얼른 눈에 띄지 않았다. 나는 나와 마찬가지로 머리만 내밀고 있는 테아키에게 물을까 하다가 어쩐지 꺼려져서 좀 더 사방을 살폈다. 그러다가 바위 중 하나가 움직이는 것을 보았다.

"저것……."

"쉿!"

테아키가 짧은 휘파람 소리 같은 경고를 보냈다. 그와 나는 나란히 몸을 붙인 채 평원 위의 바위, 아니 실제로는 바위처럼 보였을 뿐인 와이번들이 일제히 움직이기 시작하는 광경을 지켜보았다.

하나, 또 하나, 저마다 기지개를 켜고 날개를 퍼덕이며 일어났다. 날개를 접고 그 사이에 머리를 처박은 채 웅크리고 있던 탓에 바위처럼 보였던 것이다. 내 키의 너댓 배는 되는 어미 와이번이 스무 마리 가량 있었고 좀 작은 놈들이 비슷한 숫자로 섞여 있었다. 나는 숨을 삼키며 두근거리는 가슴을 눌렀다.

가까이에 있는 한 놈이 날개를 펴자 두 장의 거대한 피막이 벌어져 하늘을 가렸다. 긴 꼬리는 살아 있는 뱀처럼 머리를 쳐들었고, 칼날 같은 발톱이 생생하게 번쩍였다. 긴 주둥이가 벌어지자 허공을 향해 찢어지는 듯한 울음소리가 났다.

번뜩이는 노란 눈동자가 나를 보았다고 생각한 순간 나는 얼어붙었다. 그러나 그건 착각이었다. 와이번들은 내 존재쯤은 보이지도 않는다는 듯이 거만하게 돌아다녔다.

"자, 다 왔으니 어쩔 테요."

대답은 쉽지 않았다. 우선 와이번들은 모두 똑같아 보여서 어느 놈이 소와 배낭과 주아니를 채간 놈인지 구별할 수가 없었다. 그리고 다음 문제는 평원에 큼직한 소 한 마리를 잡아먹은 흔적 같은 것은 보이지 않았다는 점이었다. 게다가 가장 심각하게는…….

와이번이 너무 많았다.

"……."

나는 속으로 생각했다. 이 사람이 좀 도와주면 좋을 텐데.

뻔뻔스러운 생각인 것은 알지만 이런 상황에서는 어쩔 수 없었다. 엘다렌도, 미칼리스도, 유리카도 없다. 되돌아가 그들을 불러오는 것도 좋은 생각이 못되었다. 너무 멀었고, 길도 몰랐다. 증거라도 있으면 확신을 할 텐데 도대체 어떻게 된 거지? 그 와이번은 이리로 오지 않은 건가?

"와이번들은 주로 이렇게 모여 살아요?"

"그렇지는 않소. 이들도 무리 생활을 하는 건 아닐 거요. 우연히 조건이 맞아 이리로 모여든 거겠지. 지금은 저렇게 점잖게 굴고들 있지만 먹이가 없는 시기엔 하루에도 몇 번씩 물고 뜯는 싸움이 벌어져 진 놈을 먹이로 삼는 놈들이 저들이오."

나도 와이번에게 고대 생물의 우아함 같은 걸 기대하진 않았다. 나는 잠시 사이를 두었다가 테아키가 그만 갈 것 같은 자세를 취했을 즈음 입을 열었다.

"저는 친구를 찾으러 왔어요."

내 말에 테아키는 무슨 소린가 하는 표정이 되었다.

"저들이?"

나는 웃음이 터지려는 걸 참으며 급히 고개를 저었다. 와이번의 친구로 오인 받는다는 건 조금도 즐거운 일이 아니었다. 게다가 와이번 쪽에선 전혀 알아주지도 않는데.

"물론 아니죠. 저들 중 한 놈, 아니 어떤 와이번이 제 친구를 데려갔어요."

그러자 테아키의 입에서 뜻밖의 단어가 나왔다.

"소?"

나는 순간 와이번의 존재조차 잊고 테아키의 팔을 덥석 움켜잡았다. 그런데 그가 흠칫 놀라며 팔을 비틀어 뺐다. 굉장히 불쾌한 듯한 동작이어서 나는 내가 큰 실례를 저지른 게 아닌가 싶어 지레 겁을 집어먹었다.

"……."

그러나 화가 난 얼굴은 아니었다. 그보다는 당혹감이랄까. 나라면 하늘에서 잘 구워진 통닭이라도 갑자기 떨어진다면 저런 표정을 지을지도 모르겠다. 깜짝 놀라긴 했어도 어쨌든 나쁘지는 않은 일이 일어났을 때 말이다. 그러니까 테아키도 단순히 놀란 것뿐이지 기분이 상한 것 같진 않았다.

"소를 보셨다고요?"

테아키는 하늘에서 떨어진 통닭의 충격에서 아직 벗어나지 못했는지 멀거니 나를 보다가 겨우 말했다.

"어…… 그렇소."

"에…… 어디에서요?"

나는 아직도 소를 봤다는 테아키의 말에 더 놀라야 하는지, 방금 보인 그의 반응에 더 놀라야 하는지 감을 못 잡았다. 정신을 덜 차린 그의 대답도 박자가 꽤나 느렸다.

"여기는 아니지만, 이 근처였소.

"그래서요? 어떻게 됐는데요? 어디에 있죠?"

그 다음에 나온 대답은 내가 오늘 들은 중 가장 충격적이고 황당한 말이었다.

"그 소라면 내가 먹어버렸는데."

"……머, 먹어……?"

나는 입을 딱 벌린 채 침이 흘러내리는 것도 잊고 그를 쳐다보았다. 그러다가 정신을 차리려고 고개를 흔들었다. 절대 이 이야기를 유리카가 듣는 데서 해선 안 되겠다. 소동이 날지도 몰라. 소를 잡아먹은 게 와이번이 아니었단 말이야?

게다가 궁금한 것이 하나 둘이 아니었다.

"어떻게 와이번한테서 소를 빼앗았는데요? 와이번은 죽었나요? 혹시 그 소 발굽에 아직도 가방 하나가 얽혀 있던가요? 아니, 아니, 소 한 마리를 혼자서 다 먹을 수가 있어요?"

"……."

스스로도 엉망진창으로 질문을 하고 있다는 생각이 들었지만 테아키는 아직도 소가 내 친구였다고 생각하는지 곤란한 표정으로 침묵을 지켰다. 내 머릿속에서는 아직도 '그렇다면 어떻게 요리해서……' 라는 질문이 떠올랐지만 간신히 자제심을 발휘하여 입 밖에 내지는 않았다. 그러나 다시 입을 연 테아키에게서 또다시 황당한 내용이 튀어나왔다.

"친구라는 것은 가방이오?"

이, 이 사람, 아무래도 뭔가…….

그러나 이 사람이 아까까지 괜찮다가 갑자기 이상해지고 있는 거라면 완전히 이상해지기 전에 중요한 사실들을 더 물어두어야 했다.

"물론 전 가방의 친구도 아니고요. 다만 그 가방 안에……."

"그럼 혹시 주아니라는 이름을 가진 로아에요?"

세 번째 충격을 받은 나는 이제 혼이 나갈 지경이었다. 똑같은 이름을 가진 로아에가 여기서 또 헤매고 있었을 가능성은 무한히 적겠지? 그럼 괜찮은 건가? 아무 일 없는 거야?

"무, 무, 무사한가요?"

나는 하마터면 다시 테아키의 팔을 잡을 뻔했다가 겨우 자제했다. 그가 재빨리 손을 입술에 갖다 댔다. 하긴 이러다가 와이번이 소리를 들으면 큰일이었다.

"물론이오. 내 은신처에서 지금쯤 잠들어 있을 텐데."

나는 맥이 탁 풀렸다.

방금 전까지 주아니 녀석 때문에 얼마나 마음을 졸이고 죄책감과 후회로 수명을 줄이고 있었는데, 녀석은 와이번과 관계없는 엉뚱한 사람을 만나 안전하게 지내고 있었단 말이지. 그렇다면 내가 지금까지 고집을 부리고 죽을 고생을 하며 여기까지 온 것은…… 아, 아니지. 이렇게 오지 않았더라면 테아키를 만나지도 못했을 테고 그렇다면 주아니는 새로운 동료와 함께 다시 즐거운 여행을…….

왠지 그것도 별로 즐거운 상상이 아니었다.

"맞아요. 그 꼬마 로아에가 바로 제가 찾던 친구예요. 걱정을 많이 했는데 그렇게 멀쩡하다니 은근히 화가 나려 하는…… 흠흠, 어쨌든 찾아서 너무 다행이고 그건 전부 테아키 당신의 덕택이니 너무 고마워서 뭐라고 말해야 할지……."

테아키는 인내심 깊게 내 횡설수설을 다 들어주었다. 그리고 대강 말이 끝나는 분위기를 기다려 말했다.

"그런 것은 어찌 되었든 좋소. 주아니라는 자가 헤어지기 전에 당신에 대해 뭔가 얘기해 주었더라면 수고를 덜 수도 있었으련만. 그자도 잃어버린 친구를 찾고 있는 것 같았거든."

거기까지 말한 테아키는 갑자기 벌떡 일어났다. 나는 깜짝 놀라 몸을 움츠리며 위를 쳐다봤다. 아니, 와이번이 보면 어쩌려고 저렇게…….

큐르르…… 키캬캬쿠쿠…….

큐! 큐! 큐큐큐키라랴!

캬르륵! 캬캬캭! 캬그그극!

나는 더듬더듬 물러서려다가 하마터면 절벽 뒤로 떨어질 뻔했다. 어미 와이번 세 마리가 어느새 우리 코앞까지 다가와 있었다. 이야기에 정신이 팔린 사이에 슬금슬금 와서 부리로 바위를 툭툭 치고 있었다.

물론 놈들은 우리를 발견했고, 누가 공격할 건지 결정하려는 것처럼 서로를 마주보았다. 의논이라도 하려는 건가?

절대 그럴 리 없었다.

캬캬캬캬캬캬캬크!

이 커다란 놈들은 우리 둘이 저들 셋의 식사로는 부족하다고 생각했는지 갑자기 서로를 향해 괴성을 지르기 시작했다. 상대가 물러날 생각이 없어 보이자 놈들은 노란 눈을 치켜뜨고 날개를 퍼덕이며 싸울 태세를 취했다. 그런데 이런 데서 싸우면 우리한테도 피해가…….

캬르륵!

한 놈이 펄쩍 뛰어오르더니 다른 놈의 목덜미를 노리고 달려들었다. 거대한 날개가 펄럭이자 좁은 절벽 밑은 회오리바람이라도 불어오는 꼴이 되었다. 나는 망토 자락을 부여잡았고, 테아키는 흩어진 머리카락을 흔들어 넘기면서 물러섰다.

물론 다른 놈도 가만히 있지는 않았다. 와이번 두 마리가 서로 목덜미를 물어뜯으려 빙빙 도는 모습은 어떤 의미로는 꽤 볼만한 광경이었다. 한 마리가 날개로 바위를 치고는 괴성을 질렀다. 긴 꼬리들이 희한한 곡선을 그리며 서로의 빈틈을 파고들었다. 발톱에 긁힌 뱃가죽에서는 굵은 핏방울이 맺혀 흘러내렸다.

그러는 동안 세 번째 놈이 반대쪽에서 한 놈의 뒤통수를 물어뜯으려 덤벼들었다. 뒤에서 공격을 당하자 그놈은 발끈하여 몸을 돌렸으나, 순식간에 두 마리한테 공격당하는 상황이 되어 날카로운 울음을 계곡에 내질렀다.

캬아아아악!

"쉽게 끝나지 않을 것 같은데."

테아키가 혼잣말처럼 중얼거리더니 나를 돌아보았다. 나는 검을 뽑아들고 만일의 사태에 대비하고 있는 중이었다. 그러나 테아키에게는 검이 없었다.

"저, 뭣하면 제 뒤에 숨으시……."

여전히 동작이 큰 테아키는 고개를 커다랗게 흔들었다. 조심스럽게 꺼낸 말이었는데 기분이 상한 것처럼 보이지는 않았다. 나야 뭐라고 생각하든 눈앞의 상황만 해결된다면 관심 없다는 태도였다.

"싸우기보다는 쫓아버리는 편이 좋겠소."

물론이지. 그러나 무슨 수로?

테아키는 나더러 물러나라고 손짓했다. 어쩌려고? 저렇게 큰 놈들은 우리 동료들이 전부 있다 해도 쉽게 해치울 수 없을 텐데?

테아키는 여기까지 오던 때처럼 뾰족뾰족한 바위들을 넘어 평원 위로 가볍게 뛰어올랐다. 그러더니 뒤엉켜 싸우고 있는 와이번 셋과 저만치에서 어슬렁거리는 수십 마리의 와이번들을 한꺼번에 바라보고 섰다. 웅크리고 있던 와이번들도 그를 보았다. '무슨 일이야?' 하고 묻는 것처럼.

"위험해요!"

수십 마리의 와이번들이 몸을 커다랗게 부풀리더니 이쪽으로 다가오기 시작했다. 그때 테아키가 팔을 허리에 얹더니 숨을 크게 들이마셨다.

"타아아아아아아아아아!"

나는 그 자리에 얼어붙었다.

황당해서가 아니었다. 그런 것이 아니었다. 와이번 떼를 보고 숨어도 시원치 않을 판에 큰 소리를 질러 자신의 존재를 알리는 테아키가 어리석어 보여서가 절대 아니었다.

와이번들의 동작이 딱 멎었다. 뒤엉켜 싸우고 있던 놈들까지 그 자세 그대로 멈춰 버렸다. 그뿐이 아니었다. 자연의 움직임, 새나 벌레, 심지어 바람과 풀잎의 흔들림까지 멎은 듯했다. 눈앞의 세상은 돌이 되는 마법에라도 걸린 것 같았다.

그리고 나 역시 같은 이유로 굳어져 있었다. 내가 느낄 수 있었던 감정은 하나뿐이었다. 공포.

목소리의 주인공인 테아키가 나를 돌아보고 입을 열 때까지 그 상태 그대로였다. 몸이 부들부들 떨리고, 턱이 부딪쳐 딱딱 소리를 내고, 팔다리는 움츠린 채 굳고, 모든 것이 까닭을 알 수 없는 공포 때문이었다. 어디서 왔을까? 테아키의 목소리? 그 말고 다른 것이 있었나?

다른 생각은 할 수 없었다. 테아키가 입을 열어 나를 구원해 줄 때까지.

"괜찮소. 당신에게 한 것이 아니니까."

"다, 당신…… 어, 어, 어떻게, 가, 칼…… 도 없이, 괴, 괴물들의, 보물, 보물을…… 가져갈 수 있는지…… 이, 이제에……야…… 아알겠군……요."

테아키는 나를 가만히 바라보았다. 굳어버린 와이번들에는 관심도 없는 것 같았다. 점차 안정을 되찾아 가는 나를 묵묵히 바라보다가 불쑥 손을 내밀었다.

"갑시다."

나는 그 손위에 내 손을 놓았다. 마법은 깨어졌다.

우리는 석상처럼 얼어붙은 채 꼼짝도 하지 않는 와이번들 사이를 걸어서 지나갔다. 그들은 우리가 처음 보았던 검은 돌덩어리들로 다시 돌아간 것 같았다. 내가 느낀 것보다 몇 배는 지독할 공포 때문에. 그들은 도망치지도 못하고 저들 사이를 아무렇지도 않게 지나가는 우리를 내려다보았다.

평원을 가로질러 절벽 사이로 난 길로 접어들 무렵 나는 뒤를 돌아보았다. 싸우다 엉킨 세 마리가 서로 껴안다시피 하고 멈춰 있는 것이 보였다. 혹시 서로를 껴안고 있어 약간의 위로라도 얻고 있는 건 아닐까?

공포가 사라지자 새로운 놀라움이 다가왔다. 아까 테아키가 내게 손을 내밀었던 것이다. 조금 전까지는 내 손이 닿는 것만으로도 그토록 놀라던 그가 내게 먼저 손을 내밀었다. 그리고 그 손이 닿는 순간 나는 거짓말처럼 공포를 잊었다.

과연 어떤 사람인 걸까.

나는 이 알 수 없는 사람의 뒤를 따라갔다.

"멀지 않소."

동굴 앞에서 테아키가 말했다.

나는 어두컴컴한 동굴 속을 바라보면서 파하잔으로 들어가던 기억을 떠올렸다. 숨이 막힐 듯 좁은 구멍을 30분씩이나 기어가다가 뒷사람이 부딪쳐 오면 맨 앞에까지 고스란히 밀려갈 수밖에 없던 곳 말이다. 너무 캄캄해서 눈을 떴는지 감았는지도 헷갈리곤 했지.

"그…… 렇겠지요."

이런 동굴 속이라면 은신처로 알맞긴 할 거야. 주아니를 만나려면 이리로 가는 수밖에 없어. 좁고 답답한 통로라도 참을 수밖에. 별것 아니잖…… 어?

몇 걸음 나아가는가 하더니 동굴이 끝나버렸다. 그리고 예상과는 전혀 다른 광경이 펼쳐졌다.

"화아……."

동굴 입구 안쪽은 상상을 초월하게 넓었다. 흡사 광장에 들어선 것 같았다. 높다란 천장으로 이어지는 동굴 벽은 지고 있는 태양빛을 어렴풋이 받아 황동빛을 띠었다.

"어마어마하군요."

더 들어가자 환한 기운은 점차 가셨다. 마지막 빛이 사라지고 나자 사방이 어두컴컴해졌다. 눈앞에서 걷고 있던 테아키가 간신히 보이는가 싶더니 사라져 버렸을 때, 나는 소리를 질러 그를 멈추게 했다.

"불을 켜고 가야겠어요."

테아키는 램프나 횃불 같은 것을 가지고 있지 않았다. 안에 들어가면 다른 불이라도 있나? 그 뭐더라…… 드워프들의 펠드로바드 광석처럼 말이야. 그는 내가 램프를 꺼내 켜도록 기다렸지만 그게 중요한 일이라고 생각하지는 않는 듯했다. 마치 신발 끈을 고쳐 매는 상대를 기다리는 투였다.

"다 됐소? 그럼 갑시다."

참 이상한 일이었지만, 우리는 램프를 든 내가 뒤를 따르고 아무것도 보이지 않을 그가 오히려 앞장을 서는 괴상한 상태로 걷기 시작했다. 조금 걷다가 나는 도저히 참지 못하고 물었다.

"앞이 보여요? 캄캄하지 않아요?"

"익숙해서 괜찮소."

괜찮다니 할 말은 없지만…….

테아키가 들어올 때 했던 말과는 달리 꽤 오래 걸어야 했다. 내가 든 램프의 불빛에 비쳐 보이는 그의 그림자는 정말로 망설이는 기색 없이 척척 발을 내딛고 있었다. 저런 캄캄한 길에서 뭘 믿고 저렇게 걷는 거지? 길을 완전히 외우기라도 했나? 길 가다 나오는 돌부리 하나에 이르기까지…….

물론 그건 사실이 아니었다.

"아! 음…… 괜찮소."

정말 돌부리에 걸려 넘어질 뻔한 테아키는 내가 놀랄까봐 걱정하기라도 하는 투로 말했다. 나는 갈수록 이상한 사람이라고 생각하면서 고개를 갸웃거렸다.

이곳은 테아키가 카라드-리테에서 오래 머물 때 쓴다는 동굴 은신처였는데, 어떤 때는 수십 일씩 저장한 식량만으로 버티면서 일을 한다고 했다. 남들이 보기에는 볼 것 없이 황량하고, 약초 같은 것도 자라지 않고, 장작으로 쓸 나무도 별로 없고, 심지어 괴물까지 들끓는 도무지 쓸모없는 산이었지만 그에게는 훌륭한 삶의 터전이었다. 그는 이 산의 작은 길까지 구석구석 외우고 있었다.

게다가 아까 본 괴상한 능력을 생각하면 테아키는 이런 직업에 적격이라 할 수 있었다. 매번 그런 식으로 괴물들을 쫓아버릴 수 있다면 말이다. 참새 그물로 페어리를 잡으러 다니는 미르보와 비교해 보면 얼마나 편리하고 깔끔한 일처리야?

테아키가 걸음을 멈추었다.

"다 왔소."

램프 빛만으로 어떤 지형인지 알아보는 것은 만만치 않았다. 한껏 높이 들어 이곳저곳을 비추어 보았지만 워낙 넓어서 동굴 구석까지 보이려면 어림없었다. 별 수 없이 구경은 포기하고 테아키의 뒤를 따라가 밀짚더미 비슷한 곳에 안착했다.

테아키는 옆에 선 채로 생각에 잠긴 것처럼, 아니면 무슨 소리에 귀를 기울이는 것처럼 잠자코 있었다. 한참 뒤 그는 그러면 그렇지, 라고 말하는 것처럼 어깨를 으쓱거리더니 입을 열었다.

"뭘 거기서들 그러고 있소."

누가 있나?

테아키의 목소리가 만든 메아리가 동굴 천장에 닿지도 않았을 무렵, 어두운 동굴 구석에서 부스럭거리는 소리가 들렸다. 여럿이 움직이는 듯한 소리였다. 혹시 괴물이라도? 여기까지 오는 동안 지나치게 조용

했지. 박쥐 하나 없었어. 그러니까 뭔가 나타나도 이상한 일은 아닌…….

"흐음, 큼."

어라? 묘하게 익숙한 소리였다. 그러니까 익숙한 목소리를 가진 상대가 내는 소리였다. 나는 램프를 내밀면서 목을 죽 뺐다. 누군가가 다가오며 점차 윤곽이 드러났다. 아주 큰 키, 아주 작은 키, 그 다음은…….

"유리카!"

이게 어찌된 일이야.

유리카와 엘다렌, 미칼리스는 나 못지않게 놀란 얼굴로 이쪽을 바라보고 있었다. 미칼리스가 말했다.

"도대체 이게 어떻게 된 일이야?"

내가 묻고 싶은 말이라고!

테아키가 자신만의 은신처라고 말한 이곳에 어떻게 동료들이 들어와 있는지 모르겠지만, 어쨌든 양쪽을 소개할 사람은 나뿐인 것 같았다. 나는 반쯤 입속으로 중얼거리면서 말했다.

"저, 어떻게 된 사정인지 모르겠지만 여기 셋은 제 여행 동료들이거든요. 저와 함께 주아니를 찾고 있었고요. 이들도 아마 주아니를 찾다 보니 이리로 온 것 같은……."

말하다 보니 내가 생각해도 말이 안 되었다.

게다가 어느 쪽으로 들어왔지? 다른 통로라도 있나? 저들에게는 램프도 없는데 뭐가 있을 줄 알고 이 어두컴컴한 동굴 구석에 들어온 거야?

세 동료와 테아키는 서로 멀뚱멀뚱 쳐다보기만 할 뿐 인사도 건네지 않았다. 하던 설명은 말이 안 되는 걸 깨닫고 멈추긴 했지만, 다시 입을 여는 수밖에 없었다.

"그러니까 키 큰 쪽은 미칼리스, 작은 쪽은 엘다렌, 그리고 여자애는 유리카라고 하는데요, 그러니까, 그리고……."

이럴 때면 나의 소개하는 솜씨는 형편없었다.

"이쪽은 테아키라고 하고요."

"테아키?"

남의 이름을 저런 식으로 되묻는 건 실례잖아.

그런데 그 실례를 저지른 사람이 우리 중 가장 예의에 철저하다고 할 만한 엘다렌이어서 나는 더욱 놀랐다. 나는 램프를 들고 그들에게 다가가다가 세 동료의 표정이 한결같다는 사실을 알게 되었다. 그들은 모두 테아키를 쳐다보고 있었고, 말도 못하게 놀란 얼굴이었다. 나는 얼떨결에 그들을 따라 테아키를 쳐다봤다. 뭐 잘못되기라도 했나?

어색한 침묵을 깨고 입을 연 것은 유리카였다.

"뭐라고 말을 해야 할지…… 용서하세요. 이렇게 허락도 없이 불쑥 들어와 위대하신……."

다음 순간, 나는 테아키가 지금까지 나와 함께 다니면서 여러 번 보여주었던 행동을 다시 볼 수 있었다. 그는 재빨리 팔을 커다랗게 내저으며 괜찮으니 상관 말라는 듯한 몸짓을 했다.

어쩌다가 램프 비춰주는 담당이 된 나는 양편의 얼굴이 서로에게 잘 보이도록 램프를 높이 쳐들고 있었다. 그래서 유리카의 얼굴에 떠오른 기묘한 표정도 놓치지 않았다. 그녀는 당황하기도 했고, 놀라기도 했고, 그러면서도 상대방의 생각을 이해할 것 같다는 표정을 짓고 있었다.

유리카는 이어 아주 이상한 목소리로 말했다.

"아아, 네. 테아…… 키…… 씨라고요."

"파비안!"

이어 주아니와의 감격적인 상봉이 뒤따랐다. 그런데 유리카, 엘다렌, 미칼리스는 여기서 주아니를 만나리라고는 상상하지 못한 듯했다. 거 참 이상하다. 주아니가 여기 있는지 알고 왔다고 해도 신기하지만, 몰랐다면 대체 왜 여길 찾아왔을까?

"주아니를 찾으러 온 것이 아니었어요?"

"아, 물론 그랬지."

어조가 좀 이상했지만 주아니를 다시 만난 기쁨 때문에 곧 잊어버리고 말았다. 주아니는 별일 없이 건강해 보였다. 동료들은 주아니를 붙들고 질문 공세를 퍼부었다.

"꼬마 친구, 어떻게 와이번한테서 벗어난 건가?"

"소는, 라-메르이르는 어떻게 됐니?"

"어떻게 여기까지 왔나?"

방금 잠에서 깨어난 주아니는 누구에게 먼저 대답해야 할지 몰라 눈을 깜빡거리고 있었다. 테아키에게 대강의 설명을 들은 나는 뒤에서 점잖게 버티고 있었지만 내심 그들과는 다른 이유로 놀랐다. 그렇게 낯선 사람을 두려워하는 주아니가 어떻게 테아키를 전혀 겁내지 않는 걸까? 저렇게 푹 자고 난 모습이라니, 아무 걱정도 안 한 것 같잖아?

왠지 배신감이 느껴지는데.

"흐음……."

갖은 질문과 답이 오가는 동안 테아키는 아무 설명도 보태지 않고 잠자코 있었다. 램프 하나로만 밝힌 거대한 동굴이 기괴한 그림자로 일렁거렸다. 나는 그 가운데 앉아 있다가 점차 이상한 점을 눈치챘다.

테아키는 여기가 자신의 은신처라고 말했다. 그런데 너무 넓은 데다 아늑한 맛이라고는 전혀 없었다. 잠을 자거나 취사를 할 만한 자리는 물론, 식료품 비슷한 것조차 보이지 않았다. 아무리 봐도 사람 사는 곳 같지 않았다.

"……그렇구나. 그래서 여기까지 온 거고."

주아니가 테아키가 자기를 구해 줬다고 말했기 때문에 테아키는 엘프, 드워프, 인간의 종족별 격식에 맞춘 감사를 피하기 위해 다시 한번 팔을 휘저으며 괴상한 동작을 취해야 했다.

"괜찮소."

다음은 동료들이 어떻게 여길 찾아왔는지 물을 차례였다. 그런데 셋은 선뜻 대답하지 않고 머뭇거렸다.

"그게 말이지…… 어떻게 찾다 보니까……."

미칼리스가 애매하게 입을 열었지만 맺을 말은 없었는지 끝을 흐리고 말았다. 나는 유리카를 보았다.

"이 동굴 속에 뭐가 있을 줄 알고 들어왔어? 게다가 램프도 없는데 어떻게 여기까지 온 거야?"

"그건…… 네가 들어온 쪽 말고 다른 쪽에도 통로가 있었거든. 우린 그리로 들어왔어."

이번엔 이해할 만한 대꾸였다. 나는 다시 물었다.

"그래? 그럼 여기까지 주아니를 찾으러 들어왔단 말이야? 와이번은 동굴에도 사나?"

"……."

결국 유리카의 대답도 거기서 막히고 말았다.

나의 사랑스런 동료들이 나를 따돌리고 알 수 없는 음모를 꾸미고 있다는 생각이 점차 커져 갔다. 이들과 테아키는 초면이 아닌 건가? 그런 것 같진 않았는데? 그런데 어떻게 눈짓 한 번으로 저렇게 얘기가 잘 통하지? 게다가 나하고 관련된 눈짓 같았는데.

"이것 봐요."

나는 더 참지 못하고 말했다.

"나한테 뭐 숨기는 것 있죠? 유리카, 말 좀 해봐. 테아키 씨, 혹시 제 동료들과 전부터 아는 사이예요?"

"아니오."

테아키는 동료들과는 달리 망설임 없이 대꾸했다.

"그런데 왜 전부 짜고 나를 바보취급 하는 것 같은 생각이 들죠? 내가 잘못 생각하는 건가?"

"파비안, 그런 거 아냐."

이거 주아니까지 뭔가 아는 말투네.

"뭐, 나도 나쁜 의도로 그럴 리 없다는 건 알아."

동료들이 괜히 거짓말을 할 리는 없었다. 그렇다면 해답은 테아키가 쥐고 있는 걸까? 나는 테아키를 돌아봤고, 잠시 생각한 끝에 이런 상황에서는 '나르디 식' 질문이 적절하리라는 결론도 함께 내렸다.

"제 동료들과 테아키 씨는 알고 있는데 저 혼자만 모르는 어떤 중요한 문제가 지금 의사소통에 장애를 가져오는 것 같은데 사실을 밝히고 이야기를 진행하는 편이 더 능률적이지 않을까요?"

"그럴 수도 있겠소."

바로 대답이 나왔다. 오, 역시 나르디가 괜히 이런 식으로 질문하는 건 아니었군.

그런데 바라보고 있자니 어두컴컴한 가운데 테아키의 갈색 뺨이 희한하게 번쩍이는 것이 눈에 띄었다. 뺨뿐 아니라 턱과 목, 손등과 이마가 모두 무쇠로 만들어진 것처럼 서늘한 빛을 냈다.

테아키는 내가 쳐다보든 말든 침묵에 잠겨 있다가 다시 말했다.

"사실을 아는 편이 좋다면, 좋소. 내가 친구를 하나 소개하지."

"친구라고요?"

내가 되묻는데 갑자기 유리카의 손이 나를 확 잡아당겼다. 휘청거리다가 얼떨결에 몇 걸음 물러난 다음 나는 까닭을 물으려고 그녀를 돌아보았다. 그런데 그녀가 손가락을 세워 입술에 갖다 대며 고개를 흔들었다. 말하지 말라고?

"잠깐 기다리시오."

테아키는 일어나더니 있는 줄도 몰랐던 또 다른 통로로 모습을 감췄다. 그가 사라지자마자 유리카는 나를 황급히 당겨 뒤에서 꼭 끌어안았다. 잃어버릴 뻔한 아이를 품에 안는 어머니처럼. 게다가 손으로 내 입까지 막아버렸다.

"조용히 해. 말하지 마."

나는 고개를 비틀며 돌아보려 했다.

"왜……."

"조용히 하라니까! 제발 조금만 참아."

유리카의 목소리는 바짝 긴장된 데다 속삭이듯 낮았다. 위험을 감지한 것처럼. 잠시 숨 막히는 침묵이 흘렀다. 엘다렌도, 미칼리스도, 주아니도 말하지 않았다. 그들 모두는 내가 모르는 것을 알고 있었다. 그리고 두려움, 또는 압도적 감각 앞에서 침묵하고 있었다.

지독히 길던 기다림이 끝났다.

쿵, 쿠구궁.

쿠구구구구구구궁…… 쿠궁, 쿵, 쿠쿠쿠쿵, 쿵, 쿵, 쿵!

쿵! 쿵! 쿵! 쿵!

유리카는 떨고 있었다. 온몸을, 입술까지도.

나는 영문 모를 공포에 전염되었다. 그런 채로 엘다렌과 미칼리스를 바라봤다. 그들의 표정에서 뭔가 알아낼 수 있을 것 같아서다. 그러나 그런 노력도 잠시, 엘다렌이 램프를 집어 들어 불을 꺼 버렸다.

아무것도 보이지 않았다. 그런데 어둠에 압력이 생겨나는 기분이 들었다. 공기가 지금까지의 습관을 버린 것처럼 자신의 존재를 분명하게 알려 왔다. 밀도가 높아지고, 질감이 생겨나고, 무게가 짓눌렀다.

공기에 박힌 채 굳어버릴 지경이 됐을 때 목소리가 들렸다.

"들어오라."

〈8권에서 계속〉

The Stone of Days

세월의 돌 7

영원할 수 없는 안식의 땅

초판 발행 2009년 4월 11일
3판 4쇄 2020년 11월 2일

저자 전민희
펴낸이 서인석 | **펴낸곳** (주)제우미디어
출판등록 324-1 | **등록일자** 1992년 8월 17일
Tel: 02)3142-6845 | **Fax:** 02)3142-0075
www.jeumedia.com

만든 사람들
출판사업부 총괄 손대현
편집장 전태준 | **책임편집** 윤여은 | **기획** 홍지영, 김혜리, 신한길, 여인우
영업 김영욱, 박임혜 | **제작** 김금남 | **디자인** 디자인그룹올, 디자인수 | **커버일러스트** 쿤요(kunyo)
도움주신 분 김창원

파본은 본사나 구입하신 서점에서 교환해 드립니다.

ISBN 978-89-5952-414-3
ISBN(SET) 978-89-5952-416-7